Bettina Brömme

18, pleite und planlos, aber immerhin sehen wir gut dabei aus

W0242133

Weitere Bücher von Bettina Brömme im Arena Verlag:

Rachekuss

Todesflirt

Frostherz

Schmetterlingsschrei

Engelmord

Bettina Brömme

18, pleite und planlos, aber immerhin sehen wir gut dabei aus

Arena

FSC
www.fsc.org
MIX
Papier aus verantwortungsvollen Quellen
FSC® C110508

1. Auflage 2017
© 2017 Arena Verlag GmbH, Würzburg
Alle Rechte vorbehalten
Einbandgestaltung: FAVOURITBUERO, München
Gesamtherstellung: Westermann Druck Zwickau GmbH
ISBN 978-3-401-60292-9

www.arena-verlag.de
www.twitter.com/arenaverlag
www.facebook.com/arenaverlagfans

1

Der dümmste Party-Prank

Überraschung!«

Jella, Alwa und ich schreien so laut, dass sich Mai erschrocken die Ohren zuhält. Was insofern unpraktisch ist, als sich Jella gerade bemüht, Mai das Tuch von den Augen zu ziehen, das ihr bisher die Sicht versperrt. Mit einem Ruck gelingt es Jella schließlich, die Binde zu entfernen.

Mais »Wow« ist noch lauter als unser kindisches Geschrei eben. Sie macht ein paar Schritte in den riesigen Raum hinein, der leer ist bis auf eine großzügige Essecke und ein schneeweißes, mit einem Plastiküberzug verhülltes Sofa, das für Schneewittchen, die sieben Zwerge und sämtliche ihrer Verwandten Platz bietet, und dreht sich um ihre eigene Achse. Das Strahlen in ihrem Gesicht lässt keinen Zweifel zu: Sie ist überwältigt!

Ich bin froh, dass ich ihren Ausdruck mit meiner Handykamera festhalten kann. Ein Moment für die Ewigkeit!

»Ihr spinnt«, ruft sie, kommt zu uns zurück und zieht uns in ihre Arme. »Boah, ihr seid echt crazy!«

Sie küsst uns auf die Wangen und zu viert hüpfen wir im Kreis herum. Ich halte mein Smartphone hoch, sodass ich unseren Tanz von oben filmen kann. Ganz schön wackelige Angelegenheit.

»For she's a jolly good fellow, for she's a jolly good fellow«, fängt Jella zu singen an und wir fallen ein. An der Eingangstür hinter uns klopft es laut und wir lassen Mai los.

»Du solltest deinen Gästen aufmachen«, empfiehlt Alwa und grinst ihr geheimnisvollstes Lächeln. Mai kichert, geht zur Tür und öffnet sie vorsichtig.

Ungefähr 40 Leute stürmen herein. Manche tragen Bierkästen in den Händen, andere Schüsseln mit Salat oder Nachtisch. Irgendwer bringt Baguettestangen, Flaschen mit durchsichtigem Inhalt, eine Batterie kleiner Schnapsgläser und Stapel von Einweggeschirr.

»Happy Birthday«, grölt Flo und fällt Mai als Erster um den Hals. Sie kann sich seiner Küsse kaum erwehren und schiebt ihn halb lachend, halb stöhnend von sich.

»Sorry«, zische ich ihr zu. »Der war leider unvermeidbar.«

Während das Partyvolk hereinströmt und all die Mitbringsel auf dem ewig langen Esstisch abstellt, führen Alwa, Jella und ich Mai herum. Mein Handy habe ich zur Abwechslung weggesteckt.

Ehrlich gesagt, wissen auch wir nicht so genau, was uns hinter den zahlreichen Türen erwartet – wir sehen die Wohnung wie Mai zum ersten Mal. Viel zu entdecken gibt es nicht – bis auf das Wohnzimmer und die Küche stehen die meisten Zimmer komplett leer. Im über und über verspiegelten Bad fragt Mai schließlich: »Wo sind wir hier eigentlich?«

Alwa zuckt mit den Schultern, Jella macht ein Duckface. Mai sieht mich erwartungsvoll an.

»Okay, du musst jetzt ganz stark sein«, fange ich an. Mai lacht verwundert auf.

»Die Wohnung hat Flo organisiert«, gestehe ich. Obwohl Mai sonst zu einer gewissen Strenge neigt, scheint ihr heute alles egal zu sein. Lachend zuckt sie mit den Schultern. Für ihre Geburtstagsparty nimmt sie sogar Flos Anwesenheit in Kauf.

»Flos Ma ist doch Maklerin«, erklärt Alwa. »Sie hat ihm erlaubt, dass wir hier feiern – die Wohnung wird ab nächster Woche komplett renoviert. Dann fliegen wohl auch die restlichen Möbel, die hier noch rumstehen, raus.«

»Es ist also vollkommen wurscht, wie wir uns benehmen!« Jella verziert den Spiegel über dem Waschbecken mit einem quietschroten Lippenstiftabdruck.

»Na ja, die Wände sollten wir schon stehen lassen«, wage ich einzuwenden. Und ehrlich gesagt, frage ich mich sogar, was renoviert werden soll. Es sieht alles picobello aus. Ich hoffe, Flo hat nicht schon wieder Schmarren erzählt. Aber schließlich hatte er ja einen Schlüssel und den wird er wohl kaum geklaut haben. So abgebrüht ist nicht mal er.

»Wo bleibt ihr denn?«, ruft Flo und wir gehen zu ihm ins Wohnzimmer zurück. Jetzt erst bemerken wir die riesige Dachterrasse vor der Glasfront.

»Wahnsinn!« Mai läuft sofort nach draußen. Obwohl es kaum Mitte April ist, fühlt sich die Luft lau und seidig an. Ganz dunkel ist es auch noch nicht. Die Lichter Münchens sind dennoch gut zu erkennen. Gegen den dunkelblauen Himmel sieht man die charakteristischen Türme der Frauenkirche in der einen Richtung, den Olympiaturm in der anderen und irgendwo das Hypo-Hochhaus. Und ein paar Sterne blinken ebenfalls.

»Mann, Mädels.« Mai seufzt wieder tief. »Ich hab echt befürchtet, ich muss meinen 18. Geburtstag zwischen Babybreigeschmiere auf dem Küchentisch und dem Windelabfalleimer feiern.«

»So gut müsstest du uns eigentlich inzwischen kennen«, sagt Alwa, »um zu wissen, dass wir das nie zugelassen hätten.«

»Stimmt!« Mai ist mit wenigen Schritten im Wohnzimmer und schnappt sich vier Bierflaschen, die sie uns reicht. »Aber jetzt müssen wir endlich anstoßen!«

Das laute Aneinanderklirren der Flaschen lockt Flo an. Er legt seine Arme um Mais und meine Schultern und versucht dabei, mir meine Bierflasche aus der Hand zu reißen. Ich schiebe ihn mit dem Ellenbogen ein Stückchen fort, aber leider ist er stärker und umklammert weiter die Flasche. Ich spüre, wie mir die Gesichtszüge entgleisen, vor allem, weil mir kein Spruch einfällt, um ihn loszuwerden. Am besten, ich gebe ihm einfach das blöde Bier. Ich hätte sowieso viel lieber einen Prosecco.

Doch da hält ihm jemand eine eigene Flasche direkt vor die Nase. Flo lässt Mai und mich los und greift nach ihr. Kaum hat er sie umfasst, zieht ihn Henry, einer seiner Kumpels, mit der Flasche dicht an sich heran.

»Wenn du betrunken wärst, könnte ich ja verstehen, dass du nervst«, sagt er laut. »Aber da du es noch nicht bist, fände ich es cool, wenn du dich benehmen würdest.«

»Spießer«, zischt Flo, stößt dann aber mit seinem Bier gegen Henrys und nimmt einen tiefen Schluck. »Ahhhh«, macht er und rülpst laut.

Henry schüttelt den Kopf, verdreht die Augen und hält dann mir seine Flasche zum Anstoßen hin. Ich spüre, wie eine heiße Röte von meinem Dekolleté aus rasend schnell nach oben wandert. Am liebsten würde ich die kalte Flasche gegen meine Wangen drücken. Doch ich proste Henry zu, und während wir gleichzeitig trinken, lassen wir uns nicht aus den Augen. Ich habe noch nie bemerkt, dass er eine unglaubliche Augenfarbe hat: Grünbraungold. Oder eher Goldbraungrün? In jedem Fall kann ich meinen Blick nicht abwenden und muss mich zwingen, nicht dümmlich zu grinsen.

»Henry, Henry«, trommelt es hinter meiner Stirn und ich versuche in Sekundenschnelle alles, was ich über ihn weiß, gedanklich aufzulisten. Ist seit zwei Jahren an unserer Schule. Wir hatten noch nie einen gemeinsamen Kurs. Hängt mit Flo, Leon, Chris und gelegentlich Alwas Freund Yannis ab. Hat keine Freundin. Hat keine Freundin? Zumindest weiß ich von keiner. Fällt mir immer wieder auf, weil er so eine tolle Ausstrahlung hat. Er wirkt lässig, aber nie arrogant. So unauffällig selbstbewusst, als wisse er, dass er es nicht zur Schau stellen müsse. Auch sein Klamottenstil ist eher zurückhaltend. Zur Jeans trägt er ein schlichtes graues T-Shirt, dessen Knopfleiste so weit offen steht, dass man darunter einen ziemlich muskulösen Brustkorb erahnen kann, allerdings einen von der natürlichen Sorte – nicht aufgepumpt. Seine etwas längeren hellbraunen Haare und das fein geschnittene Gesicht geben ihm ein wenig etwas Adliges. So habe ich mir immer Mr Darcy in Jane Austens *Stolz und Vorurteil* vorgestellt. Keine Ahnung, ob er tatsächlich etwas von diesem Liebesromanhelden hat, ich habe ja noch keine drei Sätze mit Henry geredet. Vielleicht sollten wir das mal ändern.

Doch gerade als ich den Mund aufmachen will – ohne zu wissen, was ich gleich sagen werde –, hat sich Henry Alwa zugewandt, die mit ihm gemeinsam Chemie hat. Sie reihen sich am Buffet ein und ich kann nicht anders, ich muss ihn einfach beobachten. Seine Bewegungen sind lässig und regelrecht elegant. Irgendwer – war es Alwa? – hat mal erzählt, er wäre Fechter. Würde super zu ihm passen. Sein Blick begegnet meinem erneut. Schnell schaue ich weg. Warum mich seine Augen ausgerechnet heute Abend so faszinieren, weiß ich auch nicht. Muss die Lichtstimmung hier drin sein – das helle Weiß der Wohnung, die aufziehenden düsteren Wolken vor dem Fenster –, das hat so etwas Romantisch-Abenteuerliches.

Vielleicht gefällt mir Henry mit einem Mal auch so, weil er ein starker Kontrast zu seinem Kumpel Flo ist. Flo, den ich leider in diversen Kursen ertragen muss, ist vorlaut, angeberisch, hat einen flachen Humor und schafft es in gefühlten 0,4 Sekunden einen von der Peinlichkeit des Daseins zu überzeugen. Seit Mais erstem Tag an unserer Schule vor einem halben Jahr ist er schwer in sie verknallt, während sie ihn sich mit bemerkenswertem Stoizismus vom Leib hält. Was ihm auch nach dem 687. gescheiterten Annäherungsversuch komplett egal zu sein scheint. Irgendwie ist er nicht davon abzubringen, dass Mai die Frau seines Lebens ist.

Ein vorsichtiger Seitenblick zeigt, dass mir Henry nun den Rücken zugekehrt hat und weiter mit Alwa plaudert. Ich zücke mein Handy, schleiche so um den Tisch, dass ich ihn zumindest im Profil vor die Linse bekomme, und tue, als ob mein Filmen reiner Zufall wäre. Okay, er merkt wahrscheinlich nicht einmal, dass ich ihn ablichte.

Langsam schwenke ich weg und Jella und Mai geraten in mein Blickfeld. Jella zerrt gerade aus der riesigen Tüte, die sie mit hierhergeschleppt hat, ein ebenso riesiges Paket, das von einer quietschrosa Schleife verschnürt wird und die Aufmerksamkeit der Gäste auf sich zieht.

Ich bemerke, wie mir Alwa einen skeptischen Blick zuwirft, und lasse das Smartphone sinken. Was hat Jella denn da schon wieder für eine Überraschung parat?

Mai reißt ungeduldig das Papier von ihrem Geschenk und öffnet den Karton, der darunter zum Vorschein kommt.

»Es rappelt im Karton, ...ton, ...ton«, singt Jella und

imitiert mit wackelnden Hüften die Sängerin von Pixie Paris.

»Hey, du spinnst«, schreit Mai und zieht ein paar schwarzglänzende High-Heel-Stiefel hervor, die ihr garantiert bis zu den Oberschenkeln reichen. »Boah, sind die geil!«

»Anziehen«, ruft Flo sofort, aber Alwa und ich verstellen ihm mit verschränkten Armen die Sicht.

Mai kickt ihre Ballerinas von den Füßen und schlüpft in die Mörderstiefel. Gut, dass sie ein ultrakurzes Minikleid in einem pudrigen Gelbton trägt und dazu apfelgrüne Strumpfhosen. Die schwarzen Stiefel glänzen mit ihren beinahe taillenlangen schwarzen Haaren um die Wette und sie sieht einfach umwerfend aus. Als sei sie einem Manga entsprungen. Wenn ich ein Junge wäre, würde es mir sicher ebenso ergehen wie Flo und ich würde ihr hoffnungslos verfallen.

»Die sind ein bisschen nuttig«, raunt mir Alwa zu und taxiert Jella mit einem skeptischen Blick. Ihre Schwester zieht die Schultern hoch und die Lippen kraus. Mai dreht und wendet sich begeistert, sie ist in den Stiefeln nun beinahe so groß wie ich. Alwa hat recht – aber Mai sieht trotzdem rattenscharf aus. Sie fängt an, zur Musik zu tanzen, die irgendwer vor Kurzem angemacht hat. Sofort ist Flo an ihrer Seite und mit hochgestreckten Armen umkreisen sich die beiden. Jella gesellt sich zu ihnen und ich bringe meine Kamera wieder zum Laufen. Nur Alwa steht mit verschränkten Armen und kritischer Miene am Rand der Tanzfläche.

Wieder gerät mir Henry vor die Linse – jedoch nicht

als Tänzer, sondern als Beobachter. Ob er Mai genauso attraktiv findet, wie Flo das tut? Aber warum gesellt er sich dann jetzt zu Alwa – mit der hat er doch schon die ganze Zeit geredet?

»Boah, ich muss mich abkühlen«, lenkt mich Jella ab. »Kommst du mit raus?« Sie zieht mich am Ellenbogen mit sich, greift im Vorbeigehen nach einer Proseccoflasche und steuert die Dachterrasse an.

Die frische Luft tut extrem gut. Wir atmen beide tief durch. Ganz schön stickig dadrin – kein Wunder, bei den vielen Leuten. Doch auch hier draußen sind wir nicht völlig allein. In verschiedenen Ecken stehen Mitschüler von uns, manche trinken und unterhalten sich, manche knutschen heftig und manche schauen sich lachend irgendwelche Handyvideos an.

Jella trinkt einen großen Schluck aus der Proseccoflasche und gibt sie mir dann. Die eiskalte Flüssigkeit kitzelt ein bisschen in der Kehle.

»Waren die nicht sauteuer, diese Schuhe?«, frage ich Jella. Sie nimmt mir die Flasche ab und trinkt erneut, während sie eine wegwerfende Handbewegung macht.

»Passt«, wiegelt sie ab und scannt den fast schwarzen Horizont ab.

»Jella!«, sage ich in einem elterlich-mahnenden Tonfall. Ich kenne meine Freundin seit der fünften Klasse schon im Allgemeinen sehr gut, aber was ihr Verhältnis zu Geld angeht, auch im Besonderen. »Dir bleiben von deinem Gehalt doch kaum mehr als 200 Euro im Monat – selbst wenn du ein Schnäppchen ergattert hast – und die Dinger haben mindestens 50, 60 Euro gekostet.

Gestehe!« Ich drücke ihr die Proseccoflasche wie den Lauf einer Pistole unters Kinn. Sie lacht und tritt einen Schritt zurück.

»64,90, du Nervensäge.« Ihr Kichern klingt unecht.

»Warum machst du so was? Wir hätten uns zusammentun können! Alwa wäre sicher auch dabei gewesen.«

»Stimmt. Hab ich nicht dran gedacht. Außerdem dachte ich, euch gefallen die Dinger nicht. Aber ...« Sie sieht mich an wie ein Hundewelpe. »Ich konnte nicht widerstehen. War ein Spontankauf. Ich hab die Stiefel gesehen und mir war klar, die sind nur dafür gemacht, dass ich sie Mai schenke. Sie sieht doch damit hammer aus, findest du nicht? Mann, sie ist jetzt 18 – da muss sie mal von diesem Streberinnen-Image wegkommen. Scheiß auf die Knete!«

»Ach so, High Heels machen einen zur Schulrebellin, bestimmt.« Schnell trinke ich aus unserer Flasche, eh mir noch mehr böse Sprüche entschlüpfen. Jella ist wirklich meine beste Freundin und wir sind in jeder Lebenslage füreinander da – aber ihren Umgang mit Geld werde ich nie verstehen. Nicht, dass ich ein Geizkragen bin – aber was ich nicht habe, gebe ich nicht aus. Jella dagegen hat sich schon in der fünften Klasse gerne die Kohle fürs dritte Eis des Tages zusammengeschnorrt. Und ihre Schulden meist zurückgezahlt, indem sie bei jemand anderem neue Schulden einging. Obwohl sie jetzt als Einzige von uns tatsächlich etwas verdient, weil sie eine Ausbildung in einer Bäckerei macht, ist sie immer noch ständig megapleite. Na ja, kein Wunder –

ihr Lehrlingsgehalt ist eher so eine Art Aufwandsentschädigung fürs frühe Aufstehen.

»Lass das«, höre ich plötzlich Alwa ziemlich laut sagen, und noch während ich mich zu ihr umdrehe, ahne ich schon, welches Bild mich erwartet. Und richtig: Sie steht breitbeinig, die Arme abwehrend erhoben und mit verärgertem Blick vor Yannis und blafft ihn weiter an.

»Mein Gott, wir haben den Chemiekurs zusammen und unterhalten uns gelegentlich – das tut man, wenn das Abitur bevorsteht. Vielleicht erinnerst du dich. Du hast letztes Jahr auch ständig mit Laura gelernt und ich habe deswegen keinen Aufstand gemacht.«

»Laura hatte zehntausend Pickel und wog zwei Tonnen«, kontert ihr Freund, der ach-so-sensible Yannis. »Henry dagegen ...«

»Hör auf!«, schreit Alwa genervt. Jella und ich haben eine Wette laufen, ob sich Alwa noch vor Ende des Abiturs von Yannis trennt oder erst danach. Ich sage Ja, sie sagt Nein. Wetteinsatz: eine Flasche Schampus. Oder Edelprosecco oder so.

Alwa flüchtet sich in unsere Mitte und dreht Yannis demonstrativ den Rücken zu.

»Ich ertrag ihn nicht mehr, ich ertrag ihn nicht mehr«, jammert sie leise.

»Trenn dich endlich von ihm«, fordere ich sie zum vermutlich tausendsten Mal auf.

»Spätestens nach dem Abi«, rät Jella.

»Er macht mich wahnsinnig mit seiner Eifersucht! Ich habe mit Henry doch bloß geredet, verdammt!«

Der Name »Henry« versetzt mir urplötzlich einen ganz kleinen Stich, und als ich jetzt bemerke, dass er uns von der Terrassentür aus beobachtet, bekomme ich leicht feuchte Hände.

»Komm schon, Alwa«, bettelt Yannis nun und scharwenzelt um seine Freundin herum. »Alwalein, tut mir leid. Das ist nur, weil ich dich ... du weißt ... bitte ...«

»Nein, weiß ich nicht!« Alwa verdreht ein letztes Mal genervt die Augen, lässt sich aber doch in seine Arme ziehen. Über ihren sehr innigen Kuss hinweg starre ich Henry an. Der mich anstarrt? Nein, bestimmt nicht. Außerdem wendet er sich jetzt Vanessa zu, na ja, sagen wir, sie nimmt ihn in Beschlag. Das tut sie gerne, das habe ich schon öfter beobachtet. Fand ich sie bisher hauptsächlich dämlich, weil sie immer so auf Barbie-Girl macht und albern mit den Augenlidern klimpert, kann ich diesen Anblick auf einmal kaum ertragen. Was will das Modepüppchen von Henry? Ich schnappe die Worte »Chemie«, »kapier gar nichts« und »unbedingt zusammen lernen« auf. Auch eine Methode, sich an ihn ranzuschmeißen. Okay – wenn er sich auf so eine einlässt, dann sollte ich nicht weiter über ihn nachdenken.

Schnell drehe ich mich zu Jella.

»Versprich mir, dass du den Rest des Monats keinen Shopping-Exzessen mehr erliegst«, versuche ich, sie festzunageln.

»Natürlich nicht!«, gibt sie sich echauffiert. »War doch nur wegen Mai.«

Hahaha. Und das Abitur wird ein Kirmesbummel.

Bevor ich noch etwas erwidern kann, ruft Mai von drinnen: »Mädels, ich will mit euch tanzen.«

Jella folgt ihrem Wunsch umgehend.

»Komm gleich«, sage ich und zücke mein Handy. Die Lichtstimmung hier draußen ist mittlerweile so dramatisch-barock, als habe einer der alten Meister den Himmel über der Dachterrasse gemalt. Das muss ich unbedingt festhalten.

»Wahnsinn, diese Wolken«, höre ich plötzlich eine sanfte Stimme neben mir. Ich weiß, wem sie gehört. Das Bild im Sucher verschwimmt vor meinen Augen – mein Hirn kann sich nur noch darauf konzentrieren, eine kluge, charmante, liebenswürdige, clevere, witzige und beeindruckende Antwort auf seine Bemerkung zu ersinnen.

»Mh, finde ich auch«, kommt es aus meinem Mund. Wow, was für eine gelungene Erwiderung! Zögerlich lasse ich das Smartphone sinken und traue mich, ihn anzuschauen. Wie dicht er neben mir steht, beinahe berühren sich unsere Arme. Er blickt über die Dächer und ein kleines Lächeln umspielt seine Mundwinkel.

»Filmst du viel?«, fragt er.

»Hin und wieder«, antworte ich. Was eine totale Untertreibung ist, weil ich ständig meine Umgebung ablichte. Aber was, wenn er das total affig findet?

»Ich auch. Ich hab mal ein Jahr lang jeden Abend um 18.00 Uhr aus meinem Fenster heraus eine Minute die Straße gefilmt. Hab das dann mit Zeitraffer zu einem Video zusammengeschnitten. War ein cooler Jahreszeitenfilm. Und ganz lustig war, dass doch immer wieder fast dieselben Leute auf der Straße zu sehen waren – obwohl ich ja immer nur eine Minute gefilmt habe.«

»Cool«, sage ich ehrlich beeindruckt. »Eine tolle Idee! Veränderungen, die man sonst kaum bemerkt, sichtbar gemacht. Das ist mit Gesichtern auch sehr interessant.«

»Oh ja, auf so ein Projekt hätte ich auch mal Lust«, antwortet er und ich muss grinsen. »Bloß da würde ich ungern mein eigenes Gesicht nehmen. Vielleicht das von einem kleinen Kind? Da tut sich in einem Jahr besonders viel.«

Wir nicken einhellig. Komm schon, Franzi, sag was. Was Kluges. Was Bedeutendes. Oder wenigstens was Witziges. Wir haben doch offensichtlich gemeinsame Themen. Sonst dreht er sich gleich um und geht rein.

»Kennst du dieses supersüße ...« (Oh Gott! Süßersüß! Bin ich bescheuert?) »... Video ›Portrait of Lotte‹ auf Youtube? Von diesem holländischen Künstler?«

»Ja, das ist geil! 14 Jahre auf vier Minuten zusammengerafft – das ist 'ne Hausnummer. Und so richtig krass ist ja, dass das Mädel die ganze Zeit plappert. Man hat den Eindruck, selbst als Säugling redet sie schon. Hätte gerne gewusst, was die immer so sagt. Aber echt 'ne Niedliche, das Mädel.«

Niedlich? Ist das sein Synonym für hübsch? Und wenn er diese – wirklich bildhübsche – Lotte niedlich findet, wie findet er dann mich? Goldig? Oder putzig? »Und kennst du ›100‹, wo Leute ...«

»Ja, die im Alter von null bis 100 Jahren aneinandergereiht werden. So schön!« Anscheinend mögen wir dieselben Kanäle auf Youtube. »Ach, man kann irgendwie nichts Neues mehr erfinden. Es gibt schon alles.«

»Je nachdem, wie man es aufbereitet«, erwidert er ernst. »Außerdem kommt es doch immer auf die Emotionen an, die man in eine Geschichte reinsteckt. Und ich glaube, selbst wenn alle Gefühle der Welt schon mal von irgendwem vor uns gefühlt wurden – wie wir unsere Gefühle zum Ausdruck bringen, ist total verschieden. Vielleicht ist es das, was unsere ureigene Persönlichkeit ausmacht. Das finde ich total spannend.«

Beeindruckt von seinen sensiblen, klugen Gedanken starre ich Henry an. Und schlagartig wird mir klar, dass wir tatsächlich ein richtiges Gespräch führen! Dass wir in den letzten Minuten 100 Prozent mehr Worte miteinander gewechselt haben als jemals zuvor!

»Was?« Er sieht mich irritiert an. »Rede ich Bullshit? Sorry ...«

»Nein, nein«, versichere ich schnell. »Du hast recht – so habe ich das noch nie gesehen.« Wir grinsen uns verlegen an. Kann mir nicht auch mal so was Tiefsinniges einfallen?

»Ach, hier steckst du!«, ruft Mai von der Terrassentür. Na toll, super Timing. »Los, Franzi, wir brauchen dich hier drinnen. Du musst mir helfen, die Geburtstagstorte anzuschneiden.« In wenigen Schritten ist sie bei mir und zieht mich von Henry fort.

»Wir müssen unbedingt später weiterreden«, sage ich noch zu ihm und er lächelt so, dass seine Augen noch goldener schimmern und ich mich nur mit Mühe von ihm abwenden kann. Erbarmungslos schleppt mich Mai Meter um Meter von ihm fort – wie so oft hat sie überhaupt keine Antennen für irgendwelche magischen Momente, die sie gerade zerstört. Na gut, der Abend ist ja noch lang, denke ich.

In der Tat dehnt sich die Nacht bis in die Morgenstunden aus, aber es ergibt sich keine Chance mehr, noch einmal mit Henry zu reden. Erst finde ich ihn nicht wieder und denke, er ist schon gegangen, dann belagern ihn seine Freunde oder die schreckliche Vanessa und plötzlich ist er tatsächlich fort. Mist, verdammter!

Ich erahne einen klitzekleinen hellen Streifen, dort wo die Wolkendecke den Horizont nicht ganz verhüllt. Und den Morgenstern kann ich auch erkennen. Müde und aufgekratzt gleichermaßen, wende ich mich von der Terrassentür ab und quetsche mich zwischen Alwa und Jella auf das Sofa, dessen Rückenlehne sich glücklicherweise umklappen lässt. Den Plastiküberzug haben die Mädels weggerissen, bevor sie sich hingelegt haben. Mai liegt am anderen Ende, ihre langen Haare ergießen sich über die Seitenlehne zum Boden. Dorthin, wo sich Flo auf einem Kissenhaufen niedergelassen hat und nun sanft schnarcht.

Es war ein bisschen eklig, auf die Toilette zu gehen, weil irgendwer ins Waschbecken gekotzt und nicht einmal das Fenster aufgemacht hat. Vom Beseitigen der Überreste ganz zu schweigen. Auf dem Fließenboden lag ziemlich viel zerfetztes Klopapier und in der halb vollen Badewanne schwammen Bierflaschen und abgelöste Etiketten. Erst überlegte ich, mich in eines der leeren Zimmer zurückzuziehen, aber da im ersten Raum, in den ich hineinsah, exzessives Gefummel angesagt war, schloss ich die Tür sofort wieder und suchte mir einen engen, dafür kuscheligen Platz zwischen meinen Freundinnen.

Die im Gegensatz zu mir offenkundig wunderbar schlafen können. Jella hat zartrosa gefärbte Wangen und ihre langen blonden Haare liegen wie ein Spinnennetz darüber. Alwa mahlt ein wenig mit dem Unterkiefer und quietscht gelegentlich. Wie immer, wenn ich die beiden so zusammen sehe, wundere ich mich, dass sie Zwillinge sind – vermutlich sind sie die unähnlichsten Zwillinge der Welt. Während Jella mit ihren blonden Haaren und ihrem schmalen, spitzen Gesicht wie eine freche Elfe wirkt, hat Alwa dunkle, dicke Haare, eine kräftige Nase und einen großen, sinnlichen Mund. Nur ihre riesigen Augen sind vom gleichen strahlenden Türkisblau wie Jellas, das einen an eine Karibikbucht denken lässt. Suchend blicke ich mich nach Yannis um, entdecke ihn jedoch nirgends. Ob Alwa ihn wirklich zum Teufel geschickt hat? Von Henry keine Spur. Ich weiß weder, wann er gegangen ist, noch, mit wem. Hoffentlich allein! Nur Vanessa ist immer noch hier. Sie hat es sich mit zwei anderen Mädchen aus Alwas Chemiekurs versuchsweise auf der Essbank bequem gemacht und neben dem Sofa auf dem nackten Parkettboden schläft Patrick, der Computernerd der Jahrgangsstufe. Habe ich gar nicht mitbekommen, dass er sich für die Party von seinem PC losgerissen hat, um mit uns zu feiern. Vermutlich saß er in einer Ecke und hat *Minecraft* auf seinem Handy gespielt.

Hinter meinen geschlossenen Augen dreht sich ein kleines Karussell und ich hoffe, ich kann trotzdem wenigstens ein bisschen schlafen. Wir haben Mai versprochen, ihr beim Aufräumen zu helfen. Den Müll müssen wir dringend entsorgen. Es gab viel zu viel zu essen und das Buffet sah aus wie ein Schlachtfeld. Tiramisu vermischte sich mit Obatzda-Resten und im Obstsalat lagen aufgeweichte Hackfleischbällchen. Bah!

Kein Wunder, dass wir uns mit Prosecco von dem Anblick erholen mussten. Und mit ein paar Pfläumchen. Zum Abkühlen dazwischen hat irgendwer Cuba libre gemixt und eine Energy-Dose hat ebenfalls die Runde gemacht. Ob da was beigemengt war? Keine Ahnung. Im Moment fühlt es sich nach »ja« an. Ich hätte unbedingt Wasser trinken sollen, aber in die Küche habe ich mich auch nicht reingetraut. Da hätte ich mir nur an kaputtem Plastikgeschirr die Füße aufgeschnitten und der Geruch nach abgestandenem Shisharauch hat mir fast den Magen umgedreht.

Ich konzentriere mich aufs Einatmen. Und Ausatmen. Einatmen. Und Ausatmen. Ganz gleichmäßig. Doch leider ist es hinter meinen geschlossenen Lidern ziemlich hell und der Schlaf will nicht kommen. Ob Henry schon schläft? Unser Gespräch schlingert durch meinen Kopf, und auch wenn ich den Inhalt kaum rekonstruieren kann, blitzen immer wieder Schlagworte auf. Gefühle und Videos und vertrauliches Lächeln und … hach. Wie schade, dass wir uns nicht länger unterhalten konnten. Immerhin ist er weg und Vanessa noch hier. Ein gutes Zeichen! Vielleicht interessiert er sich wirklich nicht für sie. Wenn ich es mir überlege, habe ich ihn in letzter Zeit nie enger mit irgendeiner Mitschülerin gesehen. Vielleicht hat er tatsächlich noch einen Platz in seinem Herzen frei. Für mich! Ach, es wäre wirklich mal wieder Zeit für was Neues. Meine letzte »Beziehung« (man kann sie tatsächlich nur in Anführungszeichen so nennen) liegt ein halbes Jahr zurück und dauerte einen Monat. Knapp. Eher drei Wochen. Von denen wir uns eine Woche stritten. Ja, es war ein Desaster. Gut, dass der Typ nicht an unserer Schule ist. Und ich seinen Namen verdrängt habe. Da denke ich doch lieber noch ein bisschen an Henry. Der ist wirklich süß. Nicht so ein oberflächlicher Angeber wie Flo. Der süße Henry. Einatmen, ausatmen, ein...

Jemand tritt mir ins Gesicht und reißt mich damit aus dem Schlaf. Erschrocken öffne ich die Augen und merke, dass sich Jellas große Zehe in meine Wange bohrt. Alwas Arm liegt über meiner Hüfte und meine linke Hand ist eingeschlafen. Wo meine sonstigen Körperteile so rumliegen, kann ich gerade nicht sortieren. Irgendwas schrillt in meinem Kopf.

Oh.

Und an der Wohnungstür.

Ich fahre hoch, knicke dabei Jellas Fuß ab und sie gibt ein widerwilliges Knurren von sich. Hinter der Sofalehne entdecke ich Flos Gesicht – etwas grau, fahl und verquollen, aber mit einem sehr aufmerksamen Blick. Er wirkt, als spitze er angestrengt die Ohren.

»Da hat's geklingelt«, sage ich in die Stille des Raumes hinein. Flo nickt. Jetzt läutet es Sturm.

Er springt hektisch auf, greift sich seine Klamotten, die er als Kopfkissen benutzt hat, und stülpt sie über, während er in Richtung Tür rennt.

»Flo?«, rufe ich ihm nach, aber er antwortet nicht.

Ob das irgendwelches Partyvolk von gestern ist, das beim Aufräumen helfen will?

»Glaubste selbst nicht, Franzi Huber«, gestehe ich mir ein. Den Dreck hier werden wir ganz alleine wegputzen müssen. Ich schwenke mit meiner Handykamera über das Chaos. Immerhin herrliches Material für mein nächstes Video!

Ich lasse mich zurücksinken und lande auf Alwas Schulter. Sie rührt sich nicht. Jella atmet ebenso gleichmäßig. Sieht durch den Kamerasucher sehr pittoresk aus. Die beiden Damen haben einen erstaunlich festen Schlaf.

Mit dem es eine Sekunde später vorbei ist. Absätze klackern über das Parkett im Flur. Ich fahre erneut hoch, halte die Kamera in Richtung Tür.

»Was ist denn hier los?«, kreischt eine weibliche Stimme.

Das möchte ich auch gerne wissen und starre verdattert die kleine Frau in dem eng anliegenden weißen Kostüm mit vielen Goldknöpfen an, die nun mitten im Raum steht. Im Türrahmen hinter ihr erkenne ich die Köpfe eines Paares um die 40, das mich in der Disziplin »Verdattert schauen« um Längen schlägt. Ich lasse das Handy sinken.

Alwa hat sich aufgesetzt und lehnt an meinem Rücken, Jella streckt den Kopf nach oben wie eine Robbe und Mai ist, verbunden mit einem merkwürdigen Quietschlaut, aufgesprungen.

»Kann mir mal jemand erklären, was das soll?« Die Frau sieht aus, als explodiere gleich ihr Schädel. Sie hat die Hände in die Hüften gestemmt und kickt nun mit dem Fuß gegen Patrick, der als Einziger noch immer auf dem Boden schläft. Er brummt unwillig.

»Äh, tja«, murmelt Mai und schaut uns auffordernd an.

»Florian?«, ruft die Frau nun und blickt sich suchend um.

»Der ist gerade gegangen«, schaffe ich es zu sagen. »Er müsste Ihnen im Treppenhaus begegnet sein.«

»Im Aufzug war er nicht«, meint die Frau. »Immerhin hat er die Wohnungstür offen gelassen.« Wie ein Sonnenaufgang die Welt erhellt der Gedanke, dass Flos Mutter vor uns steht, mein Hirn. Frau Uhlmann also.

Doch sofort vernebeln dunkelste Wolken alles wieder, als mir schwant, was hier abgeht.

»Na, der kann sich auf was gefasst machen.« Mit jedem Wort wird ihre Stimme lauter. »Lässt sich von euch dazu anstiften, die Schlüssel zu klauen, damit ihr hier Party machen könnt.« Sie kommt ein paar Schritte auf uns zu und schaut herausfordernd.

»Aber ...«, stammelt Mai.

»Aber ...«, stammle ich und schalte unauffällig die Kamera meines Smartphones ab.

Alwa und Jella reiben sich die müden Augen und

sind stumm wie Fische. Aus der Essecke hört man von Chemie-Kurs-Vanessa und ihren zwei Grazien-Freundinnen nur lautes Gähnen.

»Er hat gesagt, Sie wüssten Bescheid, wir dürfen feiern, weil die Wohnung renoviert wird.« Mai legt so viel Sanftmut in ihre Stimme, als versuche sie, ihren Babybruder in den Schlaf zu singen.

Mit der Hand fächelt sich Frau Uhlmann Luft zu und japst.

»Die Wohnung *wurde* renoviert«, schreit sie. »Vorgestern war alles fertig.«

»Oh«, sagen Mai, Jella, Alwa und ich wie aus einem Mund.

»Ja, ›oh‹ – allerdings«, faucht die Maklerin und lässt ihren Blick über von Bierflecken und Schokoladenfingern verschmierte Wände, Brandlöcher im Parkett und kleine Pfützen Unergründliches wandern.

»Wie heißt es so schön: Unwissenheit schützt vor Strafe nicht. In jedem Fall haben wir hier unbefugtes Eindringen in eine Wohnung und Vandalismus. Ob auch Diebstahl vorliegt, wird sich noch herausstellen. Tja, da werden eure Eltern ein kleines Sümmchen investieren müssen«, sagt sie. Sie schreitet in die Tiefen der Wohnung. Hoffentlich marschiert sie nicht ins Bad. Und in die Küche. Und in überhaupt alle anderen Zimmer.

»Ähm«, meldet sich nun der Mann, der noch immer in der Tür steht. »Und wie geht es jetzt für uns weiter? Wir wollen am kommenden Wochenende mit dem Umzug beginnen. Am Montag ist der Notartermin – aber so übernehmen wir die Wohnung ganz bestimmt nicht.«

Frau Uhlmann atmet tief durch und streicht sich eine blonde Strähne, die sich aus ihrer Hochsteckfrisur gelöst hat, zurück. Dann wischt sie sich über die Mundwinkel und sagt: »Diese Unannehmlichkeiten sind unverzeihlich! Ich verspreche Ihnen, bis zum nächsten Wochenende ist die Wohnung wieder in einem tipptopp Zustand. Ich würde vorschlagen, Sie setzen sich in das Café gegenüber – selbstverständlich auf meine Kosten –, und ich komme, sobald ich hier alles geregelt habe.« Auch wenn sie höflich klingt, ist klar, dass sie keinen Widerspruch duldet. Für den Bruchteil einer Sekunde tut mir Flo ein kleines bisschen leid – da muss man ganz schöne Geschütze auffahren, um gegen so eine dominante Mutter zu bestehen. Doch als ich darüber nachdenke, welchen Ärger er uns eingebrockt hat, ist es mit meinem Mitleid schlagartig vorbei.

Das Pärchen fügt sich ohne Widerworte und zieht sich zurück. Vermutlich erträgt es unseren Anblick einfach nicht mehr.

»So«, die Maklerin klatscht in die Hände. »Jetzt stehen mal alle dalli, dalli auf und bis in ...«, sie sieht auf ihre dicke goldene Uhr, »... sagen wir – eineinhalb Stunden sind zumindest der Müll und der Dreck verschwunden. An wessen Eltern darf ich denn die Rechnung für die Renovierungskosten schicken?«

Jella, Alwa und ich beißen uns auf die Zunge. Am liebsten hätte ich »an Flos« gesagt.

»An Mai Nguyen«, höre ich eine Stimme aus der

Essecke. Wir fahren alle zu der Verräterin herum und schleudern hasserfüllte Blicke in ihre Richtung. Vanessa. Wer hat die überhaupt eingeladen?

»Mai?«, wiederholt die Maklerin.

Mai tritt tapfer einen Schritt vor.

»Ja, wir haben meinen 18. Geburtstag gefeiert«, gesteht sie.

»Wie schön, Glückwunsch«, Frau Uhlmann setzt ein schlangenhaftes Lächeln auf. »Dann kann ich Ihnen ja direkt die Rechnung geben – mit 18 sind Sie ja jetzt selbst verantwortlich. Ich hoffe, Sie haben ein paar Tausend Euro auf dem Sparbuch liegen. Parkett erneuern, auf 160 Quadratmetern Wände streichen – und mal schauen, was noch so für Schäden aufgetreten sind. Ach, eine neue Fensterscheibe geht auch ganz gut ins Geld.« Sie weist auf einen dicken Sprung in der Terrassentür, den ich jetzt erst bemerke.

Ich sehe, dass Tränen in Mais Augen aufsteigen. Schnell gehe ich zu ihr und lege meinen Arm um ihre schmale Taille. Doch sie schiebt mich weg und räuspert sich. Typisch Mai, sie hasst es, verletzlich zu erscheinen.

»Ich bin mir sicher, wir finden eine Regelung, die nicht meine komplette Zukunft ruiniert«, sagt sie und ich bewundere sie dafür, wie ruhig sie klingt. »Und ich nehme mal an, dass Ihr Sohn Florian auch etwas von seinem garantiert dicken Sparbuch beisteuern kann. Er ist schließlich schuld an alldem hier.« Sie deutet mit der Hand in den Raum.

Frau Uhlmann zuckt mit den Schultern. »Ich weiß

nur, dass Sie die Gastgeberin der Party waren. Florian ist genau wie Sie volljährig, das müssen Sie direkt mit ihm klären.«

Sie wendet sich zum Gehen. »Sie finden mich unten im Café, wenn Sie fertig sind. Und beeilen Sie sich, ich habe nicht den ganzen Tag Zeit. Die Café-Rechnung addiere ich zu den anderen Kosten dazu. Bis später!«

Kaum schlägt die Wohnungstür hinter ihr zu, bricht Mai nun doch in Tränen aus. Jella, Alwa und ich ziehen sie in unsere Mitte und setzen uns mit ihr aufs Sofa.

»Du Miststück«, ruft Jella Vanessa zu, die gerade vom Klo zurückkommt. »Wie konntest du Mai nur so verraten? Hier Party machen und dann petzen!«

»Meinst du, ich will da mit reingezogen werden? So von wegen, wir legen alle zusammen? Du müsstest doch am allerbesten wissen, wie es ist, ständig pleite zu sein. Ich war eingeladen und sonst nichts.«

»Verpiss dich einfach«, schreit Jella nun. »Blöde Kuh.«

»Nein«, hält Alwa sie auf. »Die soll mal schön das Bad putzen. Ich habe gesehen, wie sie ins Waschbecken gekotzt hat.«

»Wenn ihr hier nur so Billigfusel anbietet, kann ich da nichts für«, ätzt Vanessa, schnappt sich ihre Lederimitat-Handtasche und stürmt mit ihren triumphierend dreinblickenden Begleiterinnen davon. Am liebsten würde ich mich auf sie stürzen und sie an den Haaren festhalten. Aber so etwas tue ich natürlich nicht. Seit der vierten Klasse schon nicht mehr. Und prompt schlägt die Wohnungstür erneut zu.

Irritiert sehe ich nun Mai an, die nach ihrem Handy

angelt. Wen will sie denn jetzt anrufen? Sie steht vom Sofa auf, geht unruhig vor der kaputten Terrassentür auf und ab und wartet, bis die Verbindung aufgebaut ist. Plötzlich schreit sie los: »Flo, du Arschloch! Du Saftsack! Du alter Pisser! Beweg deinen Scheißarsch hierher und sorg für Ordnung! Du bist ein Feigling, ein Verräter, ein ... jedenfalls, wag es nie wieder, mich anzusprechen. Oder mich anzuschauen. Oder anzuatmen! Ich wollte, du wärest tot!« Und dann wirft sie ihr Handy einfach quer durchs Zimmer und Alwa schafft es gerade noch, es aufzufangen, bevor es inmitten einer der ekligen Bierlachen auf dem Parkett landet.

»Scheiße, ist mir schlecht«, höre ich da plötzlich Patrick Supernerd aus der Ecke hinter dem Sofa. Und schon erbricht er sich heftig auf die bis dato blütenweißen Polster.

2

Die coolste Kanal-Geburt

Das Schwierigste ist, diesen ekligen Kotzegeruch aus der Nase zu kriegen. Verströmt nicht sogar der dampfende Cappuccino, den die Bedienung gerade vor mich stellt, noch unangenehme Düfte? Mein Magen hebt und senkt sich hektisch. Ich nehme schnell einen großen Schluck und ignoriere, dass der Kaffee viel zu bitter schmeckt. Zucker kann ich nirgends entdecken.

»Mädels, ist das eine Scheiße«, sinniert Jella und rührt in ihrer Tasse. Alwa lässt das angebissene Croissant sinken und sieht ihre Schwester verwirrt an.

»Was jetzt genau?«

»Na, 18 zu sein«, sagt Jella und trinkt etwas. »Bisher nichts als Ärger, oder? Findet ihr nicht?«

Mai stöhnt und nickt. Sie hat sich ein Müsli bestellt, schiebt aber nur mit dem Löffel die Haferflocken von einer Ecke in die andere. Ich glaube, sie hat bisher keinen Bissen runterbekommen. Was ich gut verstehe.

Wir haben es im Hochgeschwindigkeitstempo von etwas über einer Stunde geschafft, die Wohnung zumindest oberflächlich von all den Spuren und dem Müll der letzten Nacht zu befreien. Nur das Sofa war nicht ganz zu retten. Immerhin fanden sich in der Küche Gummihandschuhe und Alwa hat es tatsächlich über sich gebracht, das verstopfte Waschbecken zu reinigen. Sie sieht immer noch etwas blass aus. Wie wir alle, vermutlich.

»Tja«, nehme ich Jellas Gedanken auf. »Irgendwie hast du recht. 18-sein ist echt Kacke. Das kann doch nicht normal sein, was da in der letzten Zeit passiert ist. Als ob so eine göttliche Kommission uns die Aufgabe gestellt hat, erst einmal zu beweisen, dass wir es würdig sind, erwachsen zu sein.«

Alwa lacht bitter auf und nickt. Erschöpftes Schweigen legt sich über unsere Runde. Vermutlich denken wir alle Ähnliches.

Alwa war die Erste von uns, die 18 wurde. Jella genau genommen natürlich auch. Aber Alwa, die großen Wert darauf legt, dass sie die ältere Schwester ist, hat nicht einmal im selben Jahr Geburtstag wie Jella. Sie ist am 31. Dezember ganz kurz vor Mitternacht geboren und Jella ganz kurz danach – im neuen Jahr. Lena, ihre Mutter, erzählt gerne, dass die Hebamme schummeln und Jellas ersten Schrei ins alte Jahr zurückdatieren wollte. Aber der frisch gebackene Zwillingsvater wollte das um keinen Preis – er war sich damals schon sicher, dass seine Töchter eben etwas Besonderes waren. Offensichtlich fand er vor allem die Arbeit, die ein Zwillingspaar bedeutet, so besonders, dass er sich keine zwei Jahre später aus dem Staub machte und nie wieder etwas von sich hören ließ. Daher gab es zum 18. weder ein Auto noch Tickets für eine Weltreise, so etwas kann sich eine alleinerziehende Mutter wie Lena natürlich nicht leisten. Die Party fiel entsprechend bescheiden aus. Außerdem – auch wenn sie das nach 18 Jahren ja gewohnt sind – gehen die Geburtstage meiner beiden Freundinnen im Silvester-Trubel sowieso immer etwas unter. Noch dazu kam, dass Alwa mal wieder Streit mit Yannis hatte, der ihr vorwarf, ihre Schwester sei ihr wichtiger als er. Diese hanebüchene Aussage wiederum speiste sich aus der Tatsache, dass sich Jella in den Kopf gesetzt hatte, dieses eine spezielle Silvester nicht mit billigem Prosecco, sondern mit echtem Champagner zu feiern. Und obwohl der von Aldi kam, sprengten die acht Flaschen ihre finanziellen Möglichkeiten erheblich. Was Alwa dazu veranlasste, ihr Geld zu leihen – Geld, dass sie eigentlich für ein paar Tage Skifahren mit Yannis gespart hatte. Als Jella dann noch mit einem viel zu teuren, wenn auch atemberaubenden Kleid auf ihrer eigenen Geburtstagsfeier auftauchte, machte Yannis einen weiteren Riesenaufstand und Alwa schloss sich fast zwei Stunden beleidigt im Badezimmer ein. Ob eine der Flaschen Champagner ihr dabei die Zeit verkürzte, kann ich nicht genau sagen. Jella nervte Alwas Rumgezicke und so lieferten sich erst die Schwestern durch die geschlossene Badtür ein Wortgefecht, anschließend Jella und Yannis (die Worte »Weichei«, »Memme« und »Muttersöhnchen« aus Jellas Mund waren nicht zu überhören!) und natürlich stritten last but not least auch noch Yannis und Alwa.

Als sich der Sturm gelegt hatte, war es zehn Minuten

nach Mitternacht und wir hatten weder auf Jellas und Alwas 18. noch auf das neue Jahr angestoßen.

Und auch mein eigener Geburtstag vor sechs Wochen war nicht wesentlich besser abgelaufen. Da der Tag auf einen Sonntag fiel, hatten meine Eltern drauf bestanden, mit der Verwandtschaft zu feiern. Und während meine unzähligen Tanten, Onkel, Cousins, Cousinen, meine Großmütter und mein Großvater samt sonstiger Groß-Sippschaft fröhlich im *Goldenen Baum* in der Ortsmitte Kleinhartsondings auf mich anstießen, vertrieb sich meine Mutter die Zeit damit, mich zu ermahnen.

»Hast du dich schon bei Tante Gundi für den schönen Käsekuchen bedankt?«

»Hol Großonkel Rudi mal seinen Janker von der Garderobe!«

»Wenn *du* endlich deinen Führerschein gemacht hättest, könntest *du* nachher den Franz in die Seniorenresidenz zurückfahren.«

»Nein, die Geschenke packst du jetzt noch nicht aus.«

»Und du bedankst dich bei jedem mit einem Brief.«

Irgendwann platzte mir der Kragen, ich schrie, dies sei nicht meine Kommunion, und rannte weg. Ich saß dann völlig verlassen für eine Dreiviertelstunde im leeren Bushäuschen, klapperte vor Kälte mit den Zähnen und sah den letzten Schneeflocken des Jahres beim Tanzen zu. Die hatten definitiv mehr Spaß als ich. Irgendwann entdeckte mein Bruder Tobi mich dort und mit dem ganzen Charme eines Zwölfjährigen sagte er: »Wennst ned zruckkimmst, kriagst koan Schweinsbrodn mehr.« Mein Bruder, Dialektbeauftragter unter uns Geschwistern, griff nach meiner Hand und zog mich zurück in den Gasthof. Ich versuchte, mich an einem Glas Wein zu betrinken, das mein Vater unbedingt meinte, kommentieren zu müssen. Er hielt mir einen fünfminütigen Vortrag über geziemliches Verhalten als Erwachsene, dessen Hauptinhalt war, man habe Verantwortung für seine Gäste und könne sich nicht einfach betrinken. Beim nächsten Weihnachtsessen würde ich ihn daran erinnern, schwor ich mir. Nicht mal das Gerede meiner Großmutter – seiner Mutter – brachte ihn von seinen Vorhaltungen ab: »Mei, des Madl – jetzt ist's scho' so groß! Volljährig! Und ich weiß noch, wie ich ihr immer die dreckerten Windeln hab wechseln müssen.«

»Franzi, bist du noch bei uns?«, schreckt mich Jella aus meinen Erinnerungen. Ich nicke und lehne den Kopf an ihre Schulter.

»Aber immerhin war's ganz lustig gestern«, wage ich zu sagen. Dass ich dabei vor allem an Henry denke, verrate ich nicht. »Schaut mal.«

Ich rufe auf meinem Smartphone die Filme auf, die ich gedreht habe. Wir stecken die Köpfe zusammen und betrachten die bewegten Bilder. Sogar Mai kann auf einmal wieder lachen. Nur als Flo ins Bild kommt, gibt sie laute Würgegeräusche von sich.

»Und da glaubt man, mit 18 werden selbst die Jungs klüger«, sagt sie. »Aber die regredieren eher.«

»Na ja, man denkt ja auch, dass einen die Erwachsenen ernst nehmen«, ergänze ich. »Aber meine Eltern fragen immer noch jeden Tag, wann ich denn nach Hause komme.«

»Und selbst in der Ausbildung wird dir nirgends Verantwortung überlassen.« Jella gibt der Bedienung ein Zeichen. »Die Altmeier glaubt, ich bin auch nach knapp einem Dreivierteljahr zu doof, Sahne steif zu schlagen.«

Ich tätschle Jellas Schulter. »Das wird nix mehr mit dir und der Frau vom Chef – wahrscheinlich wird die dich immer so behandeln, selbst wenn du längst deinen Meister bestanden hast.«

Jella bestellt einen frisch gepressten Orangensaft und der Rest von uns weiteren Kaffee. Ob man sich den auch direkt aus der Maschine intravenös legen lassen kann?

»Ich finde ja am schlimmsten«, meldet sich Alwa zu Wort, »dass die Lehrer uns jetzt zwar siezen, aber immer noch mit dummen Sprüchen kleinhalten wollen. Der Häusler hat in Chemie neulich zu Henry gesagt, wenn er das Periodensystem nicht bald weiß, soll er sich zum Mädchen umoperieren lassen – dann kapiert er vielleicht, was Periode ist. Das sei für ihn ja eh nur ein kleiner Schritt.«

»Krass!« Mein Löffel klirrt gegen die Cappuccinotasse. Ein Stich fährt mir ins Herz. Wie kann dieser Idiot es nur wagen! Henrys trauriger Blick erscheint vor meinem inneren Auge. Ja, er ist ein weicher Typ – aber wie ein Mädchen? Echt nicht! Ich schüttle den Kopf.

»Darüber sollten wir mal ein Video drehen: dass 18-Werden alles andere als lustig ist«, schlage ich vor. »Zu jedem Quatsch gibt es ein ›How to‹ auf Youtube. Aber wie man sich als 18-Jährige so verhält, dass man seine Umwelt überlebt – das findet ihr nirgends. Das ist echt eine Lücke!«

Die Blicke richten sich auf mich. Jella lehnt sich an die mit rotem Leder bezogene Bank zurück und verschränkt die Arme vor der Brust.

»Wäre ich sofort dafür«, sagt sie.

Mai nickt.

Alwa lutscht ihren Kaffeelöffel ab und balanciert ihn dann auf dem Zeigefinger.

»Super Idee! Wir warnen die Jüngeren davor, volljährig zu werden. Damit sie keine falschen Erwartungen aufbauen. Klar, wir dürfen jetzt Schnaps kaufen, der uns nicht schmeckt, und auf Festivals gehen, für die wir kein Geld haben. Aber sonst? Ich meine, hätte Mai die Party gestern nur einen Tag vor ihrem 18. Geburtstag gemacht, wären ihre Eltern für die Schäden aufgekommen – nun muss sie selbst sehen, wie sie das gebacken kriegt.«

»Danke für die Erinnerung.« Mai lässt den Kopf auf die Brust sinken. »Bestimmt hat die blöde Tussi schon bei Constanze und meinem Vater angerufen. Und wenn ich heimkomme, gibt es statt Geschenken eine Kopfwäsche.«

»Mach dir nicht so viele Gedanken«, versuche ich, sie zu trösten. »Vielleicht lässt sich ja was über eure Haftpflichtversicherung drehen oder so. Flos Mutter wirkt genau wie eine, die erst mal rumschreit – wer weiß, ob sie dann wirklich ernst macht. Und mit Flo kannst du ja auch noch mal reden. Dich wird er bestimmt nicht ins

Messer rennen lassen.« Mai lächelt dankbar, fährt sich durch die Haare und klatscht dann in die Hände.

»Los, komm, Franzi, wir machen das mit dem Video. Du filmst uns mit dem Smartphone und wir decken alle Lügen übers Volljährigsein auf.«

»Genau«, ruft Jella und kringelt ihre langen, zerzausten Haare hektisch um ihre Finger. »Ab sofort sind wir die Anti-Lügen-Liga.«

»Nein, das klingt total uncool.« Mai ist mal wieder sehr direkt. Wir überlegen fünf Minuten hin und her und schließlich sagt Mai: »Wie wär's mit *PlanlosePleite-Fails.«*

Wir grinsen uns verschwörerisch an. *PlanlosePleite-Fails*. Klingt nice.

Das Abklatschen unserer Hände hallt durch das gesamte Café.

Während aus dem Wohnzimmer unten die Abspannmusik des *Tatort* ertönt, scrolle ich mit dem Mauszeiger zur letzten Szene. An welcher Stelle sitzt der Schnitt perfekt? Ich frickle ein paar Frames hin und her, lasse dann die ganze Sequenz erneut ablaufen – so ist's richtig gut.

»Bist du noch gar nicht im Bett?« Meine Mutter streckt ihren Kopf, mal wieder, ohne anzuklopfen, in mein Zimmer. Erschrocken zucke ich zusammen – was das Schlimmste daran ist.

»Mama!«, fahre ich sie an. »Es ist Viertel vor zehn und ich bin 18.«

»Ich dacht nur«, antwortet sie leicht schnippisch.

»Morgen ist Montag, da kommst du eh nie aus dem Bett. Ein bissel Schlaf nach dem kracherten Partywochenende wäre sicher nicht schlecht. Ist super für die Haut.«

Ich schnaube nur und sage dann »Gute Nacht«.

»Ach, und Franzi, hast dich jetzt endlich für den Führerschein angemeldet?«

Das Thema schon wieder!

»Mach ich bald.«

»Du tust grad so, als wollten wir dich damit bestrafen. Der gibt dir doch Freiheit!«

Eigentlich will sie sagen, dass er *ihr* Freiheit gibt – die Freiheit, mich nie wieder irgendwohin kutschieren zu müssen. Dabei tut sie das nur noch extrem selten. Ich finde Führerscheine völlig überbewertet: viel zu teuer, noch ein Umweltsünder mehr, noch mehr Verkehr auf den Straßen – und das bei dem gut ausgebauten öffentlichen Verkehrsnetz. Da hebe ich mein Geld lieber für etwas anderes auf – denn natürlich soll ich den Führerschein selbst bezahlen. Hab ja Ersparnisse. Die ich am liebsten für eine richtig gute Kamera ausgeben möchte. Ob es meiner Mutter passt oder nicht. Und seit ich 18 bin, darf ich mit diesen Ersparnissen auch endlich machen, was ich will. Aber das will ich ihr jetzt nicht erklären.

»Schon recht, Mama«, versuche ich, sie zu beschwichtigen. »Wenn's Abi rum ist, okay?«

»Und jetzt ab ins Bett!«

»Mama!«

Sie sieht mich stirnrunzelnd an, schließt dann aber die

Tür und verschwindet ohne einen weiteren Kommentar. Wann wird sie es endlich begreifen? Vermutlich nie. Dabei gehe ich schon seit Jahren nie vor elf schlafen. Und von wegen Partywochenende – den Samstagabend habe ich, etwas erschöpft, zugegeben, mit ihr und dem Rest der Familie ganz brav mit *Frag doch mal die Maus* verbracht. Und musste die meiste Zeit zuschauen, wie Xaver mit seiner blöden Freundin Maria rumknutscht. Dazu haben natürlich weder mein Vater noch meine Mutter was gesagt. Aber klar, der ist ja mit seinen 21 Jahren auch schon im Methusalem-Alter.

Immerhin muss ich, seit ich 18 bin, sonntags nicht mehr mit in die Kirche. Ja, meine Eltern halten das für eine ehrwürdige Tradition, sehen jedoch ein, dass sie uns Große dazu nun nicht mehr zwingen können. Nur der arme Tobi hat noch geschlagene sechs Jahre Kirchgang vor sich. Allerdings haben sie mir schwer ans Herz gelegt, in dieser Zeit das Katzenklo unserer drei Haustiger zu reinigen.

Eine WhatsApp-Nachricht fiept auf meinem Handy los. Jella: »Hey, Süße, wie wird das Video? Bin schon gespannt! Vielleicht werden wir von Hollywood entdeckt und können riesige Gagen einsacken. Gute Nacht, hab dich lieb.« Ein Herzaugen-Emoji verziert das Ganze. Ach, Jella! Denkt gleich wieder ans Geld. Ich lasse den Film erneut ablaufen und wundere mich einmal mehr, wie wunderschön sie darin aussieht: Wie sie ausgelassen tanzt und mit Mai in ihren sexy Stiefeln rumalbert.

Ich habe meine Freundinnen gestern im Café mal ihre Statements zum Thema »18 – und keiner nimmt dich ernst« sagen lassen. Ich habe dabei nur ihre Münder gefilmt, ganz nah. Die Aussagen habe ich dann kombiniert mit passenden Szenen von der Party (Flo, der sich den Mund mit so viel Hackfleischbällchen vollstopft, wie es nur geht, Yannis, der Alwa blöd anmeckert, Patrick, der stumpfsinnig auf sein Handy starrt). Die Gesichter habe ich im Schnitt ziemlich dunkel gedreht, damit man sie nicht erkennt. Das habe ich mit Schnipseln, die ich schon seit Längerem sammle, kombiniert. Meine Eltern, selbst unsichtbar, aber auf der Audiospur umso präsenter, mit schönen Sätzen wie »Komm nicht zu spät«, »Ruf aber an«, »Ich fahr dich nicht schon wieder« oder »Haben wir uns verstanden, Fräulein?«. Außerdem habe ich vorhin in der Küche noch schnell eine Szene gedreht, in der ich mit ausgeschaltetem Mixer und nur einem Quirl vergeblich versuche, Sahne steif zu bekommen, um zu demonstrieren, wie doof 18-Jährige so sind. Dazwischen aber Partyimpressionen, eher gechillte Einstellungen, die belegen, dass wir längst nicht so bescheuert und durchgeknallt sind, wie es die Erwachsenen immer behaupten. Die Erwachsenen – Kacke, ich bin ja jetzt selbst einer!

Das Video ist knapp zweieinhalb Minuten lang und es fehlt nur noch eine passende Musik. Ich habe eine kleine Bibliothek voller rechtefreier Musik, aus der ich mir nun eine Melodie herauspicke, die etwas Freches, aber auch Melancholisches hat. Sie passt perfekt.

Hey, wow, das Video ist echt gut geworden. Ich schaue es mir zwei, drei Mal hintereinander an. Ob es

Henry gefallen würde? Nervös knabbere ich an meinem Daumennagel. Ob ich ihn morgen in der Schule sehe? Ob er mit mir spricht? Ich meine, wir haben uns immerhin auf der Party unterhalten. Oh Gott, schon bei der Vorstellung bricht mir der Schweiß aus.

Ob ich dieses Video von ihm, das er erwähnt hat, auf Youtube finde? Ich gebe Suchbegriffe wie »Zeitraffer und Straße«, »Fensterblick und ein Jahr«, »Passanten« und was weiß ich noch alles ein, finde aber nichts, was auf das passt, was er beschrieben hat – geschweige denn einen Hinweis auf seinen Namen. Vielleicht hat er es gar nicht hochgeladen. Vielleicht hat er es einfach für sich ganz allein gemacht. Was ich im Moment zwar schade, insgesamt aber ziemlich sympathisch finde.

Um mich abzulenken, surfe ich schnell auf die Seite, die auf meiner Favoritenliste derzeit ganz oben steht, und lese die Anzeige dort zum bestimmt tausendsten Mal durch.

»Du hast den Blick? Für Besonderes! Das Ohr? Am Puls der Zeit! Das Gespür? Für Sensations! Die Nase? Für aufregend Frisches! Dann bewirb dich an unserer neu gegründeten Youtube-Academy. Wir machen aus dir kein Filmsternchen, aber den größten Star am Youtube-Himmel.«

Und dann kommen die Anforderungen und Angebote. Eine zweijährige Ausbildung zum Online- und Medienprofi in allen Bereichen: Video, Film, Musik, Storytelling, Crossmedia, Online-Marketing und allem Möglichen. Man selbst sollte natürlich medienaffin sein und erste Erfahrungen haben. Mögliche Studienorte sind München, Köln und Berlin. Kurzum: Es klingt wie etwas, was ich unbedingt machen möchte. Es kitzelt in meinen Fingerspitzen, wenn ich die Anzeige anschaue. Das einzige Problem: Die Ausbildung kostet. Und zwar richtig. Knapp 15.000 Euro für zwei Jahre. Und auf meinem Sparkonto liegen ja gerade mal 2.500 Euro – die, zumindest wenn es nach meinen Eltern geht, für den Führerschein reserviert sind. Ich habe ihnen gegenüber neulich mal anklingen lassen, dass mich dieses Studium interessieren würde. Nachdem ich die Zahl 15.000 Euro ins Spiel bringen musste, hat sich meine Mutter der Spülmaschine zugewandt und mein Vater ist zum Stall gegangen, um nachzuschauen, ob er abgeschlossen ist. Das ist so typisch für sie – die Träume ihrer Kinder sind nichts als Hirngespinste für sie. Ätzend! Ich habe so was von überhaupt keinen Bock, eine Banklehre bei der Sparkassen-Filiale in Kleinhartsonding zu absolvieren – so wie mein Bruder das tut. Oder irgendetwas anderes, von dem meine Eltern annehmen würden, es sei »sicher«. Was denn, bitte schön, ist heute noch sicher? Ich will etwas machen, bei dem ich meine Leidenschaft ausleben kann – und ich weiß schon seit Langem, was das ist. Schon als kleines Mädchen war ich von bewegten Bildern völlig fasziniert. Seit mich mein zehn Jahre älterer Großcousin Maxi in *Charlie und die Schokoladenfabrik* mitnahm, wäre ich am liebsten drei Mal die Woche ins Kino gegangen. Oder hätte mir jeden Abend eine DVD angeschaut. Das meiste Taschengeld ging jedenfalls immer fürs Filmeschauen drauf. Und dann kam Youtube. Ich wollte unbedingt *Twilight* im Kino sehen (warum, weiß ich längst nicht mehr), aber meine Eltern verboten es mir, ich sei zu jung. Doch Großcousin Max zeigte mir heimlich auf Youtube die Parodien von Y-Titty. Ich war geflasht. Ich vergaß den Film. Es gab was viel Lustigeres, das man auch verstand, wenn man den Film nicht gesehen hatte. Und das Tollste: Ich konnte es mir immer wieder anschauen, bis ich es auswendig kannte. (»Du hattest die Cellulite schon vor der Verwandlung!« oder »So verliebte sich der Löwe in das Lamm« oder »Bisstazien und Bisstolen!« und natürlich »Ich glitzre in der Sonne!«) Wann immer ich mich an den Computer meines Vaters schleichen konnte (und glücklicherweise waren meine Eltern viel unterwegs), durchforstete ich Youtube. Das mache ich bis heute und es ist einfacher, seit ich einen eigenen Computer habe. Ich sah alles: Musikvideos von Eminem, Katy Perry oder Taio Cruz – und die passenden Parodien von Y-Titty, Apecrime und den Lochis. Später landete ich dann auch mal bei Bibis Beauty Palace oder Dagi Bee – was mir aber zu schnarchig war – und wartete sehnsüchtig auf neue Videos von Bullshit TV. Ich schrieb selbst erste kleine Parodien auf Unheilig oder Lena oder Shakira – die ich natürlich nie auch nur einer Menschenseele gezeigt hätte, nicht mal Jella. Mit der alten Videokamera meines Onkels Egon versuchte ich mich sogar vor der Linse, was ich allerdings sehr merkwürdig fand. Ich musste schnell feststellen: Ich war keine Selbstdarstellerin wie Dagi oder Bibi. Ich bekam das erste Smartphone und nutzte es öfter als Kamera denn als Handy. Ich liebte – und liebe es bis heute, durch die Gegend zu streifen und das einzufangen, was mich bewegt, berührt, beeindruckt. Und ich fände es toll, wenn sich Menschen finden würden, die dies mit mir teilen. Dann hätte ich nicht das Gefühl, so alleine mit mir und meinem Leben zu sein. Zu spüren, was andere umtreibt, was mich umtreibt. Aber ich will dabei nicht auf so einer »Okay, ich mach mal«-Stufe stehen bleiben, sondern mich professionalisieren. Richtig lernen, wie ich das, was ich vermitteln will, so rüberbringen kann, dass ich verstanden werde. Was ich genau machen werde – mal sehen. Aber es wird mit bewegten Bildern zu tun haben.

Insofern kann ich nur auf diese Youtube-Academy gehen. Wenn es so etwas gerade jetzt neu gibt, dann ist das doch ein Zeichen! Schicksal! Ich habe mir natürlich auch all die Creator-Academy-Inhalte angesehen, aber das ist alles so theoretisch. Ich möchte gerne echtes menschliches Feedback. Das wäre einfach großartig!

»Ähm, Franzi«, höre ich nun erneut meine Mutter vor der Tür.

»Was?« Ich kann nicht verhindern, dass ich leicht genervt klinge.

»Gut, dass du noch nicht schläfst. Kommst du mal mit? Dein Vater und ich, wir hätten was zu besprechen mit euch.«

Sofort fährt mir eine Faust in die Magengrube. »Dein Vater und ich«? – Das sagt sie sonst nie. Ob sie sich trennen wollen? Oh Gott!

Ziemlich nervös dackle ich hinter ihr hinunter ins Wohnzimmer, wo schon Xaver und mein Vater sitzen.

Tobias schläft seit neun friedlich und ahnt nicht, was sich hier zusammenbraut. Xaver wirkt allerdings ziemlich desinteressiert und scrollt auf seinem Handy rum.

»Leg das mal weg«, bittet ihn mein Vater nachdrücklich. »Also.« Xaver blickt auf, sieht aber so aus, als wolle er schnell wieder fort. Immerhin stopft er das Smartphone in die Hosentasche.

»Ja«, sagt meine Mutter und stößt meinem Vater sanft den Ellenbogen in die Seite. »Sag du.«

Er blickt sie leicht genervt an und räuspert sich. »Also.«

Eine kleine Pause tritt ein.

»Mei, macht's halt ned so spannend«, drückt Xaver aufs Tempo. »Wollts euch trennen?«

Wie immer ist er sehr direkt, mein Herr Bruder. Mich erstaunt, dass er tatsächlich in die gleiche Richtung denkt wie ich.

»Quatsch«, sagt da glücklicherweise meine Mutter und schüttelt vehement den Kopf. Die Faust in meinem Bauch verschwindet.

»Wir ... wir wollen den Hof aufgeben«, verkündet mein Vater nun.

»Was?«, fragt Xaver entsetzt. »Unser Zuhause?«

»Was, echt?«, echoe ich und spüre gleichzeitig, dass ich nicht einordnen kann, ob ich das nun schlecht finde oder nicht.

»Na ja«, hebt mein Vater an. »Dieser Nebenerwerbsbetrieb bringt ja nun nicht wirklich was. Ich mach fast nur noch bürokratisches Zeug mit all den tausend Verordnungen und Anträgen und Berichten und was weiß ich. In der Zeit könnte ich drei oder vier anderen Bauern die Buchhaltung machen. Da hätten wir mehr von.«

»Und der Rücken«, ergänzt meine Mutter. Mein Vater nickt.

»Genau, mein Rücken macht die Landwirtschaft auch nicht mehr lange mit.«

»Meiner auch nicht.« Meine Mutter schaut meinen Vater leicht strafend an. Manchmal liefern sie sich einen regelrechten Wettbewerb, wem es gesundheitlich schlechter geht.

»Ja, und was heißt das für uns?«, frage ich.

»Für euch zwei heißt das nicht so viel.« Mein Vater trinkt den letzten Schluck aus seinem Bierglas. »Ich meine, du, Xaver, wolltest ja eh mit der Maria zusammenziehen – und du, Franzi, du bist nun auch flügge. Wenn du mit deiner Ausbildung anfängst, verdienst du ja Geld und wir können dir dein Kindergeld dazuschießen, sodass es für ein Zimmer in der Nähe reicht.«

»Aber ...«, sagen Xaver und ich gleichzeitig.

»Ich weiß ned, ob ich mit der Maria zusammenziehen will.«

»Das ist ein feines Madl«, sagt meine Mutter und zieht die Augenbrauen zusammen. »Außerdem würde euch die Tante Anni das Dachgeschoss zur Verfügung stellen. Gegen eine geringe Miete.«

»Ja, und wo geht ihr hin?«, fällt mir endlich ein.

Die beiden werfen sich einen kurzen Seitenblick zu, dann sagt meine Mutter: »Wir haben in Ebersberg eine schöne Vier-Zimmer-Wohnung in Aussicht. Mit kleinem Garten. Für ein paar Tomatenpflanzen reicht's. Der Tobi wechselt ja eh die Schule und in Ebersberg gibt's eine sehr gute Realschule, da kann er hin.«

»Äh, ab wann?«, frage ich. Das klingt alles so, als ob sie es schon länger planen.

»Zum 1. August.« Mein Vater dreht das leere Bierglas hin und her.

»Und das sagt ihr uns jetzt erst?«, mein Bruder springt wütend auf. »Ich will aber ned mit der Maria bei der Tante Anni einziehen, ich will hierbleiben.«

Ich hole tief Luft und sage: »Und ich will keine Ausbildung machen, sondern studieren.«

Meine Mutter blickt an die Decke, als hoffe sie auf göttliche Unterstützung. »Mei, Franzi, da haben wir doch so oft drüber geredet. Eine solide Ausbildung kann dir keiner nehmen. Ein Studium können wir dir nicht finanzieren. Und BAföG mit der jahrelangen Zurückzahlerei – überleg dir das gut! Tut mir sehr leid!«

Ich glaube ihr kein Wort. Trotzig verschränke ich die Arme vor der Brust. Ich werde keine Scheiß-Bank-Versicherungs-Steuerfachgehilfinnen-Ausbildung machen, so wie es meine Eltern gerne für mich hätten.

»Mir egal, ich bin 18!«

»Ja, das ist schön für dich«, schaltet sich mein Vater ein. »Dann musst du sehen, wie du das finanzierst.«

Mist, Mist, Mist. Wie soll ich denn ein Studium finanzieren, für das unverschämt hohe Gebühren verlangt werden, und nebenbei auch noch meinen Lebensunterhalt bestreiten?

»Aber wenn ihr hier den Hof verkauft, dann muss

doch was übrig sein«, kontere ich. So schnell gebe ich nicht auf.

»Ach, da kriegen wir kaum was für. Bisher gibt es nur einen einzigen Interessenten. Außerdem haben wir ein paar ziemlich hohe Bankkredite wegen des Umbaus vor drei Jahren abzuzahlen. Na ja, und die neue Wohnung gibt's ja auch nicht geschenkt«, erklärt mein Vater geduldig.

»Bitte, Franziska!« Wenn meine Mutter mich so nennt, ist nicht mit ihr zu spaßen. »Jetzt machst eine Ausbildung und dann kannst immer noch weitersehen. In der Sparkasse in Ebersberg wird eine Lehrstelle frei, hat mir die Frau Hartinger gesteckt. Da bewirbst dich, ja? Und ich muss jetzt ins Bett, um 05.05 Uhr klingelt mein Wecker.«

Das ist so typisch für meine Eltern. Sie haben sich diesen Plan seit Wochen zurechtgelegt und wir können nun sehen, wie wir damit klarkommen.

Fassungslos lasse ich mich auf meinen Schreibtischstuhl sinken. Hinter dem Fenster erahne ich den dunklen Schatten des Apfelbaums, der unseren großen Garten begrenzt. In dem wir als Kinder immer herumgekraxelt sind. Ich sehe uns vom Heuboden hinunterspringen in riesige Strohhaufen, sehe Kitty im selben Strohhaufen vor mir, die erste Katze, an die ich mich erinnern kann, wie sie ihre neugeborenen Jungen abschleckt. Ich sehe mich auf den Kirschbaum klettern und sonnenwarme, leuchtend rote Früchte pflücken, die ich an Ort und Stelle verputze. Ich sehe uns im

Herbst mit einem imposanten, selbst gebauten Drachen über die Stoppelfelder laufen – und der Ort, die Heimat all dieser Erinnerungen, soll nun aufgegeben werden? Verkauft? Einfach so? Erstaunt blicke ich auf die kleine Wasserlache, die sich auf meiner Tischplatte angesammelt hat. Ärgerlich wische ich meine Tränenspur mit dem Ärmel weg. Es ist ja nicht nur die Vergangenheit, die meine Eltern auslöschen wollen, sondern auch meine Zukunft. Das klingt krass – aber genauso fühlt es sich an! Ich will auf keinen Fall gelangweilt hinter einem Bankschalter enden und die hiesigen Dorfbewohner als Nabel des Universums begreifen. Ich will hinaus! Und ich will zurückkehren können in die Welt meiner Kindheit. Das können sie nicht machen! Doch vermutlich werden sie es tun. Und ich habe keine Ahnung, wie ich meine Wünsche und Vorstellungen umsetzen soll.

Trotzig sehe ich mir die Seite, auf der das Bewerbungsverfahren für die Academy geschildert wird, genauer an. Mappe einreichen, Aufgaben lösen, Auswahlverfahren, Stipendium, hochklassige Jury ... Stipendium? Das habe ich bisher glatt übersehen. Ich klicke den Unterpunkt an. Tatsächlich! »Für herausragende Bewerber, die sich auf Youtube schon einen Namen gemacht haben, eine mindestens dreistellige Abonnentenliste vorweisen können, eine auch künstlerisch überzeugende Selbstdarstellung einreichen und bis zum 20. Juni Klickzahlen im vierstelligen Bereich generiert haben, gibt es die Möglichkeit, das Studium über ein Stipendium zu finanzieren. Es werden – nach einem Vorstellungsgespräch – drei Stipendien für den Standort Köln vergeben.«

Meine Chance! Ich lasse einen kleinen Schrei los und halte mir erschrocken die Hand vor den Mund. Nicht, dass meine Mutter gleich wieder auf der Matte steht. Wenn ich ein Stipendium bekäme, müsste ich nur so viel jobben, dass ich Miete und Essen und so was bezahlen könnte. Und Köln ist bestimmt viel günstiger als München. Köln! Ich war noch nie dort und außer dem Kölner Dom fällt mir kaum was ein zu der Stadt. Puh, dann wäre ich ganz weg von hier. Vor allem von Jella, Alwa und Mai. Aber wer weiß, wohin es die so verschlägt in der nächsten Zeit. Und außerdem: Mein Zuhause wird es sowieso nicht mehr geben, also warum nicht gleich woandershin gehen. Genau, ich brauche dieses Stipendium! Unbedingt! Es ist das Einzige, was mich vor dem Leben als Landpomeranze retten kann. Garantiert!

»Vergiss es«, scheint ein unsichtbarer Miesmacher in großen roten Lettern auf dem Bildschirm meines Computers aufleuchten zu lassen. Der 20. Juni ist in gut zwei Monaten – wie soll ich denn bis dahin mit all den Youtube-Cracks mithalten, die schon ewig mit ihren Let's-Plays und Beauty-Vlogs Fans ohne Ende sammeln? Die Videos, die ich bisher gedreht habe, sind eher so kryptische Tagebuchfilme. Ich habe sie auf Youtube eingestellt und in einem Anflug von Weltschmerz den Kanal »sad Franzicrets« genannt, was nicht mal Jella verstanden hat (Franzi + Secrets = Franzicrets). Bis auf eine Handvoll mir unbekannter Menschen hat ihn glücklicherweise noch niemand entdeckt.

Wieder lasse ich das heute fertiggestellte Video ablaufen. Es ist gut. Echt jetzt! Viel besser als dieser immer gleiche »Ich zeig dir den sexysten Lippenstift«-Laber-Product-Placement-Quatsch oder dieser »Den prank ich, Alder«-Let's-Play-Schwachsinn. Wenn wir noch mehr witzige Videos hätten und ein bisschen Werbung an der Schule dafür hinbekommen würden ... dreistellige Abonnentenzahl und vierstellige Klickzahlen – das sollte machbar sein. Und die Jury wird ja hoffentlich nicht *nur* die Anzahl der Klicks entscheiden lassen, sondern auch die Art der Umsetzung.

Ich sollte es probieren. Verlieren kann ich dabei nichts. Und außerdem habe ich ja die besten Helferinnen der Welt – meine Freundinnen. Ich logge mich in meinen Youtube-Account ein, erstelle einen neuen Kanal mit dem Namen »PlanlosePleiteFails« und lade den frischen Film unter dem Titel »Lauter Fakes übers 18-Sein« hoch. Dann empfehle ich meiner gesamten Social-Media-Kontaktliste, sich das Video anzuschauen. Da muss doch was gehen ...

3

Die krassesten Jungs-Fakes

Mai zieht ein Gesicht, als sei sie die Jungfrau von Orleans kurz vorm Besteigen des Scheiterhaufens. Sogar Herr Hiemenz, unser Geschichtslehrer, wagt es nicht, sie aufzurufen. Stattdessen stammelt sich jetzt Flo einen darüber ab, wie die Verurteilung der Jeanne d'Arc aus ihrer Zeit heraus moralisch erklärt werden kann. Mai grinst plötzlich diabolisch, vermutlich stellt sie sich gerade Flo als Fackel vor. Sie kam – ganz untypisch für sie – so spät zum Unterricht, dass ich noch nicht in Erfahrung bringen konnte, warum sie so grantig schaut. Na ja, es wird mit Freitag zu tun haben, der Party, so viel ist sicher. Ich bin froh, dass ich zwischen ihr und Flo sitze, sonst könnte niemand garantieren, dass sie nicht wahlweise mit den Fäusten, einem Feuerzeug oder wenigstens dem Geschichtsbuch auf ihn losgeht. Endlich läutet es. Flo verlässt im Sturmschritt das Zimmer. Mai blickt ihm hasserfüllt hinterher. Ich sehe sie fragend an.

»Scheiße«, sagt sie nur und packt ihre Sachen zusammen.

»Erzähl«, fordere ich sie auf und wir verlassen gemeinsam das Klassenzimmer. Glücklicherweise liegt eine Freistunde vor uns und wir machen uns auf ins Café Altmeier, das sich gleich um die Ecke der Schule befindet und in dem Jella ihre Ausbildung macht. Mittlerweile sind wir dort Stammgäste – obwohl das etwas plüschige 80er-Jahre-Ambiente nicht gerade das angesagteste ist. Aber dieses ästhetische Opfer bringen wir gerne, wenn wir dafür Jella treffen können.

»Mein Vater ist natürlich stinksauer«, beginnt Mai. »Die Scheiß-Maklerin hatte tatsächlich schon bei ihm angerufen, als ich heimkam – so ätzend! Mir droht sie, dass ich das selbst regeln muss, und dann petzt sie doch bei meinen ehemaligen Erziehungsberechtigten.«

»Kacke«, bestätige ich ihre Einschätzung.

»Sie hat was von 5.000 Euro gefaselt, die garantiert auf uns zukommen. Constanze hat immerhin angeboten, heute Morgen gleich mal mit der Haftpflichtversicherung zu telefonieren. Ganz neuer Zug von ihr – sonst hat sie ja nie zu irgendwas Zeit, weil sie sich ständig um Stanislaus kümmert.«

»Und wenn die Versicherung nicht zahlt?«

»Na ja, mein Vater meint, ich muss das in jedem Fall wiedergutmachen. Und seine Laune hat sich erheblich gebessert, als er auf die Idee kam, mich als Dauer-Babysitterin für Lausi zu missbrauchen. Weil Constanze ja jetzt stundenweise wieder in ihren Job einsteigt und sie noch keinen Krippenplatz für ihn hat.«

»Oh my God!«

»Du sagst es!« Sie schiebt die Tür zum Café auf und wir entdecken Jella, die hinter der Theke hantiert. Leider ist es trotz Mitte April noch etwas zu kalt, als dass wir uns an die kleinen Tische draußen setzen können. So lassen wir uns im viel zu warmen Gastbereich nieder, der sich an den Verkaufsraum anschließt. Außer ein paar Omas und einigen jüngeren Schülern ist kaum jemand da.

»Ich meine«, schimpft Mai weiter, »hallo? Bald starten die Abiprüfungen – wie kann ich denn lernen, wenn ich ständig auf das Blag aufpassen soll? Die haben sie doch nicht mehr alle!«

Jella spurtet an unseren Tisch und küsst uns auf die Wangen.

»Muss gleich wieder nach hinten, eine Fuhre aus dem Ofen nehmen. Drückt die Daumen, dass ich nicht wieder ein Branding kassiere.« Sie reibt sich übers Handgelenk, wo die letzten Spuren einer fetten Brandblase gerade erst verblassen. »Was wollt ihr trinken? Das Übliche?«

Wir nicken und Mai fasst für Jella kurz zusammen, wie ihr Vater sie bestrafen will.

»Oh, der süße Lausi«, grinst Jella. »Da helfe ich gerne mit! Der ist so putzig!«

»Haha«, macht Mai, aber Jella meint das ganz ernst.

»Jella«, brüllt plötzlich eine Frauenstimme quer durch den Raum und Jella beeilt sich, zurück in die Backstube zu kommen. Mit der Frau des Chefs ist nicht zu spaßen, das haben auch wir gemerkt. Allein ihr quietschiger Tonfall fährt einem durch Mark und Bein.

Ich beneide Jella nicht – schon das frühe Aufstehen ist gruselig. An manchen Tagen muss sie bereits um vier

Uhr in der Backstube stehen, sonst um sechs. Konditorin zu werden, war immer ihr großer Traum – und was Torten angeht, kann sie sogar ihrem Lehrherrn noch etwas beibringen. Zumindest sobald es ums Verzieren geht. Aber das ist hier nicht gefragt. Schließlich ist das hier ja auch keine Konditorei, sondern eine Bäckerei. Jella war spät dran mit ihrer Bewerbung und hat nur noch diese Lehrstelle ergattert. Aber besser als nichts, hat sie sich gesagt. Hier gibt's Käsekuchen und Plunderstücke. Wenigstens der Kaffee kommt aus einer guten italienischen Maschine und schmeckt. Selbst, wenn er einem so hingepfeffert wird, wie jetzt von Melanie, der schrecklichen Tochter von Bäcker Altmeier, die uns meist mit Missachtung straft. Glücklicherweise.

»Hast du's eigentlich schon gesehen?«, frage ich Mai und mir kribbeln dabei ein wenig die Fingerspitzen. Hoffentlich findet sie es gut.

»Was?«, fragt sie prompt und ich zeige ihr das Video, das ich bei Youtube hochgeladen habe. Sie kichert beim Betrachten und wendet den Blick nicht für eine Millisekunde ab.

»Saucool«, sagt sie, als es zu Ende ist. »Allerdings – na ja, vielleicht hättest du es erst *uns* anschauen lassen können, bevor du es online stellst?«

Ich sehe sie verblüfft an. Scheiße, darüber habe ich gar nicht nachgedacht.

»Äh, stimmt ... aber ...«, stottere ich.

»Schau mal«, sie deutet auf das Like-Symbol unter dem Video. »Hat schon 34 Gefällt-mir-Klicks. Gar nicht schlecht!«

»Was?« Ich traue meinen Augen kaum. Um elf Uhr morgens so viele Daumenhochs? Unglaublich! 34! »Wahnsinn!«

Ich erzähle ihr vom Ärger mit meinen Eltern und weihe sie in meinen Plan mit dem Stipendium ein. Sie hört mir aufmerksam zu, sagt dann: »Ich finde die Idee total cool und ich würde dir furchtbar gerne helfen, aber ... puh, jetzt so kurz vor dem Abi ... Und das Blag habe ich auch noch an der Backe.«

»Verstehe«, sage ich und schaffe es nicht ganz, die Enttäuschung aus meiner Stimme zu vertreiben. »Ich muss mal schnell.«

»Also, gelegentlich geht schon was«, ruft sie mir versöhnlich nach.

Ich stehe auf und verschwinde in Richtung Klo. Was mache ich denn, wenn alle meine Freundinnen so reagieren? Keine Zeit, keine Lust ... Wie dämlich!

Alleine schaffe ich das nie!

Als ich vom Klo komme, höre ich Stimmen durch eine offen stehende Tür zum Hinterhof. Spricht da nicht Jella? Ich will auf sie zustürmen, halte aber inne. Ich kann sie nur von hinten sehen, sie gestikuliert heftig. Ihre Worte sind nicht zu verstehen. Ein paar Schritte nur und ich erkenne, mit wem sie streitet: Es ist ein großer, dürrer Typ mit einem aufgelösten Pferdeschwanz, etwas älter als wir, der sie wütend anschaut. Irgendwo habe ich den schon mal gesehen. Plötzlich schreit er los: »Wenn du blöde Schlampe mein Geld nicht bis Freitag rausrückst, dann zeig ich dir mal, was ich so für Tricks draufhabe. Und zwar nicht die angenehmen!«

»Verpiss dich«, zischt Jella. »Ich schulde dir gar nichts mehr! Das waren alles Geschenke!«

Sie wirkt so zerbrechlich, obwohl ihre Stimme fest und bestimmt klingt. Er geht auf sie zu und bleibt bedrohlich dicht vor ihr stehen. Er überragt sie um beinahe zwei Köpfe.

»Und was ist mit den 200 Euro von kurz vor Weihnachten? Hä?« Er packt sie am Kragen und ich merke, wie mir meiner platzt.

»Hey«, brülle ich, ohne weiter nachzudenken. »Lass Jella in Ruhe.« Verärgert starrt er mich aus seinen schmutzig blauen Augen an und Jella dreht sich irritiert zu mir um.

»Geh rein«, raunt sie, doch ich tue das Gegenteil und marschiere auf sie zu. Keine Ahnung, ob ich in der Lage wäre, gegen diesen Lulatsch etwas auszurichten – aber meine Freundin im Stich lassen? Niemals!

Tatsächlich lässt er sie los und tritt den Rückzug an.

»Wir sprechen uns«, ruft er ihr zum Abschied zu.

»Hau bloß ab, du Ausgeburt!«, schreit Jella reichlich unbeeindruckt. Erst als er drei schnelle Schritte in unsere Richtung tut, als wolle er zurückkommen, zieht sie mich rasch zurück zur Backstube.

»Was war das denn für einer?«, frage ich und habe den Eindruck, ich klinge wie meine Mutter.

»Nur so 'n Wichser, der sich einbildet, ich schulde ihm noch Geld.«

»Ach, hier versteckst du dich – beim Ratschen«, schaltet sich jetzt diese unterbelichtete Melanie ins Gespräch, dreht eine Strähne ihrer ausgedörrten Dauerwellenfrisur um den Zeigefinger, die perfekt zum 80er-Jahre-Anstrich des Cafés passt, und mustert Jella abschätzig. »Mein Vater sucht dich, die Backstube muss gewischt werden. Und zwei Mehlsäcke musst du auch noch hochholen. Bisschen presto!«

Jella verdreht nur die Augen. Melanie verschwindet wieder.

»War das nicht dieser ... Marco? Dem dich irgendeine hormonelle Fehlleitung Ende letzten Jahres in die Arme getrieben hat?«, erinnere ich mich plötzlich.

Jella hat uns den Typ damals gar nicht erst großartig vorgestellt und es war von Anfang an klar, dass er nicht zu den Eroberungen zählen würde, auf die sie später mit Stolz zurückblickt. Manchmal lässt sie sich wirklich auf merkwürdige Typen ein, die sie definitiv nicht verdient haben. Seltsame Trolle ... ob die besonders gut küssen? Igitt!

»Marc, ja genau.« Sie klingt kleinlaut. Als sei es ihr peinlich, dass sie mal mit ihm zusammen war. »Der nervt nur rum.«

»Na ja, er hat dir Prügel angedroht, wenn ich das richtig mitbekommen habe.«

»Der droht gerne mal. Kann aber keiner Fliege was tun.«

So ganz glaube ich ihr nicht.

»Mann, ich muss zurück und den Boden schrubben«, weicht sie meinem skeptischen Blick aus. »Bis später irgendwann. Cooler Film übrigens! Ich wette allerdings, Alwa ist sauer, weil Yannis darin ein wenig abkackt.« Sie zwinkert mir zu, greift nach einem Wischmob und verschwindet in der Backstube.

Jella, Jella, denke ich mir. Hoffentlich werden die Finanzen und du eines Tages doch noch Freundinnen.

Schnell klappe ich den Zeichenblock zu – muss mein Kunstlehrer ja nicht sehen, dass ich meine Studie zu Picassos »Guernica« heute nicht sonderlich intensiv weiterverfolgt habe. Irgendwie hat meine Hand ganz von allein lauter kleine Filmstills gezeichnet – Ausgangspunkt für ein Storyboard zu unserem nächsten Video? Merkwürdig, dass der mit Bleistift skizzierte Hauptdarsteller längere Locken und die gleiche Kinnpartie wie Henry hat. Umso mehr zucke ich zusammen, als ich das Klassenzimmer verlasse und nicht nur mit Alwa zusammenstoße – sondern auch mit Henry. Die beiden kommen wohl gerade aus ihrem Chemiekurs. Da lobe ich mir einen entspannten Kunstkurs am späten Montagnachmittag.

Alwa schaut tatsächlich etwas genervt. Hoffentlich ist sie nicht wirklich sauer, weil ihr Yannis in meinem Video nicht so besonders gut wegkommt.

Doch zunächst einmal busselt sie mich ab. Henry bleibt stehen und beobachtet uns und ich befürchte, meine Wangen sehen aus, als hätte ich sie mit einer Schicht roter Kreide überzogen.

»Sauschön geworden, der Film«, sagt sie sofort. »Musst du mal anschauen, Henry – unser Kanal heißt *PlanlosePleiteFails* und dort klären wir alle Jugendlichen darüber auf, wie es wirklich ist, 18 zu sein.«

Er nickt und lächelt. Höflich? Zurückhaltend? Gelangweilt?

»Ich hab mich totgelacht, als ich Yannis da gesehen

habe – wie der sich aufplustert. Nur weil ich auf Mais Party mit dir gequatscht habe, Henry.«

Abwehrend hebt er die Hände.

»Oh Gott – ich will mich ganz bestimmt nicht zwischen euch drängen. Also, ich meine …« Jetzt hat er die rote Kreide abbekommen. Süß! »Du weißt ja, dass ich dich als Mitschülerin total schätze …«

»Schon gut«, kommt ihm Alwa zu Hilfe und ich kann mir ein Grinsen nicht verkneifen. Innerlich atme ich erleichtert auf – denn der Gedanke, ob sich da was anbahnt zwischen Alwa und Henry kam mir natürlich auch. Ich glaube, Henry wäre das komplette Gegenprogramm zu Yannis. Der ist so völlig unlocker, hat was Kontrollierendes und Beherrschtes. Zumindest, solange er Alwa nicht mit einem anderen Typen sieht.

»Und du machst jetzt Youtube-Filme? Ist dir doch was Neues eingefallen«, spricht mich Henry plötzlich an und ich muss kurz überlegen, bis mir einfällt, dass er sich auf unser Partygespräch bezieht. »Wie heißt euer Kanal?« Ich starre ihn an. Er. Spricht. Tatsächlich. Wieder. Mit. Mir. Wow.

»Franzi? Jemand da?«, hakt er nach und tut, als wolle er gegen meine Stirn klopfen.

»Äh, LanploseFailPleite. Äh. Pleite. Planlose.« Verdammt! »*PlanlosePleiteFails*.«

»Cool, guck ich mal rein. Jetzt muss ich los! Ciao!« Spricht's und geht davon. Einfach so. Mein Herz flattert, als wolle es sich aus dem Körper reißen und ihm hinterherfliegen. Stattdessen schaue ich ihm nach. Wo er wohl hinwill? Zum Sport? Zum Schachkurs? Bestimmt nicht zum Computerspielen. Henry ist vermutlich ein Medienkünstler und kein Gamingfreak. Er hängt ja nicht mal an seinem Handy wie an einer Sauerstoffflasche.

»Warum bist du denn so rot?«, fragt Alwa schmunzelnd.

Ich reibe mir über die Wangen. »Gar nicht«, sage ich.

»Und, wann drehen wir das nächste Video?«, macht sie weiter. »Deine Fans wollen mehr!«

»Alle 34?«

»Alle 57!«

Echt jetzt? Und vielleicht sind es bald 58 Likes. Falls Henry das Video tatsächlich anschaut. Und begeistert likt. Zeitgleich mit dem Papst.

Wir beschließen, dass ich mit Alwa nach Hause gehe. Jella ist bestimmt auch schon da und wir können gemeinsam überlegen, wie wir einen weiteren Film realisieren.

Drei Stunden später steht unser erstes Drehbuch.

Die fünf krassesten Fakes volljähriger Jungs

Drehbuch von Franziska Huber, Alwa und Jella Pistor

1. Szene Tag/innen

Insert: *1. Fake: 18-jährige Jungen können denken.*

Mai *(mit großer Nerdbrille auf der Nasenspitze, Untertitel eingeblendet: Dr. Fragmich Mai, Fachärztin für pubertierende Pubertierende)*:

Mit 18 ist die Pubertät weitestgehend abgeschlossen. Die von den Eltern gefürchteten Umbauarbeiten im Gehirn sind so gut wie beendet. Sogar männliche Jungen bekommen wieder mit, was um sie herum vor sich geht.

2. Szene Tag/außen

Jella *(mit angemaltem Bart, in ausgeleiertem T-Shirt, Jeans und Bikerboots, Fluppe im Mundwinkel) kommt aus einem Hauseingang und geht, Blick aufs Handy, ohne rechts und links zu schauen, über die Straße.*

Alwa *kann mit ihrem Fahrrad gerade noch bremsen.*

Alwa:

Mann, du Penner, pass doch auf!

Jella *(proletet)*:

Pass selber auf, du Bitch!

(Szenerie wie 1.)

Mai:

Beweis erbracht. Der 18-Jährige hat bemerkt, dass er eine *weibliche* Fahrradfahrerin gerammt hat.

(Sie streckt den Daumen in die Kamera)

3. Szene Tag/innen

Insert: *2. Fake: 18-jährige Jungen sind charmant.*

Mai *(mit großer Nerdbrille auf der Nasenspitze, Untertitel eingeblendet: Dr. Fragmichnicht Mai, Fachärztin für pubertierende Pubertierende)*:

Ab 18 haben männliche Jungen einen neuen Blick auf das andere Geschlecht. Ab sofort wollen sie den Frauen gefallen und zeigen ihnen dies auf charmante Art und Weise.

4. Szene Tag/außen

Jella *(in gleicher Kostümierung wie oben)*:

Ey, Bitch, willste fi***en?

(Piepen über letztem Wort)

Alwa *verdreht genervt die Augen und zeigt* **Jella** *den Stinkefinger.*

(Szenerie wie 3.)

Mai:

Beweis erbracht. Der 18-Jährige hat durch eine

freundliche Nachfrage auf seine Bedürfnisse aufmerksam gemacht, anstatt sie aufgrund körperlicher Überlegenheit durchzusetzen.

(Sie streckt den Daumen in die Kamera)

5. Szene Tag/innen

Insert: *3. Fake: 18-jährige Jungen sind auch ohne Alkohol fröhlich.*

Mai *(mit großer Nerdbrille auf der Nasenspitze, Untertitel eingeblendet: Dr. Fragmichbloßnicht Mai, Fachärztin für pubertierende Pubertierende)*:

Die Zeit des Koma-Saufens ist endgültig beendet. 18-jährige männliche Jungen haben begriffen, dass sie Alkohol gar nicht nötig haben.

6. Szene Tag/außen

Jella *hängt in gleicher Klamotte wie oben auf einer Parkbank, neben ihr ein Berg Kippen, in ihrer Hand eine dicke Hasch-Tüte.*

Alwa *läuft angewidert schauend an ihr vorbei.*

Jella *(friedvoll)*:

Peace, Bitch!

(Szenerie wie 5.)

Mai:

Beweis erbracht. Der 18-Jährige hat sich in

ein friedliebendes Wesen verwandelt, dem Harmonie wichtiger als Spaß ist.

(Sie streckt den Daumen in die Kamera)

7. Szene Tag/innen

Insert: *4. Fake: 18-jährige Jungen konzentrieren sich auf ihre Zukunftsplanung.*

Mai *(mit großer Nerdbrille auf der Nasenspitze, Untertitel eingeblendet: Dr. Fragmichwieoftmussichesdennnochsagennicht Mai, Fachärztin für pubertierende Pubertierende)*:

Schluss mit Experimenten! 18-jährige männliche Jungen sind nun ganz auf ihren Schulabschluss konzentriert und nehmen die Berufsplanung sehr ernst.

8. Szene Nacht/innen

Jella *hängt in gleicher Klamotte wie oben mit dem Kopf auf dem Tresen einer Bar. Vor ihr ein aufgeschlagenes Lateinbuch.*

Alwa, *als Bedienung, haut mit der Faust auf die Theke.*

Alwa:

Raus mit dir, wir schließen!

Jella *(fährt erschrocken hoch, das Buch fällt runter)*:

Bitch – die Hure. Putain – die Nutte. Lupanaris – die Bitch. Noch ’n Bier.

(Szenerie wie 7.)

Mai:

Beweis erbracht. Der 18-Jährige schaut sich mögliche Erwerbszweige durch Vor-Ort-Recherchen intensiv an und verbessert gleichzeitig ständig seine schulischen Leistungen.

(Sie streckt den Daumen in die Kamera)

9. Szene Tag/innen

Insert: *5. Fake: 18-jährige Jungen verbringen wieder gerne Zeit mit ihrer Familie.*

Mai *(mit großer Nerdbrille auf der Nasenspitze, Untertitel eingeblendet: Dr. Fragmichindeinemganzenlebenniemalswieder Mai, Fachärztin für pubertierende Pubertierende)*:

Für Eltern männlicher Jungen gibt es nur einen gültigen Rat: Wenn sie mit 18 zurückkommen und mit euch reden, habt ihr alles richtig gemacht.

10. Szene Tag/innen

Jella *(in gleicher Klamotte) kommt in die Küche herein, lässt einen Beutel Wäsche fallen, setzt sich an den Tisch, legt die Füße darauf*:

Ey, gibt's Essen oder was? Ma' dalli, ey!

Alwa *(in Kittelschürze mit Hausmütterchen-Dutt und einem Teller mit einem Berg Nuggets)*:

Natürlich, Spätzchen, ich hab dir Riesen-Monster-Dino-Nuggets gemacht.

Jella *reißt ihr den Teller aus der Hand, kippt pfundweise Ketchup darauf und fängt an, sich vollzustopfen.*

Alwa betrachtet sie liebevoll.

Jella *rülpst.*

(Szenerie wie 9.)
Mai:
Beweis erbracht. Der 18-Jährige weiß Mutters Küchenkünste, die er lange verschmäht hat, wieder zu schätzen und zeigt dies deutlich. Ein schönes Gefühl für alle Eltern!
(Sie streckt den Daumen in die Kamera)

»Puh«, sagt Jella. »Sauwitzig – damit nehmen die dich bestimmt mit Kusshand an dieser Akademie. Aber bekommen wir das irgendwie umgesetzt?«

»Mit der Handykamera ist das schwierig«, stimme ich ihr zu. »Wäre schon schön, das ein bisschen professioneller anzugehen.«

»Wo du doch jetzt schon 74 Likes hast.« Alwa schiebt mir ihr Smartphone zu. Fassungslos starre ich auf den Bildschirm. 74! An einem Tag!

»Und sieben Abonnenten. Allerdings auch drei Dislikes.«

Ich scrolle ein wenig nach unten – da sind tatsächlich zwei Kommentare.

»Hier, hört mal«, rufe ich aufgeregt. »Da schreibt einer – der nennt sich *FlawlessNerd* –, wie affig: makelloser Nerd ...« Meine Begeisterung schwächt sich beim Überfliegen seiner Worte kontinuierlich ab. »Er schreibt: ›Ih, ekelig, Mädchen in Lackstiefeln! Geht's noch? Konzentriert euch auf euer Abi!‹«

»Spielverderber!«, ruft Alwa.

»Depp!« Jella stellt unsere schmutzigen Teller mit den Nudelresten zusammen. Die Pasta hat uns während unseres kreativen Flows mit Energie versorgt. »Ist bestimmt so ein Sack, der nur neidisch ist, dass er selbst nichts auf die Reihe bringt.«

»Lies mal den zweiten Kommentar vor«, fordert mich Alwa auf.

»Wow«, entfährt es mir. »Da kriegen wir die höheren Weihen von einem, der's wissen muss. Von Mister PaperCrafter höchstpersönlich.«

PaperCrafter ist ein Youtuber, der vor allem *Minecraft*-Let's-Plays ins Netz stellt und schon über 30.000 Abonnenten hat. Wer dahintersteckt, weiß niemand. Er blendet keine FaceCam in seine Videos ein. Wenn er in Q-&-A-Videos, also Frage-und-Antwort-Videos, mal im Bild ist, hat er eine braune Papiertüte über dem Kopf, auf die er ein Smiley-Gesicht aufmalt, das zu seiner Tagesstimmung passt. Und seine Stimme hat er am Computer seltsam verfremdet.

»Wie ist der auf uns aufmerksam geworden?«, fragt Jella.

»Ich glaub ja, dass das einer aus der Gegend ist – vielleicht sogar von unserer Schule.« Alwas Lieblingsvermutung, seit sie meint, im (etwas unscharfen) Hintergrund eines seiner Videos ein Plakat erkannt zu haben, auf dem der Auftritt unserer Schulband im Jugendzentrum bei ihr um die Ecke angekündigt wird. »Was schreibt er?«

»Also: ›Sehr schön, die Damen, mal was anderes in all dem Einheitsbrei. Da hätte man ja glatt mitfeiern wollen. Ein Tipp: Gutes Equipment schadet nie!‹«

Ich blicke freudig zwischen meinen Freundinnen hin und her. Jella strubbelt mir über den Kopf.

»Super«, sagt sie. »Und sag mal ... wenn wir dann auch so 30.000 Abonnenten haben – dann können wir doch richtig viel Geld mit den Videos verdienen, oder?«

»Vergiss es«, unterbricht Alwa sofort. »Da müssten wir garantiert Product-Placement machen – und ich habe keinen Bock, irgendein dämliches Haarwaschmittel oder einen fiesen Fummel ins Bild zu halten, nur weil's dafür Kohle gibt.«

»Na, ganz so schlimm ist es auch nicht«, erläutere ich. »Kurz gesagt, können wir über mein AdSense-Konto unsere Videos zu Geld machen. Das bedeutet, Youtube bietet Firmen unsere Videos an und die können dann ihre Werbung vor unsere Inhalte schalten. Und dafür bekommen wir schon Geld. Keine Unsummen, aber immerhin. Klar kriegt man mehr, wenn man einen direkten Deal mit einer Firma hat. Aber dazu muss man schon 'ne Nummer sein auf Youtube. Und das dauert.« Jella zieht einen Schmollmund. »Ein bisschen was könnte schon rüberkommen«, tröste ich sie. »Aber das reicht bestimmt höchstens für ein Eis für jede von uns.«

»Schade.«

»Ist es wieder so schlimm mit deinen Schulden? Mensch, Jella ...«

»Jemand noch was trinken?«, unterbricht sie mich. »Und sag mal, meinst du, Patrick würde uns vielleicht für die Dreharbeiten seine Kamera leihen? Weißt du, die er in der Elften auf der Klassenfahrt dabeihatte. War ein echtes Profiteil.«

Alwa blickt ihre Schwester finster an. Auch sie ist genervt, dass Jella das Geld zum Fenster rausschmeißt und überall auf Pump lebt. Gelegentlich staucht sie die richtig zusammen, dann hält sich Jella ein paar Tage lang zurück, um dann doch wieder mit einem angeblichen Superschnäppchen dazustehen. Oder Geschenken für ihre Freundinnen.

Lena, Alwas und Jellas Mutter, hält sich aus dem

Thema komplett raus – kein Wunder, sie könnte Jella das fehlende Geld sowieso nicht leihen, sie ist ja selbst ständig pleite. Bei mir daheim wurde uns von klein auf beigebracht, sparsam zu sein, was zwar häufig nervte, mir andererseits aber einen recht realistischen Blick auf Finanzen eingebracht hat. Den ich allerdings verliere, sobald mir Jella zu sehr leidtut und ich ihr wider besseren Wissens doch mal 50 Euro leihe. Was ich dann manchmal schmerzlich bereue, aber sie ist nun mal meine liebste Freundin.

»Gute Idee, Patrick freut sich immer, wenn du mit ihm sprichst«, sagt Alwa. »Dir gibt er seine Kamera bestimmt liebend gerne.«

»Haha!« Seit mindestens zwei Jahren versucht mir Alwa einzureden, dass Patrick in mich verknallt sei. Dabei weiß er garantiert nicht mal, dass Jungs und Mädchen ein unterschiedliches Geschlecht haben. Aber vielleicht könnten wir wirklich seine Kamera ausleihen. Wenn ich doch nur endlich selbst eine hätte!

4

Die lästigsten Technik-Fails

Ich habe ihnen gesagt, dass es keine gute Idee ist. Dass ich ein schlechtes Gefühl dabei habe.

»Aber dann sehen wir viel hübscher aus«, hat Jella mich zu überzeugen versucht.

»Und du hast beim Schnitt bestimmt weniger Arbeit«, meinte Mai.

»Den kriegen wir schon ruhiggestellt«, versicherte Alwa.

Von wegen!

Es hat mich Überredungskünste gekostet, von denen ich nicht mal geahnt habe, dass ich sie besitze. Erst hat Patrick schlicht »Nein« gesagt. Am nächsten Tag kamen viele »Nur-wenns« und schließlich gab's die Auflage, dass wir die Ausrüstung benutzen dürfen, wenn er beim Drehen dabei ist. Dass er selbst die Kamera führt, konnte ich ihm glücklicherweise ausreden.

Dennoch: Vermutlich hätten wir die Szenen zu unserem neuen Video schon längst im Kasten, würde Patrick nicht die ganze Zeit nerven.

Entweder er macht mir klar, dass ich ein Technik-Analphabet bin, oder er schreit, dass sein Heiligtum gleich kaputtgeht und in tausend Teile zerspringt. Selbst Alwa, sonst die Ruhe in Person, verdreht genervt die Augen.

Dabei hat sich Mai als echtes Naturtalent erwiesen. Ihre »Doktor Fragmich Mai«-Figur passt perfekt zu ihr. Mit den zurückgebundenen schwarzen Haaren, den dunklen Augen und der massiven Brille sieht sie wie Miss Superhirn persönlich aus. Und während Jella, Alwa und ich uns vor Lachen weggeschmissen haben, ist sie völlig stoisch geblieben. Sogar Patrick hat bei ihren Szenen geschmunzelt. Die haben wir auch schon im Kasten.

Jetzt sitzen wir an dem Spielplatz gleich schräg gegenüber der Schule und werden von all den Mamas sehr misstrauisch beäugt. Wir haben (mit spitzen Fingern!) die Kippen aus der Raucherecke aufgesammelt und sie malerisch neben einer Bank drapiert. Die Hasch-Tüte ist natürlich nur gefakt.

Jella sieht in ihren Jungsklamotten echt verboten aus. Den Schnurrbart hat sie in einer alten Faschingskiste gefunden, und wenn sie ein bisschen heftiger durch die Nase atmet, fällt er ab. Logischerweise immer in den unpassendsten Momenten.

Ich knie nun auf dem Boden und platziere die Kamera möglichst tief, damit die Perspektive besonders witzig aussieht und Alwa und Jella gleichermaßen im Bild zu sehen sind.

»Pass auf, dass keine Sandkörner ins Objektiv kommen«, meckert Patrick schon wieder. Dabei habe ich extra vorher mit der Hand den Untergrund sauber gefegt. Ich stöhne nur genervt auf.

»Und du quassle nicht immer rein«, gibt Jella im Befehlston von sich. »Wir machen hier schließlich Tonaufnahmen!«

»Das weiß ich«, sagt Patrick und hält stöhnend einen langen Stab, die Angel, über ihren Kopf, an dem das Mikro befestigt ist. Sogar so ein Profiteil hat er im Angebot. Echt cool! Obwohl ich mich schon frage, was er eigentlich damit filmt. Ich habe noch kein Video von ihm auf Youtube entdeckt. Aber vielleicht ... Mir kommt ein Verdacht. Was, wenn er am Ende PaperCrafter ist? Und sein Nerdgesicht unter der Tüte versteckt. Vielleicht kann ich das ja noch irgendwie rausfinden.

Jetzt konzentriere ich mich wieder auf die Kamera und sage: »Und Action.« Ganz Steven Spielberg.

Jella liegt mit den Füßen auf der Bank, lässt die Hand mit der Hasch-Tüte neben sich wippen und Alwa läuft durchs Bild. Und – Text Jella – sehr schön. Gleich drehen wir eine Nahe, wie Alwa die Augen verdreht. Jetzt bleibt sie nur kurz stehen, geht dann weiter und Jella schreit ihr »Peace, Bitch« hinterher.

»Und was machen wir hier?«, dröhnt plötzlich eine ausgesprochen tiefe Stimme in mein Ohr, die garantiert nicht Patrick gehört.

Ich springe auf und Patrick stürzt sofort herbei. Er nimmt mir die Kamera behutsam ab, sein kleines Baby.

Neben mir steht ein Polizist. Ein waschechter, kein Statist.

»Äh«, stammle ich los. »Wir drehen einen Film. Für die Schule.«

»Über die Einnahme von Marihuana?« Er zieht die Augenbrauen in seinem bulligen Gesicht sehr weit hoch. Das Misstrauen dringt aus jeder Pore.

»Über die Gefahren von Marihuana«, fällt mir ein. Jella tritt zu mir, streckt ihm die Tüte entgegen.

»Schauen Sie mal, da sind nur Papierschnipsel drin.« Liebevoll hat sie vorhin die Tüte mit den fransigen Rändern der rausgerissenen Blätter ihres Spiralblocks gestopft.

»Und habts ihr eine Drehgenehmigung? Ihr seid hier auf einem öffentlichen Platz!«

Auweia, Drehgenehmigung. Darüber habe ich überhaupt nicht nachgedacht!

»Aber …« Mai, die sich bisher im Hintergrund gehalten hat, kommt näher. »… erstens drehen wir ja nicht zu kommerziellen Zwecken. Zweitens behindern wir niemanden, drittens üben wir künstlerische Arbeit aus und viertens haben wir auch keine Personen außer uns selbst im Bild.« Sie stemmt die Hände in die Hüften, und obwohl sie noch immer gut zwei Köpfe kleiner und vermutlich 70 Kilo leichter als der Polizist ist, scheint sie hier den Ton anzugeben. Woher weiß sie das alles?

»Mei, ja, des kann man scho' so sehen«, der Polizist kratzt sich am Kopf. »Aber es gab halt einen Anruf von einer besorgten Mutter da vom Spielplatz, dass hier was mit illegalen Substanzen im Gange wäre. Da müssen wir schon mal nach dem Rechten schauen.«

»Das verstehen wir natürlich«, sagt Mai und ich kann sie mir genau vorstellen, wie sie eines Tages als Rechtsanwältin die Richter und Staatsanwälte um den Finger wickelt. »Schade, dass uns die Damen nicht einfach direkt gefragt haben. Das hätte Ihnen so viel Arbeit erspart.«

Ich gebe mir große Mühe, ein Lachen zu unterdrücken. Nur nicht zu Jella schauen, die bestimmt auch gleich platzt.

»Und ihr junges Gemüse könnt euch schon so eine teure Kamera leisten?«, fragt der Polizist, aber es klingt mehr nach Interesse als nach Verdacht.

»Die gehört mir!« Patrick presst die Kamera an seinen schwammigen Oberkörper. »Habe ich drei Jahre drauf gespart.«

»Soso. Und eure Eltern wissen, was ihr hier so treibt?«

Stolz blicke ich meine Freundinnen an, dann den Polizisten und sage den Satz, den ich immer schon mal sagen wollte: »Wir sind alle volljährig.«

»Na, da könnts ihr ja auch die Gebühren für die nachträgliche Erteilung einer Dreherlaubnis auf öffentlichem Grund selbst bezahlen«, der Polizist grinst süffisant.

»Aber ...« Himmel, ätzend der Typ! »Wie teuer ist so was denn?«

Er verdreht die Augen, als müsse er scharf nachdenken. »Spaß«, sagt er schließlich. »Wir wollen doch, dass der Nachwuchs nicht in seiner Kreativität behindert wird. Also, Pfiagott miteinand.«

Dreht sich um und schlendert davon, in Richtung des Dienstfahrzeugs, aus dem ihm ein Kollege neugierig entgegenblickt.

Ich atme ganz langsam aus.

»Mai!«, entfährt es mir dann. »Woher hast du das gewusst? Wow, du warst so was von cool! Hammer!«

»Hab heute Morgen mal kurz im Internet recherchiert – weißt schon, Web 2.0.«

Ich knuffe sie in den Oberarm und falle ihr um den Hals.

»Danke, du hast uns echt gerettet! Ich dachte, ich sterbe, als der mit Gebühren anfing.«

»Ja, vieles ist Auslegungssache«, erklärt Mai. »Wenn der drauf bestanden hätte, müssten wir tatsächlich was zahlen. Sollten wir in Zukunft zumindest mal nachfragen, bevor wir wieder was draußen filmen wollen.«

»Nachher hätte der noch meine Kamera beschlagnahmt«, stottert Patrick und wird nachträglich ganz bleich. »Ich weiß nicht, Franzi, aber ob ich euch weiterhin die Ausrüstung überlasse. Das ist mir echt zu riskant.«

Jella verdreht ungeniert die Augen und will gerade etwas erwidern, als sich erneut jemand in unser Gespräch mischt.

»Na, seid ihr wieder dabei, arglose Jungs zu verunglimpfen?«

Yannis. Ausgerechnet.

»Hi, Schatz«, sagt Alwa bemüht unbefangen und drückt ihrem Freund einen Schmatzer auf die Backe. »Wir verunglimpfen gar niemand.«

Wie skrupellos sie lügen kann. Ich meine, ihn persönlich haben wir in den gerade gedrehten Szenen natürlich nicht beleidigt, schließlich geht es um 18-jährige Jungs und er ist bereits 19. Aber da er den Humor eines Kalbsschnitzels hat, könnte es eine 128-prozentige Chance geben, dass er auch dieses Video nicht allzu lustig findet.

»Also euren ersten Film fand ich ziemlich daneben.«

Ich stand schon immer auf seine offene Art. Kalbsschnitzel! Keine Ahnung, warum sich Alwa jemals in den verliebt hat. »Und er ist so lieb. Fast wie ein Papa«, hat sie am Anfang ihrer Beziehung vor unglaublichen 19 Monaten oder so immer gesagt. »Er hilft mir bei Mathe und kocht die beste Pasta.« Unheimlich sexy ...

»Mann, das ist Spaß – außerdem war dein Gesicht so dunkel gedreht, dass dich sowieso niemand erkennt.«

»Außer meine Freunde.«

»Ja«, kontert Jella, »aber für die ist das keine Überraschung, wie du so drauf bist.«

»Komm, Yanni«, versucht Alwa, ihn zu beruhigen. »Wir drehen kleine, unbedeutende Filme, die niemanden interessieren.«

Das hoffe ich nicht! Aber ich halte die Klappe.

»Dann könnt ihr es doch gleich sein lassen! Und du, Patrick, machst auch noch gemeinsame Sache mit den Damen. Alter Frauenversteher!«

Patrick, der sich sowieso schon auf die Parkbank verzogen hat, fängt an, sein Equipment einzupacken. Wie immer duckt er sich einfach weg, wenn jemand etwas von ihm will, auf das er nicht reagieren mag. Gut, dass wir alle Szenen im Kasten haben.

»Chill mal!« Alwa funkelt Yannis nun doch genervt an. »Hat dich deine Chefin mal wieder blöd angemacht und jetzt lässt du's an uns aus, oder was?«

Yannis verschränkt die Arme vor der Brust und verfällt in die Trotzpose eines Dreijährigen. »Du hättest mir ja wenigstens verraten können, wo ich dich finde. Musste alle möglichen Leute fragen, wo du dich gerade rumtreibst.«

»Sag mal …!« Alwa schnappt empört nach Luft. »Ich bin nicht deine Leibeigene! Du verschwindest jetzt besser, wir haben noch zu tun.«

Hach ja, in solchen Momenten bin ich ganz froh, Single zu sein. Ob Henry jemals so einen Tonfall anschlagen würde? Bestimmt nicht!

Vermutlich bekommt Yannis in seinem FSJ in einem Behindertenheim öfter mal von seiner Chefin den Marsch geblasen. Er ist nämlich mit dem Mundwerk sehr viel flotter als mit den Händen. Nicht unbedingt beste Voraussetzungen für einen Job, bei dem man zupacken können und einfühlsam sein muss.

Alwa zieht mich am Arm. »Kommt, Mädels, wir haben noch so einiges zu besprechen wegen des Films, ich schlage vor, wir machen uns vom Acker.« Dabei sieht sie Yannis die ganze Zeit mit einem wütenden Ausdruck an. Der tut jedoch mittlerweile so, als würde er sie ignorieren.

»Ich trenn mich! Echt! Ich tu's!«, zischt Alwa uns zu, während wir den Platz verlassen, den Rücken durchbohrt von Yannis' eiskalten Blicken.

»Och kommt schon, seid keine Spielverderber! Ihr seid ja fast so spießig wie Yannis«, meckert Jella ein paar Stunden später, als wir gemeinsam auf dem großen Sofa in ihrem Wohnzimmer liegen und uns die neuesten Videos von *PewDiePie, Freshtorge* und den *Spacefrogs* auf dem Laptop ihrer Mutter anschauen.

»Nee, ich geh definitiv in keine Bar mehr«, sagt Mai und steht auf. »War heute eh schon die Ausnahme, dass ich einen freien Nachmittag *und* Abend hatte. Eigentlich hätte ich Scheiß-Physik lernen müssen. Vielleicht hänge ich jetzt noch ein Stündchen dran.«

Jella zieht eine Schnute. Ich kann mir genau vorstellen, wie sie als kleines Mädchen ausgesehen haben muss. Total putzig.

»Och«, sage ich, »ich bin schon noch ziemlich munter. Meinetwegen okay. Komm, Alwa, ich box dich ein bisschen, dann hast du Schmerzen und wirst wieder wach.«

Alwa verdreht die Augen. »Wo hast du den Tipp denn her? Sag nicht von Doktor …«

»… Allwissend«, ergänze ich. »Genau. Oder klatsch dir Wasser ins Gesicht. Ich liebe den Doc.«

»Na gut, ehe wir jetzt den neuesten Doktor-Allwissend-Quatsch auf Youtube anschauen müssen, komm ich lieber mit.«

Jellas Miene erhellt sich und Alwa springt endlich auf. »Ich glaube, Musik hilft auch – und wenn ich einen fremden Typen antanzen kann, bin ich dabei. Hauptsache, er lenkt mich von Yannis ab.«

Jella klatscht in die Hände.

»Dann los, Mädels.«

Im *Beach* ist es für einen Dienstagabend relativ voll. Dennoch ergattern wir drei Liegestühle gleich neben der Tanzfläche. Ich fahre mit den nackten Zehen durch den warmen Sand, der im ganzen Lokal aufgeschüttet ist. Jella kommt von der Bar zurück – zwei Aperol Spriz für Alwa und mich. Sich selbst hat sie einen Gin Tonic geholt.

»Der ist doch viel zu teuer«, mault Alwa, aber Jella hält uns nur bestens gelaunt ihr Glas zum Anstoßen hin.

»Cheerio, auf gigantisch gute Klickzahlen für unseren neuen Film!«, ruft sie aus, trinkt einen großen Schluck und springt dann auf die Tanzfläche. Sie dreht sich wild zur Musik, reißt die Arme nach oben und schleudert ihren Kopf im Takt herum. Schließlich packt sie uns an den Händen und zieht uns mit sich. Habe ich eben doch ein wenig Müdigkeit gespürt, ergebe ich mich nun dem Rhythmus – südamerikanischen Klängen mit viel Percussion. Wir tanzen, albern und lachen über jeden, der auch nur im Ansatz schräg aussieht. Sogar Alwa vergisst offensichtlich ihren Yannis-Ärger und hüpft ausgelassen über die Tanzfläche.

Als Jella mit dem zweiten Gin Tonic ankommt, kann diesmal ich mir keinen Kommentar verkneifen.

»Denk an dein Bankkonto«, sage ich, doch sie winkt ab.

»Gibt bald wieder Gehalt.«

»Und wann musst du morgen in der Backstube sein?«, fällt mir beim Blick auf die Uhr auf. Halb eins schon. Wir haben erst nach neun Uhr Schule, aber Jella muss immer zeitig raus.

»Mach ich halt durch, Mami.« Sie nimmt einen großen Schluck und fährt sich mit der Zunge über die Lippen. »Hey, ich bin 18 – ich bin jung – ich lebe jetzt!« Wieder packt sie mich an der Hand und schleppt mich auf die Tanzfläche, wo wir uns bestimmt 20 Minuten verausgaben, als seien wir beim Power-Spinning. Ich brauche frische Luft, denke ich irgendwann und verabschiede mich nach draußen. Wie angenehm die kühle, klare Nachtluft ist! Ich checke mein Handy und glaube, ich sehe nicht richtig. Acht Nachrichten und elf verpasste Anrufe!

Und alle stammen sie von meinen Eltern!

Wo bist du? Kommst du heute noch heim?
Denk bloß nicht, wir holen dich ab.
Mann, Franziska, das ist nicht lustig!
Komm du mir heim!
Nächstes Wochenende bleibst du daheim!
Denk doch mal an die Schule!
Wo bist du???? Machen uns Sorgen!!!
Wir rufen jetzt gleich die Polizei an!

Das war vor acht Minuten. Schnell wähle ich die Nummer meiner Eltern.

»Franziska!«, schreit meine Mutter. »Wir sterben hier vor Sorge – ist was passiert?«

»Nein! Was soll denn sein? Wir sind tanzen!«, schreie ich.

»Wenn du glaubst, du kannst tun und lassen, was du willst …«

»Mama, ich bin 18 – schon gemerkt? Ich darf das!«

»Ja, aber wir leben nun mal zusammen und da hält

man sich an die Regeln und wir sagen dir ja auch, wenn wir länger weg sind, und ...«

»Ich komme heute nicht mehr!« Rote Taste. Ende. Schluss. Aus. Die kann mich mal!

Wütend kicke ich gegen eine leere Zigarettenpackung, die auf dem Boden liegt. Mann, für die bin ich immer noch das kleine Mädchen, das ohne Mama und Papa in der Welt nicht zurechtkommt. Da habe ich *einmal* nicht Bescheid gesagt, dass ich später heimkomme, da machen die gleich ein Drama draus. Eine Wutwelle durchrollt meinen Körper und ich würde gerne sehr viel mehr zerdeppern als diese kleine Zigarettenpackung. Vielleicht könnte ein Tritt ans Schienbein meiner Mutter helfen. Mein Handy klingelt erneut, aber ich drücke sie weg. Die soll erst mal kapieren, dass ich volljährig bin.

Ich atme tief durch und will zurück in die Bar gehen, als ich ein Déjà-vu habe.

An einem der Strandkörbe, die den Außenbereich der Bar schmücken, steht ein Lulatsch von einem Typ und brüllt Jella an. Vermutlich habe ich ihn bisher nicht gehört, weil ich selbst so rumgeschrien habe. Ich nähere mich den beiden. Es ist tatsächlich derselbe Kerl, den ich letzte Woche hinter der Bäckerei gesehen habe.

»Was glaubst du eigentlich, wie lange meine Geduld noch reicht?«, schreit er. »Soll ich dir ein paar Schläger auf den Hals hetzen, damit du das Geld rausrückst?«

Offensichtlich hat Jella ihre Schulden nach wie vor nicht zurückgezahlt. Ohne zu überlegen, springe ich ihr erneut zu Hilfe.

»Oh«, sage ich und habe keine Ahnung, wer mir die Worte eingibt. »Muss sich da mal wieder ein Wicht an einer Schwächeren vergreifen?« Er fährt zu mir herum, seine schmutzig blauen Augen ziehen sich kalt zusammen.

»Was interessiert dich das, Schlampe?«

Wow, der ist ja drauf! Schlimmer als ich, wenn ich mit meiner Mutter telefoniere. Angst könnte man bekommen. Aber da es um Jella geht, bin ich viel mutiger als bei mir selbst.

Ich hake meine Freundin unter und sage: »Da wird sich ja eine friedlichere Lösung finden als Gewaltandrohung.« Dann will ich sie mit mir wegziehen. Er stellt sich uns in den Weg und versucht, seinen Oberkörper so weit wie möglich aufzurichten.

»Ich lass dich nicht weg, wenn du mir das Geld nicht gibst.«

Jellas Gesichtsausdruck changiert zwischen Unwillen, Angst und Trotz. Den Mund bekommt sie ausnahmsweise mal nicht auf.

»Hast du denn einen Beweis, dass sie dir Geld schuldet?«, frage ich sanft, aber er droht mir mit der Faust.

»Okay«, irgendwie müssen wir die Situation deeskalieren. »Was hältst du von einer Anzahlung? 50 Euro?« So viel müsste ich noch im Portemonnaie haben. Das Geld hat mir zwar meine Mutter gegeben, damit ich die Mensakarte für die nächste Zeit aufladen kann, doch das hier ist jetzt wichtiger.

»Gib dem nichts«, zischt mir Jella zu und ich ziehe fragend die Augenbrauen hoch.

»Hör nicht auf sie. Klar verdrängt sie ihre Schulden, aber ich brauche das Geld!« Er klingt schon ein wenig kooperativer. Ich fummle meinen Geldbeutel aus meiner Jackentasche und gebe ihm den 50-Euro-Schein, den er mir flugs aus den Fingern reißt. Er hebt ihn als Abschiedsgruß an die Schläfe, presst ein »Geht doch« hervor und verschwindet in die Nacht. Ich atme langsam aus.

»Mann, Jella!« Mehr kann ich gerade nicht sagen. Sie blickt betrübt zu Boden. Dann legt sie den Arm um meine Taille und den Kopf an meine Schulter.

»Danke«, flüstert sie. Arm in Arm gehen wir zurück in die Bar, wo Alwa mit einem fremden Typen auf der Tanzfläche flirtet. Er entspricht ihrem Beuteschema ganz und gar nicht – er sieht viel zu nett aus –, aber das scheint ihr heute egal zu sein.

»Du musst das in den Griff kriegen«, rede ich auf Jella ein. »Sonst verschlingen dich deine Schulden eines Tages. Du verdienst einfach zu wenig. Da hilft nur sparen.«

»I know.« Sie ist beinahe nicht zu verstehen. »Aber danke. Ich überleg mir was. Bekommst das Geld bald zurück.« Ich nicke, auch wenn ich weiß, dass »bald« in Jellas Rückzahlintervallen schon mal ein paar Lichtjährchen sein können.

»Kann ich bei euch schlafen?«, frage ich und deute auf die Uhr. »Lass uns mal gehen, die schließen hier eh gleich.«

5

Der ultimative Kamera-Life-Hack

223! Zweihundertdreiundzwanzig!

Ich kann es einfach nicht glauben! Ja, ich habe beim Schnitt selbst lachen müssen, okay, und dank der Musik ist der Film ganz schön flott geworden. Aber 223 Likes. Und 19 Abonnenten. Wer hätte das gedacht!

Und es sind um die 50 Kommentare dazugekommen, die überwiegend begeistert sind.

Youtube-Academy, ich komme, summe ich größenwahnsinnig vor mich hin. Nee, echt: Das ist doch ein super Anfang. Wenn wir so weitermachen, käme ich vielleicht wirklich für ein Stipendium infrage. Es gibt da nur dies eine kleine Problem.

Namens Patrick.

Er will uns seine Kamera nicht mehr geben. Und eigentlich will ich sie auch gar nicht haben, weil er sonst wieder so dermaßen nervt. Der soll mal schön sein *Minecraft* spielen und uns in Ruhe lassen.

Auch »PaperCrafter« – Patrick? – hat erneut unser Video gelikt und einen Kommentar hinterlassen, entdecke ich. »Sieht megaprofessionell aus, das muss man euch zugestehen, Mädels. Weiter so!« Ich bin mir immer sicherer, dass Patrick der ominöse Papierkopf ist. Warum sollte er sonst die Technik loben, die letztlich seine eigene ist? Schade, dass man auf PaperCrafters Seite wirklich keine Anhaltspunkte für seine Identität findet. Als Impressum ist die Anschrift der Agentur »eyesee-Mediennetzwerk« angegeben. Ganz schön professionell. Ach, und Mr FlawlessNerd hat auch wieder einen dämlichen Kommentar gepostet: »Über Jungs lustig machen – das könnt ihr! Aber sonst? Lernt mal lieber backen und kochen!« Boah, was für ein vorpubertärer Spacko! Da hilft nur eins: ignorieren. Dennoch google ich mal kurz seinen Namen, finde jedoch nichts Aussagekräftiges. Einen eigenen Kanal hat er jedenfalls nicht.

Ob Henry mittlerweile auch unter den Likern ist? Ich würde ihn so gerne fragen, ob er sich unsere Videos angeschaut hat – aber noch viel lieber hätte ich, dass er mir von sich aus davon erzählt.

Ich schlürfe den letzten Rest Frapuccino und lasse den Becher in den Mülleimer vor der Sparkassen-Filiale Unterhaching fallen. Ich atme tief ein und dann marschiere ich hinein zu all den Schlips- und Businesskostümträgern. Ich hätte auch zu der Minifiliale in Kleinhartsonding gehen können – aber da hätte mein Bruder nur blöde Fragen gestellt und daheim garantiert gepetzt.

Ich reihe mich in die Schlange vor dem Schalter ein, und während ich warte, sage ich mir immer wieder: »Es ist mein Geld. Ich darf damit machen, was ich will. Ich bin erwachsen. Ich bin nur mir und meinem Gewissen Rechenschaft schuldig. Ich allein entscheide.« Aber dennoch fällt es mir schwer, die Bankangestellte meine Wünsche wissen zu lassen. Ich schiebe ihr das kleine weinrote Büchlein hin.

»Ähm«, stottere ich los. »Ich wollte gerne von meinem Sparbuch 2.000 Euro abheben.«

»Natürlich«, sagt sie, ohne mit der Wimper zu zucken, nimmt das Heft, tippt auf ihrer Tastatur herum, hält kurz darauf die Hand an eine Klappe neben dem Tresen und fängt an, mir 100-Euro-Scheine vorzuzählen.

Eine Mischung aus atemberaubender Freude und niederschmetternder Schuldverdrängung überkommt mich. Mit zitternden Händen nehme ich die zwanzig Scheine und stelle mich etwas abseits hin. Ich muss das viele Geld gut verstauen. Was für ein Gefühl, mit so einem Haufen Kohle herumzulaufen. Gruselig und großartig gleichermaßen. Aber es wird ja nur für kurze Zeit sein.

»O-kay!« Schon wieder stottere ich. Keine Dreiviertelstunde später. Der Verkäufer sieht mich immer noch fragend an.

»Ich nehme sie. Mit dem 55- bis 210er-Objektiv. Dem Stativ und dem Mikrofon. Okay.«

Ich fühle mich, als stünde ich auf dem Standesamt. Bis dass der Tod uns scheidet. Mein Herz klopft. Meine Kopfhaut juckt vom Schweiß. 1.799 Euro alles zusammen. Bin ich verrückt? Nein, das ist eine Investition in die Zukunft. In *meine* Zukunft.

An der Kasse sage ich deutlich zu leise: »Ich zahle in bar.«

Und bin überrascht, dass kein Mensch zu mir sagt: »Wie kommt ein junges Ding wie du zu so viel Geld? Und zeig mal deinen Ausweis, ob du überhaupt schon geschäftsfähig bist!« Nein, die Kassiererin nimmt die Scheine, zählt sie ab, gibt mir einen Euro Rückgeld und lässt meine nagelneue digitale Spiegelreflexkamera mit der besonders intuitiven Bedienerführung samt allen Zubehörs in eine große Plastiktüte gleiten.

»Viel Spaß damit«, sagt sie, als ich mich zum Gehen wende.

1.799 Euro. Bin ich wahnsinnig? Nein, glücklich! Eine Woge durchfährt mich! Ich habe endlich eine eigene sauteure, saugute Kamera, mit der man hoffentlich wunderbare Videos drehen kann. Laut seufze ich auf. Wie lange habe ich davon geträumt? Und immer haben meine Eltern gesagt, so ein Glump braucht kein Mensch. Sie haben mir wieder und wieder kleine, unscheinbare Digitalkameras geschenkt, die schlechtere Bilder als mein Smartphone machten. Und die regelmäßig nach ein paar Monaten den Geist aufgaben. Jetzt bin ich aus diesem Alter raus. Jetzt bin ich alt genug für eine sauteure, saugute Kamera. Endlich! Wie geil!

Ich freue mich so darauf, meine Videos nun unabhängig und viel professioneller drehen zu können. Der nächste Schritt in Richtung Youtube-Academy ist damit getan. Vielleicht wäre es klüger, mich für Kommunikationswissenschaft oder Pädagogik oder so was zu immatrikulieren – aber ich kann mir einfach nicht vorstellen, etwas zu studieren, nur um studiert zu haben. Ich möchte mich professionell damit beschäftigen, was meine Leidenschaft ist. Denn ich weiß, dass ich überglücklich sein kann, diese entdeckt zu haben. Das bedeutet nicht, dass ich Youtube-Star werden will. Ich will Geschichten in Bildern erzählen, will den Menschen, die zufälligerweise meine Lebenszeit mit mir teilen, auf diese Weise nahekommen. Und ich glaube einfach daran, dass man das derzeit am besten über Youtube kann, mit all diesen großartigen, neuen Möglichkeiten, die wir haben. Was ich dann in Zukunft genau machen werde, weiß ich nicht. Aber es wird sicher Jobs geben, von denen wir heute nicht mal ahnen, dass wir sie brauchen werden. Und das ist doch megaspannend.

Ich presse die Tüte eng an mich und beschleunige meinen Schritt. Vielleicht ist Mai daheim, sie wohnt nicht weit vom Ortskern entfernt und dann kann ich ihr meinen neuen Schatz zeigen. Außerdem will ich sie sowieso etwas fragen. Jetzt, da ich den neuen Schatz habe.

Während ich mich ihrem Haus nähere, einem Vier-Parteien-Haus aus den späten 80er-Jahren mit jeder Menge schwarz lasierten Holzpaneelen an der Fassade, wird mir klar, wie gerne ich Henry meine neue Kamera vorführen würde. Oder vielleicht ein paar Probebilder von ihm schießen. Ich stelle mir vor, wie seine goldgrünen Augen in das Objektiv schauen, mit seinem tiefen, seelenvollen Blick.

»Hau ab«, höre ich da eine Mädchenstimme schreien und presse die Tüte enger an mich. Ist hier irgendwo ein Überfall im Gange? Doch dann erkenne ich, dass Mai in der Eingangstür ihres Hauses steht, mit wütendem Gesicht und ihrem kleinen Bruder auf dem Arm. Direkt vor ihr steht Flo, mit seinen unverhältnismäßig langen Armen gestikulierend. Dass der sich noch in ihre Nähe wagt!

Jetzt fängt Lausi zu weinen an und sein Mund bekommt diese charakteristische Peanutsfiguren-Nierenmundform. Herzerweichend.

»Gib ihn mir«, eile ich Mai zu Hilfe, nehme ihr das Baby aus den Armen und versuche, es trotz der Kameratüte sicher zu fassen. Mai sieht mich kaum an, sondern geht direkt auf Flo los.

»Dein Gesülze kannst du dir sparen, beteilige dich lieber an den Kosten für die Wohnungsrenovierung«, schreit sie ihn an. Vielleicht hätte ich ihr das Kind doch nicht abnehmen sollen, denn so wütend, wie sie aussieht, erwürgt sie ihn mit ihren freien Händen gleich.

»Aber, Mann«, versucht Flo zu unterbrechen. »Das versuche ich dir gerade zu erklären. Mein ganzes Erspartes ist für den Führerschein draufgegangen. Ich hab nix mehr – nada, niente!«

»Nicht mein Problem«, sagt Mai etwas ruhiger und verschränkt die Arme vor der Brust. »Wärst halt nicht drei Mal durchgefallen, wäre es nicht so teuer geworden.«

»Es war deine Party«, merkt Flo an. »Nur mal zur Erinnerung. Du hast uns alle verrückt gemacht mit deinem ›Wo kann ich nur feiern?‹.«

»Aber du hast gesagt, die Party in der Wohnung geht

in Ordnung«, erinnere ich ihn über das aufflauende Babygreinen hinweg. »Sch, Lausi, ist schon gut.« Ich gehe mit dem Kleinen ein paar Schritte auf und ab. Er fixiert einen Fliederstrauch im Vorgarten und wird endlich ruhiger. Mai nimmt ihn mir wieder ab und busselt reflexartig seine unglaublich weiche Babywange.

»Hab ich halt was falsch verstanden, kann ich doch nichts für«, meckert Flo. »Ich dachte wirklich, die Renovierung kommt erst noch.«

»Aber gerade deshalb bist du jetzt auch mitverantwortlich«, schreit Mai wieder. Stanislaus verzieht das Gesicht, bleibt aber stumm. Nur seine Augen weiten sich.

»Eben«, sagt ein junger Typ, der ganz plötzlich aus dem im Dunkeln liegenden Treppenhaus hinauskommt. »Zum Kindermachen gehören immer zwei. Und deshalb sollten sich Mutter *und* Vater kümmern.« Er grinst über sein sommersprossiges Gesicht und fasst im Vorbeigehen nach Lausis Händchen, der ihn völlig konsterniert ansieht. Als wolle er sagen: »Was will der fremde Onkel?« Auch Mai starrt den Kerl perplex an, der nun zu dem Baby sagt: »Du kannst deine Mama aber gar nicht verleugnen. So hübsche schwarze Augen!«

Und bevor Mai nur Luft holen kann, ergänzt Flo breit grinsend: »Das stimmt.« Mai funkelt ihn wütend an und der Typ geht einfach weiter. Irgendwie muss ich mir ein Lachen verkneifen. Der Typ hält Mai und Flo echt für Lausis Eltern. Das bringt sie bestimmt auf die Palme. Und Flos Reaktion bis in die oberste Spitze.

»Am besten, du haust jetzt ab«, fährt sie Flo an. Ihr

Ton duldet keinen Widerspruch. »Und redest erst wieder mit mir, wenn du ein Angebot hast. Verstanden? Komm, Franzi.« Sie zieht mich am Ärmel und wir betreten das Treppenhaus. Es fühlt sich an, als starre uns Flo hinterher. Ob er uns noch eine Beschimpfung hinterherschickt? Wäre er nicht nach wie vor so verknallt in Mai, würde er das bestimmt tun. So aber bleibt alles ruhig.

»Wer war der Typ?«, frage ich kurz darauf, als Lausi zufrieden auf meinem Schoß sitzt und an seiner Milchflasche nuckelt. Mai zuckt mit den Schultern.

»Keine Ahnung, hier ist so eine neue Studenten-WG eingezogen. Vielleicht gehört er dahin.«

»Sah gut aus. Und scheint lustig zu sein.«

»Wenn man auf Rothaarige steht.«

»Wenn man überhaupt auf irgendeinen Typ steht, Miss Desinteress.«

Mai reicht mir ein Kleenex, damit ich Lausis Mündchen abwischen kann. Sie hat schon total Routine mit ihrem kleinen Bruder.

»Du musst gerade was sagen«, erwidert sie spitz. »Oder hast du mir deinen neuen Love Interest nur noch nicht vorgestellt?«

Beinahe erröte ich, denn ich habe meinen Freundinnen bisher wirklich nicht erzählt, dass mein Gehirn derzeit immer öfter von dem Namen »Henry« heimgesucht wird. Na ja, warum auch, rede ich mir ein. Ich weiß gar nicht so recht, ob ich tatsächlich in ihn verliebt bin, dafür kenne ich ihn noch viel zu wenig. Das bisschen Kribbeln bedeutet gar nichts. Aber Mai – die hat nicht nur keinen Love Interest, die hat noch nicht mal Interesse daran, einen zu haben.

»Bei mir ist im Moment nichts spruchreif«, sage ich nicht ganz unwahrheitsgemäß. »Aber du – du hast ja nicht mal mit einem aus der Vergangenheit aufzuwarten.«

Was ihr bisheriges Liebesleben angeht, hüllt sich Mai konsequent in Schweigen. Wir wissen nur so viel: Die amerikanischen Jungs in ihrem Austauschjahr in Boston fand sie durch die Bank weg grottig und »alles Honks«. Was davor war, als sie noch bei ihrer Mutter in Frankfurt lebte, davon hat sie auch nur Bruchstücke erzählt. Ich glaube ja, sie hatte noch nie einen Freund, und das ist ihr peinlich. Deshalb tut sie so, als interessierten sie Jungs gar nicht. Sie nimmt mir Lausi vom Schoß und trägt ihn durch die große Wohnküche, dabei klopft sie ihm auf den Rücken. Sein Blick fixiert die Fransen eines quietschgelben vietnamesischen Seidenlampenschirms.

»Du weißt genau, dass ich mit Jungs nichts am Hut habe.« Stimmt, sie hat es oft genug erklärt. »Ich konzentriere mich jetzt auf mein Abi und sonst nichts. Außerdem sind die meisten doch eh nur so Deppen wie Flo.« Sie klopft immer vehementer auf Lausis Rücken. »Wenn ich an den denke, könnte ich schon vor Wut platzen. Und nun glaubt dieser neue Nachbar auch noch, der wäre der Vater von Lausi. Und ich die Mutter! Dabei würde ich Flo mit der Kneifzange nicht anfassen.«

Ein lautes Rülpsen unterbricht ihren Sermon und ein wenig Milchbrei läuft über ihre Schulter. Schnell reiche ich ihr ein Kleenex zum Abwischen.

»Hoffentlich wirst du mal anders!« Sie hebt Lausi über sich und schüttelt ihn ganz vorsichtig. Er lacht sein unglaubliches Babylachen und rülpst noch einmal.

»Bäh«, schreit Mai, als erneut ein Schwall Milch direkt in ihr Gesicht spritzt. »Ich werde dafür sorgen, dass *du* anders wirst!«

Eine Viertelstunde später – nachdem ich bewiesen habe, dass ich tatsächlich Babywindeln wechseln kann – schlummert Lausi friedlich in seinem Körbchen.

»Er ist schon süß!« Ich betrachte ihn verliebt. Die vielen dunklen Haare, die schmalen Augenbrauen, die langen Wimpern, dieses winzige Näschen und das spitze Mündchen – zum Fressen.

»Wenn er schläft«, reißt mich Mai aus meinem Schmacht. »Gab's eigentlich einen Grund für deinen Besuch?«

Ich packe die Kamera aus, zeige sie ihr und gestehe, wie viel Geld ich dafür ausgegeben habe. Mai scheint von dem Teil richtig beeindruckt zu sein.

»Ist zwar teuer – aber ich glaube, es lohnt sich«, beruhigt sie mich und zieht ihr Smartphone heraus. »Hast du schon die neuen Youtube-Kommentare gelesen? Dieser PaperCrafter hat uns gleich noch mal gelobt und der FlawlessNerd hat wieder seinen bescheuerten Quatsch geschrieben. Voll der Spießer, der Typ.« Sie scrollt weiter über den Bildschirm.

»Wer da wohl hintersteckt?« Aber eigentlich interessiert mich das gerade nicht, denn ich will sie etwas ganz anderes fragen. »Sag mal ...«

»Und PaperCrafter könnte echt Patrick sein, oder? Ach je, den sind wir ja dank deiner Kamera auch los«, sprudelt sie, deutlich besser gelaunt. Glücklicherweise.

»Sag mal«, wiederhole ich und sie sieht mich nun erwartungsvoll an. »War es eigentlich schwer, in den USA den Führerschein zu machen?«

»Nee, gar nicht.« Sie legt das Handy weg. »Ich habe die meiste Zeit mit Kate, meiner Gast-Mum, geübt, auf so riesigen Supermarktparkplätzen, und dann nur noch ein paar Pflichtstunden absolviert. Der Fahrlehrer meinte, ich sei ein Naturtalent.« War klar, aber umso besser.

»Und das ist da ja auch so viel billiger als bei uns«, fährt sie fort. »Die Gebühr und das Gedöns, um den Führerschein hier anerkennen zu lassen, war fast teurer als der ganze Kurs in Amiland.«

»Ach, du darfst jetzt offiziell fahren?«

Sie nickt.

»Hm.« Ich tue, als würde ich laut überlegen. »Sag mal, meinst du ... also, könntest du dir vorstellen, ähm, vielleicht ...«

»Was denn?« Sie sieht mich ungeduldig an.

»Na ja, ich habe doch jetzt fast mein gesamtes Erspartes für die Kamera ausgegeben. Und ich dachte, wenn du mir ein paar Fahrstunden gibst, irgendwo bei uns auf Feldwegen, dann muss ich nur noch die Theorie, die Pflichtstunden und die Prüfung machen – und dafür reicht mein restliches Geld auf dem Sparbuch vielleicht. Sonst muss ich halt noch irgendwas dazuverdienen. Meine Eltern nerven schon die ganze Zeit, wann ich endlich zu Potte komme.« Sie zieht erstaunt die schmalen Augenbrauen hoch.

»Aber darf man das hier? Private Fahrstunden machen?«

Ich zucke mit den Schultern. »Auf einem Verkehrsübungsplatz. Allerdings ist der nächste in Augsburg.«

»Puh, ganz schön weit. Und mit welchem Auto sollen wir fahren?«

»Mein Bruder braucht seines unter der Woche kaum«, erkläre ich. Ich habe mir schon alles überlegt. »Ich wette, ich könnte ihn bestimmt überreden, es uns mal zu leihen. Und dann fahren wir auf den Wegen rund um unsere Äcker. Das ist ja quasi Privatgrund. Und ich bin auch mal Traktor gefahren, ein bisschen Grundwissen habe ich.«

»Und wieso fragst du nicht gleich deinen Bruder?«, erkundigt sich Mai.

»Besser nicht. Der ist so schrecklich ungeduldig und garantiert unfähig, mir allein das Gasgeben beizubringen. Bitte, Mai, mach du das.«

Sie zieht eine Schnute. »Hm, ich überleg's mir. Aber es wird schwierig – wo ich doch zurzeit immer Lausi im Schlepptau habe.«

»Da fragen wir Jella, ob sie sich so lange um ihn kümmert. Bitte!«, bettle ich und versuche, möglichst flehend zu klingen.

»Okay«, sagt sie schließlich und ich falle ihr jubelnd um den Hals.

»Wuäh«, tönt es prompt aus dem Stubenwagen. Mist!

Das »Mist« beherrscht den Rest des Tages. Oder der Nacht. Als ich gegen neun zu Hause bin (»Ach, lässt sich Madame auch mal wieder blicken?«), will ich eigentlich ganz brav noch zwei Stunden fürs Abi lernen. Mathe vor allem. In Deutsch und Englisch bin ich glücklicherweise ziemlich gut, ohne viel tun zu müssen. An Biologie und Geschichte, meine mündlichen Prüfungsfächer, werde ich erst denken, wenn das Schriftliche rum ist. Bleibt der Mathe-Albtraum. Ich setze mich also pflichtschuldigst mit dem Schulbuch hin und fange an, die Übungsaufgaben anzugehen. Stochastik. Würg.

Da fällt mein Blick auf den Karton mit der neuen Kamera, den ich geschickt an meiner Mutter vorbeigemogelt habe. Mit Freude stelle ich fest, dass der Akku ein Schnellladegerät hat. Wenn ich jetzt anfange, ihn aufzuladen, ist er in ein, zwei Stunden schon voll einsatzbereit. Ich pfriemle das wunderschöne tiefschwarze Gerät aus dem Karton, betrachte es verliebt von allen Seiten und hänge den Akku ans Ladekabel. Und nun weiter im Text.

Ein Moderator lädt zu einer Talkshow drei Politiker, eine Journalistin und zwei Mitglieder einer Bürgerinitiative ein. Für die Diskussionsrunde ist eine halbkreisförmige Sitzordnung vorgesehen, bei der nach den Personen unterschieden wird und der Moderator den mittleren Platz einnimmt.

Teilaufgabe A

Geben Sie einen Term an, mit dem die Anzahl der möglichen Sitzordnungen berechnet werden kann, wenn keine weiteren Einschränkungen berücksichtigt werden.

Wie bitte? Ich verstehe nur Bahnhof. Außerdem: Ist das normal, dass das Ladelicht so hektisch blinkt? Ich ziehe die Bedienungsanleitung hervor. Doch, muss so sein. Wo war ich?

Teilaufgabe B

Der Sender hat festgelegt, dass unmittelbar neben dem Moderator auf einer Seite die Journalistin und auf der anderen Seite einer der Politiker sitzen soll. Berechnen Sie unter Berücksichtigung dieser weiteren Einschränkung die Anzahl der möglichen Sitzordnungen.

Oh Gott! Hilfe! Noch knapp zwei Wochen und ich sollte mit dieser Art der Aufgabenstellung etwas anfangen können. Terme. Gut. Also.

Ob man auch über das Kameradisplay per Touchfunktion das Zoom bedienen kann? Hm, könnten wir nicht mal so eine Art Talkshow inszenieren, bei der es um fiese Lügen geht? Um Eltern-Fails etwa?

»Ich freu mich drauf, dass ich dich ab 18 endlich als völlig gleichberechtigte Partnerin behandeln darf.« Hat zum Beispiel Mais Papa ernsthaft zu ihr gesagt. Gemeint hat er: »Ich freu mich drauf, dass aus unserer Familienwohnung eine Familien-WG wird, in der alle dieselben Pflichten haben: Einkaufen, Bodenwischen, Kloputzen, Staubsaugen und Meine-Hemden-Bügeln.

Wenn dir das zu viel wird, kannst du von deinem Kindergeld ja eine Putzfrau bezahlen.«

Wir könnten die Kamera fest installieren, ich wäre die Talkmasterin, Mai die investigative Journalistin (Dr. Ichfragdich Mai), Jella das Elternopfer und Alwa ihre Anwältin. Das muss ich unbedingt aufschreiben.

Ich weiß nicht, wieso, aber die nächsten eineinhalb Stunden vergehen wie im Flug. Und ich habe beinahe ein neues Skript fertig, das ich sofort an meine drei Freundinnen maile. Mal sehen, wie sie es finden.

Mittlerweile ist es kurz vor elf und für Mathe viel zu spät. Stattdessen schaue ich rasch auf Youtube vorbei und unterdrücke einen kleinen Freudenschrei. 420 Likes, 850 Aufrufe und 26 Abonnenten. Ein Wahnsinn! Wir müssen dringend den nächsten Film drehen, damit das Interesse an unserem Kanal nicht abflaut. Vielleicht haben wir ja einen Nerv getroffen. Ermutigt beschließe ich, noch ganz kurz die neuesten Videos meiner Lieblings-Youtuber anzuschauen und mich inspirieren zu lassen. Ich ziehe mir ein bisschen *Tonight Show* mit Jimmy Fallon rein (es gibt eine großartige Lip Sync Battle mit Seth Rogen), hüpfe rüber zu Jay und Arya und ihrem detektivischen Spürsinn beim Filmfehler-Aufdecken und höre dann noch ein wenig die Beginner. Und plötzlich ist es kurz vor halb zwei. Ups.

Muss dir was erzählen, schreibt mir Alwa ganz altmodisch via Zettelchen, das sie mir im Matheunterricht zuschiebt. Unser megaeinfühlsamer Lehrer beschwört gerade mal wieder den Dämon Abitur herauf und macht allen mit einem »Wer's jetzt noch nicht kann, braucht mit Lernen gar nicht mehr anfangen« klar, dass Mathematik kein Fach für Memmen und Mimosen ist. Hab's verstanden. Vielleicht reicht mir mein Abschlusszeugnis aus der zehnten Klasse ja doch für eine schöne Realschulausbildung.

Nein, tut es nicht. Voraussetzung für die Youtube-Academy ist nun mal Abitur. Schließlich wollen die einem dort nicht nur beibringen, wie man eine Videokamera richtig rum hält, sondern sie bieten eine ganz neue Art von Ausbildung, die so vielschichtig ist wie kaum eine andere. Dort lernt man, über den Sucher der Kamera weit hinaus zu sehen. Es geht um künstlerischen Einfallsreichtum und Kreativität, rechtliches und betriebswirtschaftliches Wissen (okay, nicht so meins, aber ich verstehe, warum's wichtig ist), Begreifen technischer Möglichkeiten, Umgang mit Menschen, Erspüren von Trends und Entwicklung von Innovationen. Das ist eine Ideenschmiede, ein Thinktank – ein Silicon Valley in Deutschland. Sicher anspruchsvoll – aber vor allem total spannend.

Was denn erzählen?, schreibe ich Alwa zurück und schiebe ihr den Zettel so unauffällig wie möglich zu. Ob sie sich von Yannis getrennt hat? Jella hat erzählt, dass aus Alwas Zimmer nur noch Streitereien zu hören sind, wenn Yannis zu Besuch ist. *Wenn* er zu Besuch ist. Oder lautstarkes Versöhnungsgestöhne, das sowohl Jella als auch ihrer Mutter tierisch auf den Keks geht. Blöder Nachteil an Altbauwohnungen.

Nach der Stunde schieben wir uns durch eine Horde

rempelnder Fünftklässler hinaus, die es gar nicht erwarten kann, ins Wochenende zu kommen. Ich blinzle in die Sonne, und als ich wieder zu Alwa schaue, steht direkt hinter ihr Henry. Ich spüre, wie mir Röte ins Gesicht schießt, und hoffe, dass man mir meine Aufregung nicht ansieht.

»Hi«, sagt er und ich grüße stammelnd zurück.

»Geht's voran mit Chemie?«, fragt er Alwa und mir wird klar, dass er *sie* gegrüßt hat. Nicht mich. Beinahe möchte ich mich hinter ihr verstecken. Sie antwortet irgendwas mit »einigermaßen« und sie verabreden sich zu einer gemeinsamen Lerngruppe mit Flo und dieser schrecklichen Vanessa. Warum habe ich statt Biologie nicht auch Chemie gewählt? Okay, ich gestehe: Weil ich in Bio immerhin vier Punkte mehr habe als in Chemie. Eine mittelmäßige Drei statt einer schlechten Vier.

Noch immer stehe ich schweigend daneben und warte, dass Alwa und Henry ihr Gespräch beenden. Warum erzähle ich nicht einfach von meiner neuen Kamera? Aber gerade, als er zu mir blickt und ich den Mund öffne, springt Flo von einem Treppenabsatz neben uns herunter und landet direkt zwischen Henry und mir auf dem Boden. Henry fährt erschrocken zusammen und ich meine, einen kleinen Funken Ärger in seinen Augen zu entdecken. Diesen goldgrün schimmernden Augen.

»Bleibt's bei morgen Abend – halb elf im *Mafiosi-Club?«*, fragt er. Henry nickt. *MafiosiClub* – was ist das denn für eine Location?

»Oh Shit, der Bus«, ruft Henry nun, winkt Alwa zu und schaut mir – ganz kurz nur, aber ich täusche mich bestimmt nicht – fest in die Augen. Eine Gänsehaut überläuft mich und irgendwie schaffe ich es, ein kleines Lächeln meine Mundwinkel entlangspazieren zu lassen.

»Ciao«, flüstere ich beinahe. Und fort ist er.

Alwa wendet Flo demonstrativ den Rücken zu und wir gehen in Richtung S-Bahn-Station. »Also«, fängt sie an und mir fällt wieder ein, dass sie mir dringend was erzählen wollte.

»Hast du dich endlich von Yannis getrennt?«, wage ich mich vor. Sie schüttelt den Kopf.

»Noch nicht. Gestern hat er nur für mich seinen aphrodisischen Fenchelsalat mit Granatapfelkernen gemacht, damit kriegt er mich leider immer rum.« Ihr Lachen klingt etwas unsicher. »Aber ich habe jetzt einen Plan, was ich nach dem Abitur machen werde«, sagt sie. Ich dachte bisher, sie würde sich für Politikwissenschaften an der Uni München einschreiben. »Ich werde mich bei der ›Aktion Sühnezeichen‹ für einen 12-monatigen Einsatz in Israel bewerben. In einer Behinderteneinrichtung oder einem Altenheim oder so. Wie findest du das?«

»Wow!« Ich bin ernsthaft beeindruckt. »Ganz schön mutig. Ausgerechnet nach Israel? Ist das nicht gefährlich?«

»Um in Gefahr zu kommen, muss man heutzutage nicht extra in ein Land wie Israel reisen, oder?«, entgegnet sie ernst. »Ich glaube, die passen gut auf, dass man nicht an besonders kritischen Orten unterwegs ist.«

»Und was sagt Yannis dazu?«

»Der weiß noch nichts.«

»Okay ...« Wir steigen in die S-Bahn und fahren Richtung Haidhausen, wo Alwa wohnt. Wir haben Jella zugesagt, ihr beim Backen einer Hexe-Lilli-Torte zu helfen, die sie einer Nachbarin für den Geburtstag ihrer Siebenjährigen versprochen hat.

Irgendwie wird mir zum ersten Mal bewusst, dass unsere gemeinsamen Tage hier in München gezählt sind. Würde ich tatsächlich an der Youtube-Academy einen Platz bekommen, würde ich nach Köln gehen. Alwa wäre in Israel und wer weiß, wohin es Mai zum Studium verschlägt – ich weiß, dass sie gerne im Ausland studieren möchte, vielleicht Jura in London oder Medizin in den USA. Nur Jella bliebe in München. Wie wird es dann mit unserer Freundschaft weitergehen? Ich fasse nach Alwas Arm und kuschle mich an sie. Ich muss gar nichts sagen – ich glaube, sie denkt gerade genau das Gleiche wie ich.

»Immerhin gibt es ...«, sagt sie plötzlich.

»... WhatsApp«, ergänze ich. Sie sieht mich erstaunt an und fügt grinsend hinzu: »Und Youtube und Facebook. Woher wusstest du ...?«

Wir lachen laut los. Sie hat tatsächlich genau das Gleiche gedacht wie ich!

»Ja, und Skype«, bringe ich prustend hervor.

Bis wir am Ostbahnhof ankommen, ist unser Mascara komplett verschmiert und die Bäuche tun uns weh vor Lachen. Besser als vor Weinen.

»Gut, dass ihr da seid«, ruft uns Jella entgegen, als wir zehn Minuten später in der Pistor'schen Küche stehen. Oder sagen wir besser: auf dem Schlachtfeld. Wenn wir vorher eine Sekunde überlegt haben, ob wir uns noch schnell ein Käsesandwich machen können, geben wir diesen Plan sofort auf. Jella trägt eine pinkfarbene Schürze mit weißen Herzen darauf und hat sich ein Tuch umgebunden, damit ihre langen Haare nicht stören. Sie wirbelt durch die Küche, turnt vom Regal zum Kühlschrank, wirft Dinge in die Spüle und rührt irgendwas auf dem Herd um. Und sie wirkt ausgesprochen vergnügt dabei. Der Tisch biegt sich unter Rührschüsseln, Kochlöffeln, Mehltüten, Zuckerbergen, Butterresten, Eierschalen und merkwürdig geformten Modellierwerkzeugen, die mich an die Landgerätereparaturwerkstatt meines Großonkels Eugen erinnern. Außerdem gibt es Fondant-Berge zum Torteverzieren und eine fast 20 Zentimeter große Hexe-Lilli-Figur, ebenfalls aus Fondant, die aussieht, als ob sie gleich anfängt, mit uns zu sprechen.

»Franzi-Schatzi, du rollst bitte mal das Fondant da aus, aber schön gleichmäßig und exakt 30 Zentimeter im Durchmesser«, ruft sie mir zu, ohne mich auch nur anzuschauen. »Und du, Alwa, bitte, schau dir mal das Farbspray da an ... die rosa Dose ... die Düse ist irgendwie verstopft. Ausgerechnet bei Rosa – ich krieg die Krise.« Abrupt reißt sie die Ofentür auf und ein köstlicher Duft erfüllt die Küche. Sie pikst mit einem hölzernen Stäbchen in den Kuchen, der seinem nahen Ende entgegenschwitzt.

»Sehr schön«, murmelt sie vor sich hin und stürzt wieder an den Herd. »Kacke, beinahe zu heiß.« Sie rührt aufgebracht in geschmolzener Schokolade und kontrolliert die Temperatur mit einem Backthermometer.

Jella hat rote Bäckchen und ihr Körper scheint vor Aufregung – vor freudiger Aufregung – zu vibrieren. Wollte man jemandem den Ausdruck »ganz in seinem Element sein« erklären, müsste man ihm nur Jella beim Backen zeigen. Außerdem wirkt sie so munter, wie ich sie lange nicht gesehen habe. Das viele frühe Aufstehen scheint sie sonst sehr zu schlauchen.

Ich greife, nachdem ich mir die Hände gewaschen habe, in einen rechteckigen Plastikbehälter, der aussieht, als enthalte er Wandfarbe, und hole mir einen ordentlichen Batzen des Fondants hinaus, eine zucker- und eiweißhaltige Masse, die sich ähnlich wie Marzipan anfühlt, aber viel formbeständiger und leichter zu verarbeiten ist. So viel habe ich von Jella schon gelernt.

Alwa müht sich mit dem lebensmittelechten Farbspray ab, mit dem Jella die Torte später wie eine Airbrushkünstlerin verzieren wird. Irgendwann lässt sie genervt die dünne Nadel sinken und sieht sich kopfschüttelnd in der Küche um.

»Mann, Jella«, ihr Ton ist etwas maulig. »Ich habe den Eindruck, du hast schon wieder neues Werkzeug angeschafft, kann das sein? Diese komische Tortenplatte da kenne ich nicht.«

Jella blickt kurz von der Schokoladenmasse auf, die sie weiter brav durchrührt. »Ach, das ist nur ein Turntable – damit kann ich die Torten noch viel besser von allen Seiten verzieren. War ein Schnäppchen.«

»Ja, aber auch zweitausend Schnäppchen gehen ins Geld!« Alwa verdreht die Augen. »Wenn ich dir jetzt sage, dass ich dringend die 80 Euro benötige, die ich dir neulich geliehen habe, hast du die garantiert nicht.«

»Bald, Ende nächster Woche kann ich sie dir geben«, verspricht Jella. Was ziemlich halbherzig klingt. »Wozu brauchst du die denn plötzlich so eilig? Versöhnungsgeschenk für Yannis?«

Manchmal bin ich froh, dass Jella nicht meine Schwester ist. Sie kann eine ganz schön spitze Zunge haben, die sie allerdings meist nur gegen Blutsverwandte ersten Grades einsetzt.

»Ich muss Passfotos machen lassen, brauche diverse Schreibwaren, ein paar neue Klamotten und außerdem will ich mir vielleicht einen großen Rucksack kaufen.«

Jella stutzt. »Wozu das denn?«

Sie weiß offensichtlich noch nichts von Alwas Plänen. Als ihre Schwester ihr davon erzählt, vergisst Jella für einen Moment komplett die Hexe-Lilli-Torte.

»Nee, oder?« Sie schreit fast. »Du kannst doch nicht einfach hier weggehen! Das geht nicht!« Auch wenn die jüngere die ältere manchmal piesackt – sie können nicht ohne einander. »Mann, Franzi, sag doch mal was! Ihr spinnt! Du gehst nach Köln, du nach Jerusalem oder so was und Mai verdrückt sich bestimmt nach Kalifornien. Vielen Dank! Und ich darf die Provinzratte spielen.«

Sie sieht ehrlich bestürzt aus.

»Ach, die wollen mich eh nicht bei der Academy«, versuche ich abzuwiegeln. »Dann bleibe ich auch in München und studiere Kommunikationswissenschaft oder so.«

»Klar nehmen die dich.« Ihr Blick ist streng und duldet keine Widerrede. Ich bin ziemlich erleichtert zu hören, dass meine Freundin offensichtlich fest an mich glaubt. Auch wenn ich zugeben muss, dass mir der Abschied von ihr sehr schwerfallen wird.

Nach einem letzten Blick aufs Thermometer nimmt Jella den Topf mit der Schokolade vom Herd und gießt die dunkelbraune Flüssigkeit in kleine Silikonförmchen, in denen sie zu winzigen Krönchen erstarrt.

Eigentlich sollte ich sie beim Backen mal filmen, fällt mir ein. Jetzt, da ich die neue Kamera habe. Und weil Bäckerei-Videos wie die von *Sallys Welt* doch megaerfolgreich sind. Wir machen dann einen auf *Jellas Welt.*

»Sag mal«, Jella unterbricht ihr Tun für einen Moment und schaut mich an. »Dein neues Drehbuch ist saulustig – wann wollen wir das denn umsetzen?«

»Am Sonntag vielleicht?«, schlage ich vor.

Alwa nickt.

»Hoffen wir, dass Mai Zeit hat. Und morgen Abend machen wir Party, oder?« Seit sie nicht mehr ständig mit Yannis zusammensteckt, ist sie wieder viel unternehmungslustiger. Find ich gut!

Einen Moment überlege ich, ob ich diesen ominösen *MafiosiClub* vorschlage, aber dann würde Alwa vielleicht misstrauisch, ob ich da wegen bestimmter Leute hingehen möchte. Und ich will mein kleines Geheimnis noch wahren, bis ich mir sicherer bin, dass die Schmetterlinge in meinem Bauch in Henrys Gegenwart etwas zu bedeuten haben.

»Na klar«, sage ich also nur. Ich kann sie da morgen Abend bestimmt unauffällig hinlotsen. Muss eh erst mal googeln, wo das überhaupt ist.

Jella starrt auf den Tortenboden, den sie gerade mit einem riesigen Messer in drei Lagen durchschneidet.

»Ich nicht«, sagt sie. »Ich muss morgen um fünf in der Backstube stehen, ich glaube, ich brauche dann mal einen ruhigen Abend und gehe früh ins Bett. Außerdem gebe ich dann kein Geld aus und das wollt ihr doch immer.«

»Schade«, sagen Alwa und ich wie aus einem Mund. Aber irgendwie bin ich auch erleichtert, dass sie mal vernünftig ist. Jella streckt mir einen Löffel mit einer Schokoladenhimbeercreme entgegen, mit der sie die Tortenböden bestreicht.

»Probieren?«

Ich schlecke den Löffel ab.

»Himmlisch!«

Wenn sie nicht aufpasst, esse ich ihr gleich die ganze Creme weg.

6

Das miserabelste How-to-Führerschein

Normalerweise stehe ich ja auf schlichte Outftits. Jeans und T-Shirt. Sneakers. Einfarbiger Rock und schön weit geschnittene Bluse. Dekolleté darf zwar sein, nur nicht zu viel. Und wenig Schminke, dafür ein Hauch Parfum. Bauchfrei geht bei mir gar nicht und für Hotpants würde ich mich in Grund und Boden schämen. Aber heute betrachte ich den Inhalt des Kleiderschranks etwas länger. Der Gedanke, Henry vielleicht in dieser neuen Bar zu sehen, lässt mich zögern. Zur Abwechslung buntere Farben? Damit er mich auch bemerkt? Doch wahre Klasse sieht man auch ohne grell, oder? Himmel! Ich schwenke die Klamotten mit dem Smartphone ab und schicke das Minivideo an meine Freundinnen. *Hilfe, was soll ich nur anziehen?*, schreibe ich dazu.

Kann nichts erkennen. Bist immer hübsch, schreibt Mai nach 30 Sekunden zurück.

Nimm mal was Buntes, rät mir Alwa.

Ich hab da neulich bei Zalando so eine Blümchenbluse gesehen, die wäre voll süß für dich, antwortet Jella. *Hat auch nur 39 Euro gekostet.*

Na, toll, das hilft mir ja weiter. Ich entscheide mich

schließlich für das einzige himbeerrote V-Ausschnitt-Shirt, das zwischen all dem Grau, Schwarz und Weiß hervorleuchtet, und ziehe dazu eine weiße Jeans an. Wow, gar nicht schlecht. Jetzt aber Abmarsch, ehe ich mir noch wie ein Papagei vorkomme.

Natürlich hat die S-Bahn Verspätung und so warten Alwa und Mai bereits auf mich, als ich am Ostbahnhof ankomme.

»Und, wohin?«, fragt Mai und zieht die High-Heel-Lederstiefel höher, die sie von Jella zum Geburtstag bekommen hat. »Nicht schon wieder ins *Nirwana,* das kommt mir zu den Ohren raus.«

»Es gibt da einen neuen Club, in der Nähe vom *Beach«,* berichte ich. »Soll cool sein, und wenn es uns nicht gefällt, sind ja genug andere Läden ringsum.« Die Mädels willigen ein und wir marschieren los. Ich grinse in mich hinein. Keine Ahnung, warum.

Der *MafiosiClub* ist nicht zu übersehen. In riesigen leuchtenden Buchstaben strahlt uns der Name schon von Weitem entgegen. Das Entree sieht wie aus einem 30er-Jahre-Film aus, so einem düsteren Film Noir. Viel Schwarz und Weiß, breite Streifen, goldglänzende Bänder und silberne art-déco-mäßige Verzierungen. Die Bedienungen tragen Charleston-Kleider, lange Ketten und eng anliegende, gehäkelte Glitzerhäubchen auf dem Kopf. Die Tische und Stühle um die Tanzfläche herum sehen zeitlos kühl aus, dafür funkeln viele Kristalle an den gedimmten Wandlampen. Mitreißender Swing wird hier gespielt, allerdings gemischt mit sehr modernen Variationen dieser Art von Musik. Fast schon Swing-Rap. Oder Rap-Swing? Ich kann nicht anders und muss sofort mitwippen. Dabei schaue ich mich unauffällig um. Viertel vor elf schon – ob Henry tatsächlich da ist? Mein Blick bleibt an der riesigen Theke hängen, die von gelbgoldenen Streifen wie Sonnenstrahlen im Tiffany-Stil geprägt ist. Einer der drei Barkeeper wirbelt gerade eine Flasche herum, als sei er Tom Cruise in dieser Uralt-Schmonzette *Cocktail*. Der zweite schleppt eine Kiste Tonicflaschen heran und der dritte – ist gar kein Mann. Sondern eine Frau.

»Alwa«, rufe ich verblüfft auf und ramme ihr meinen Ellenbogen in die Taille. »Schau mal, da!«

Alwa will mich schon anmeckern, als ihr der Mund offen stehen bleibt.

»Gibt's nicht!« Sie eilt in Richtung Theke davon, Mai und ich folgen.

»Was machst du hier?«, schreit sie durch den Lärm Jella zu. Diese dreht sich irritiert zu uns und ihr blasses Gesicht überzieht sich mit einer pudrigen Röte. Nervös spielt sie an der falschen Perlenkette um ihren Hals.

»Arbeiten«, gibt sie zurück und wendet sich den Gläsern zu, die sie in einem großen Spülbecken reinigt.

»Spinnst du?« Alwa klatscht sich mit der Hand vor die Stirn. »Du bist heute Morgen um vier Uhr aufgestanden, schon vergessen? Und letzte Woche nie vor eins im Bett gewesen – hey, du machst dich doch total kaputt. Was soll der Scheiß?«

Jella würdigt sie keines Blickes und schrubbt weiter an lippenstiftverschmierten Gläsern herum.

»Irgendwie muss ich ja meine Schulden zurückzahlen.« Sie ist fast nicht zu verstehen.

»Aber wenn du dich so komplett selbst ausbeutest, dann kannst du deine Ausbildung bald nicht mehr gescheit machen.« Alwa ist voll im Mutter-Modus.

»Ich schaff das schon.« Jella killt sie beinahe mit ihrem Blick.

Augenblicklich tut sie mir leid. Man sieht dunkle Ringe unter ihren Augen. Ihre Haut wirkt geradezu durchsichtig und ihre Wangen eingefallen. Vermutlich isst sie nicht mal vernünftig bei all dem Stress.

»Und morgen kann ich ja ausschlafen.«

Alwa schüttelt den Kopf und kaut auf ihrer Unterlippe herum.

»Mann, Jella ...«

Aber da kommt der zweite Barkeeper und fragt in barschem Tonfall: »Gibt's ein Problem?« Jella rollt nur die Augen und macht uns mit einer kleinen Handbewegung deutlich, dass wir uns zurückziehen sollen.

»Einen Dirty Martini hätte ich gerne«, sagt Mai und der Barkeeper wendet sich uns zu.

»Ich nehm einen Caipi«, ergänze ich und er beginnt, nach den Zutaten zu angeln. Nur Alwa ist der Appetit vergangen.

»Ein Wasser«, sagt sie. »Einer muss ja sparen in der Familie.«

Kaum haben wir die Getränke in Empfang genommen, hält jemand Mai von hinten die Augen zu. Genervt befreit sie sich und dreht sich um.

»Hey Überraschung«, ruft Flo, greift nach Mais freier

Hand und versucht, sich ihren Arm hinaufzuküssen. Sie schüttelt ihn so vehement ab, dass sich ein Teil ihres Cocktails auf sein weißes Hemd ergießt. Ich muss grinsen.

Und sehe dieses Grinsen sogleich erwidert. Von einem schmalen Gesicht, in dem goldgrüne Augen dominieren. Schnell nehme ich einen Schluck Caipi und hauche dann »Hi«. Wie einfallsreich.

»Oh Gott, wenn ich gewusst hätte, dass du hier bist, wäre ich nicht gekommen«, giftet Mai Flo an.

»Dabei liebe ich es, wenn du kommst.« Er grinst zweideutig. Der Typ ist einfach nur dreist. Mai rollt mit den Augen und wendet ihm den Rücken zu. »Abmarsch, Mädels.«

»Hi, Henry«, Alwa prostet ihm mit ihrem Wasserglas zu und er nickt uns freundlich zu – auch mir. Augenblicklich schaltet mein Herz in den Usain-Bolt-Modus. 9,58 Schläge pro Sekunde. Oder so.

»Kennt ihr euch eigentlich?«, fragt Alwa plötzlich und Henry und ich grinsen uns irgendwie verschwörerisch an.

»Hm«, sage ich. »Klar.«

»Logisch, schon längst«, pflichtet mir Henry bei. Alwa sieht irritiert zwischen uns hin und her, wechselt aber das Thema: »Hast du Mai eigentlich schon gefragt, ob sie morgen Zeit zum Filmen hat?«

»Nee, mach ich gleich. Außerdem wäre es cool, wenn ihr zu mir rauskommen könntet. Wir haben Familienbesuch zum Mittagessen und da muss ich meiner Mutter beim Aufräumen helfen. Dann würde für mich nicht so viel Zeit mit Fahrerei draufgehen.«

»Was filmt ihr denn?«

»Äh …« Tatsächlich. Das kam von Henry. Er steht noch immer neben uns. Meine Finger fühlen sich schwitzig an.

»Ich sag's ihr.« Alwa schiebt sich durch das Gedränge Mai hinterher, die vor Flo geflüchtet ist. Und ich bin mit Henry allein. Inmitten der Menschenmassen um uns herum. Immerhin fällt mir ein zu lächeln.

»Wir wollen ein neues Video für unseren Youtube-Kanal drehen«, bringe ich einen vollständigen und verständlichen Satz hervor. Vor Freude darüber grinse ich bestimmt etwas debil.

»Ach, eure PleitePlan… was?«

»*PlanlosePleite-Fails.*« Mist, er hat sich nicht mal den Kanalnamen gemerkt. Und garantiert nicht abonniert!

»Cool. Was für ein Thema?«

Ich erzähle ihm von der Talkshow, die wir inszenieren wollen, und entspanne mich langsam. Auch wenn er die wunderbarsten Augen der Welt hat – er ist ein Mensch aus Fleisch und Blut. Genau wie ich.

»Ihr betreibt echt einen großen Aufwand. Der letzte Film sah richtig professionell aus. Viele bringen es ja nur zu so schrecklich dunklen, grobkörnigen, wackligen Bildern, grauenhaft.«

Er hat ihn gesehen! Er hat ihn sich tatsächlich angeschaut! Ob er auch Like gedrückt hat?

»Das letzte Mal hatten wir die Kamera von Patrick geliehen«, erkläre ich. »Aber der hat so genervt, dass wir das nicht wieder machen.«

Er lacht. Er steht so dicht vor mir, dass ich seinen

Geruch einatme. Ich nehme eine Spur spritziges Rasierwasser wahr, frisch gelüftete Wäsche und einen winzigen Hauch Schweiß. Aber nicht unangenehm. Im Gegenteil. Er riecht so, dass ich mich am liebsten sofort in seine Arme werfen möchte, um seinen Duft ganz in mich aufzusaugen, mich darin aufzulösen.

»Und womit filmt ihr diesmal?«

Ich starre ihn wieder einen Augenblick sprachlos an. Er führt unser Gespräch fort! Er scheint sich nicht mit mir zu langweilen. Und erzähle dann von meiner neuen Kamera. Er steigt sofort ein, fragt mich nach technischen Details, die ich noch gar nicht kenne, weist mich auf besondere Kniffe im Umgang mit der Kamera hin und hakt nach und bohrt und will alles wissen. Und das auf eine aufrichtig interessierte Art, abseits von Besserwisserei und Überheblichkeit. Ihm scheint nicht mal in den Sinn zu kommen, dass Mädchen gemeinhin nicht so viel technisches Interesse nachgesagt wird. Und er labert mich nicht tot mit seinem Wissen, so wie Patrick das immer macht.

Ich fühle mich so ... normal mit ihm. Als müsse ich mich gar nicht verstellen, als redeten hier einfach zwei Menschen miteinander, die sich sympathisch sind. Unverkrampft, ungezwungen. Und doch klopft mein Herz bei jedem Schlag schneller. Er ist tatsächlich – toll! Wieso lerne ich ihn jetzt erst richtig kennen? Acht Wochen, bevor uns das bestandene Abitur in alle Winde zerstreut. Super Timing, echt!

»Und womit schneidest du?«, fragt er jetzt.

»iMovie«, antworte ich.

»Ah, das ist einfach das Beste«, sagt er und wir grinsen uns an, als seien wir zwei Verbündete nach dem bestandenen Kampf gegen Lord Voldemort.

»Henry«, ruft da plötzlich eine weibliche Stimme und Vanessa drängt sich zwischen uns.

Täusche ich mich oder weicht er ein wenig zurück? Bestimmt täusche ich mich, denn jetzt beugt er sich sogar vor und küsst sie auf die Wange. Sie strahlt. Mit einem winzigen Blick registriert sie meine Anwesenheit und zeigt mir nun deutlich ihren Rücken. Ihm dagegen ihren affigen, viel zu tiefen Ausschnitt. Sie ist sich nicht mal zu blöd, affektiert mit dem Busen zu wackeln.

Doch Henry blinzelt mir nun zu. Über ihren Kopf hinweg. Während sie dummes Zeug labert, von dem ich nur einzelne Worte höre. »So toll«, sagt sie. Und »so gehofft« und alles wäre ja »so cool«. So überflüssig!

In diesem Moment kommt Mai dazu, zerrt an meinem Arm und schreit mir ins Ohr, sie wolle hier weg. Flo würde ihr so was von auf die Nerven gehen und Alwa könne Jellas erbärmlichen Anblick hinter der Bar nicht mehr ertragen. Mai zieht mich mit sich, und noch ehe ich mich wenigstens verabschieden kann, ist Henry aus meinem Blickfeld verschwunden.

Als wir draußen stehen, habe ich das Gefühl, ein Wal hätte mich aus seinem stinkenden Maul an Land gespült. Dabei hüpfen gleichzeitig lauter kleine glimmend rosa Herzchen durch meine Blutbahnen, damit auch die letzte Zelle meines Körpers kapiert: Ich bin verknallt. Nein, verliebt.

Die vier dreistesten Fake-Aussagen von Eltern 18-Jähriger

Drehbuch von Franziska Huber

Abend/innen

Neutraler Hintergrund, davor vier Stühle auf denen **Franzi, Mai, Jella** *(mit einem aufgeklebten schwarzen Streifen vor den Augen) und* **Alwa** *sitzen.*

Franzi:

Herzlich willkommen zu einer neuen Ausgabe von »Frisch gefakt ist halb gefailt« – der aufklärerischen Sendung für alle, die noch an den Weihnachtsmann und daran glauben, dass mit 18 alles besser wird. Im Studio begrüße ich: Dr. Ichfragdich Mai, investigative Investigativjournalistin, X.X., 18-jähriges Opfer perfider Elternlügen, die anonym bleiben möchte, sowie ihre Anwältin Dr. Ichverklagdich Alwa. Und ich bin Franziska Quatschtviel, Ihre Gastgeberin. Herzlich willkommen. Ja, X.X., erzähl doch mal, was war denn so der krasseste Fake, mit dem dich deine Eltern getäuscht haben?

Jella *(atmet hörbar, ringt die Hände, sucht nach Worten) …*

Alwa:

Sie müssen verstehen, es fällt ihr noch immer sehr schwer, darüber zu sprechen. Nur Mut, Trix… äh, X.X., hier sind alle auf deiner Seite!

(Sie beugt sich zu Jella und tätschelt beruhigend ihre Hand)

Jella:

Das echt total voll Krasseste war … wie sie mich … wie sie mich gezwungen haben … den Führerschein zu machen.

Mai:

Das ist typisch! Das ist ganz typisch! Das begegnet uns immer wieder!

Franzi:

Was war denn so schlimm daran?

Jella:

Sie haben behauptet … es sei, damit ich unabhängig bin *(fängt an zu weinen).*

Alwa:

Dabei haben sie das arme Mädchen gezwungen diesen völlig überbewerteten Lappen zu machen – jeden Samstag! Jeden Samstag musste sie mit Vaters Dacia in die Waschanlage zu fahren.

Mai:

Ich wette, ansonsten haben sie dich mit dem Auto nicht fahren lassen!

Alwa:

Exakt! Ein klarer Fall von Ausbeutung!

Mai:

Das werde ich dokumentieren. Auf meinem Parents-Leak-Blog! Versprochen!

Jella *weint still vor sich hin.*

Franzi:

Eine sehr bedenkliche Entwicklung! Und darf ich fragen – auch wenn die Patientin, äh, die Angeklagte, nein, die Betroffene, äh, sichtlich aufgewühlt ist –, was gab es noch für Vorkommnisse?

Jella *(reißt sich zusammen)*:

Na, dann war da die Sache mit … mit meinem Freund. *(Sie trommelt nervös auf ihren Stuhllehnen)*

Alwa:

Hach, das nimmt sie auch so furchtbar mit. Das haben wir in unserer Klageschrift besonders betont: seelische Grausamkeit!

Jella:

Er durfte nicht bei uns übernachten. Obwohl sie's vorher versprochen hatten. Wenn ich 18 bin, darf er, haben sie gesagt. Aber dann … einmal haben sie ihn erwischt und rausgeschmissen. Das sei immer noch ihr Haus, haben sie gesagt. Seitdem habe ich ihn nie wiedergesehen. *(weint wieder)*

Mai:

Oh ja, diese Fälle gibt es dutzendweise. Haufenweise. Massenhaft. Zu Hunderten. Hundertausenden. Ich kann nur sagen: Jede ist betroffen! Und jeder!

Franzi:

Unglaublich! So wird in das Leben junger Menschen eingegriffen, die doch nur ihr Erwachsensein genießen wollen.

Jella:

Und dann war da ja noch die Sache mit der Wä…

Alwa:

Ich weiß nicht, Trix… äh, X.X., fühlst du dich stark genug, davon zu erzählen?

Jella *(nickt, holt tief Luft)*:

Meine Mutter – meine eigene Mutter – hat mir zum 18. Geburtstag einen Wäschekorb geschenkt. Für mein Zimmer. Für meine Klamotten. Nur, damit ich nicht extra ins Bad laufen muss, hat sie gesagt. Und dabei ging es allein um Separation! Sie hat sich nämlich von da ab geweigert, irgendetwas von mir mitzuwaschen. Das musste ich alles selbst machen!

Mai:

So einen Fall habe ich auch mal recherchiert! Ganz üble Sache! Man hat uns die Kamera aus der Hand geschlagen, um die Beweisbilder zu vernichten.

Jella *beugt sich zu* **Alwa** *und tuschelt kurz mit ihr, Alwa nickt.*

Jella:

Na ja und dann … oh my God! Jedes Mal! Ich schwöre, jedes Mal, wenn ich länger als bis um eins oder zwei weg bin … da machen die Telefonterror! Total krass! Zehn Anrufe, 15 Anrufe – innerhalb von 20 Minuten! Und vorher haben sie mir einen schönen Abend gewünscht! Voll der Fake! Und Fail!

Franzi:

Das sind unhaltbare Zustände in unserer Republik. Frau Dr. Mai, muss da nicht die Politik aktiv werden?

Mai:

Unbedingt! Wir haben schon Petitionen eingereicht, Unterschriftensammlungen …

Ein Handy klingelt. **Jella** *zuckt zusammen, holt ihres aus der Tasche.*

Jella:

Nein, Mama, jetzt nicht, nein …

(Sie drückt den Anruf weg, es läutet gleich wieder.)

Sehen Sie!

(schreit) Verdammt, Mama, ich meld mich später, ich bin gerade im Fernsehen!

Alle anderen wiegen geschockt die Köpfe.

Franzi:

Da bleibt uns zum Schluss nur zu raten: Wenn ihr diese unhaltbaren Zustände nicht ertragen wollt – werdet nicht 18! Werdet gleich 80! Dann habt ihr's hinter euch! Und keiner quatscht euch mehr rein!

Alle vier holen unter sich weiße Perücken hervor, die sie aufsetzen, fassen nach Stöcken hinter ihren Stühlen, stehen gebeugt auf und tattern aus dem Raum hinaus.

Es wird höchste Zeit, dass wir die Dreharbeiten beenden, die im Waschraum meines Elternhauses stattgefunden haben. Stanislausi hat ganz brav in seinem Kinderwagen geschlafen, während wir uns gefilmt haben – und statt in grölendes Lachen nur in unterdrücktes Kichern ausgebrochen sind, um ihn nicht zu wecken. Doch jetzt reckt er ein Fäustchen in die Luft, rekelt sich – und schlägt die Augen auf. Um dann sofort loszuweinen. Gut, dass wir fertig sind.

Mai holt ihn aus seinem Wagen und wir ziehen mit Sack und Pack in unsere Küche um. Ich erwärme schnell seine Milchflasche. Eigentlich hätte Mai heute Nachmittag »kinderfrei« gehabt, aber ihr Vater und ihre Stiefmutter haben kurzfristig eine Einladung zu einer Vernissage bekommen und »Das verstehst du doch, Mai, wir müssen auch mal wieder etwas für uns als Paar tun« gesagt und sie mit Lausi stehen lassen. Wofür haben die eigentlich ein Baby bekommen?

Das Baby beweist einmal mehr die Funktionstüchtigkeit seiner kleinen Lunge und plärrt wie am Spieß. Erst als sich Jella Tinka, unseren jüngsten Katzen-Spross, schnappt und ihn Lausi vor die Nase hält, beruhigt sich der Kleine. Mit großen Augen starrt er das fellige Wesen an und streckt neugierig sein Händchen aus. Prompt schleckt Tinka seine Finger ab. Lausi quietscht vor Vergnügen. Uff, der Nachmittag ist gerettet.

Meine Eltern sind mit meinen Brüdern zum Kaffeetrinken bei den Eltern von Xavers Freundin Maria im Nachbarort. Wir haben nicht nur die Küche für uns, sondern das ganze Haus. Und die Scheune. In der Xavers Auto steht. Völlig allein! Getrennt von seinem Freund, dem Schlüssel, der verlassen am Schlüsselbrett hängt, wie ich beim Reinkommen gesehen habe.

»Du, Mai«, fange ich zögerlich an. »Ich glaube, Alwa und Jella verstehen sich super mit Lausi.«

Zur Bestätigung pustet Alwa sanft über Lausis Kopf und Jella kitzelt ihn am Bauch, woraufhin er ein sanftes Gurren von sich gibt.

»Hm«, macht Mai. »Und?«

»Na ja, ich dachte ...« Sag's einfach! »Die Feldwege sind ganz verlassen so am Sonntagnachmittag ...«

»Aha«, sagt Mai, lässt mich aber zappeln.

»Franzi, spuck's schon aus«, ermuntert mich Jella und verdreht die Augen.

»Wir könnten doch vielleicht eine kleine ... Probefahrstunde ... was meinst du?«

»Cool«, sagt Alwa. »Und wir bespaßen Lausi, gell, Lausischmausileinchen?«

Lausimausischweinchen giggert vor sich hin und beobachtet noch immer fasziniert Tinka, die einer Staubfluse hinterherspringt.

»Na, dann los«, sagt Mai, ohne mit der Wimper zu zucken.

Vom Hof herunter und bis zum Anfang des Feldweges fährt sie. Mit einer ungeheuren Souveränität. Als uns ein megabreiter Traktor entgegenkommt, schlängelt sie sich geschickt an ihm vorbei, anschließend hält sie mitten auf dem landwirtschaftlichen Weg an, schaltet den Motor ab und steigt aus.

»Jetzt du!«

Mit zitternden Knien setze ich mich auf den Fahrersitz. Meine Hände sind so feucht, dass ich Angst habe, vom Lenkrad abzurutschen. Was muss ich denn bloß machen? Vermutlich sollte ich Mai endlich sagen, dass ich auf dem Traktor meines Opas immer nur auf dem Beifahrersitz saß. Doch ich komme nicht dazu.

»Schlüssel ins Schloss schieben«, befiehlt Mai. Sie wirkt so ruhig, als säßen wir nicht in Xavers altem Golf, den ich garantiert sofort in den nächstbesten Graben lenken werde, sondern auf einem Himmelbett. Ich befolge ihre Aufforderung, drehe den Schlüssel, der Motor heult auf und der Wagen macht ein paar wilde Hopser nach vorn.

»Kupplung treten!«

»Äh, was?«

»Ich dachte, du bist schon Traktor gefahren?« Mai sieht mich verwundert an. »Links Kupplung, Mitte Bremse, rechts Gaspedal.«

Links Kupplung – Mitte Bremse – rechts Gaspedal, versuche ich, meinen Füßen klarzumachen. Stimmt, hat mein Opa auch immer gesagt.

Ich trete die Kupplung durch, drehe erneut den Schlüssel und diesmal brummt der Motor zufrieden.

»So, linken Fuß langsam von der Kupplung nehmen, mit rechts vorsichtig Gas geben.«

Ich tue mein Bestes. Das leider nicht gut genug ist. Nach gefühlt zwei Zentimetern ruckelt es wieder wild und das Auto ist abgesoffen. Bin ich zu blöd?

»Ging mir am Anfang auch so«, sagt Mai und ich

wette, das ist gelogen, denn in den USA fahren doch alle mit Automatikautos. Die haben gar keine Kupplung. Das weiß sogar ich! »Also beim Umstieg auf die deutschen Autos«, ergänzt sie prompt.

Sieben Versuche später rollt das Auto über den holprigen Weg. Sicher ist es nur Zufall, dass sich Mai an den Haltegriff am Fenster klammert.

»Du machst das sehr schön«, murmelt sie. Es klingt wie eine Beschwörung.

Irgendwie kommt mir der Weg, den ich schon so oft mit meinem Opa, meinem Vater, meiner Mutter, meinem Bruder gefahren bin, plötzlich lächerlich schmal vor. Ob das an der veränderten Sitzposition liegt?

»Langsam, Kurve«, ruft Mai und ich bemerke aus den Augenwinkeln, dass sie mit dem rechten Fuß auf eine fiktive Bremse drückt. Ich nehme meinen vom Gaspedal, aber das reicht nicht.

»Bremsen!« Mai wird lauter. Das war das Pedal in der Mitte, oder? Ich bremse. Okay, richtig.

»Gang runterschalten!«

Herrje, was denn noch alles? Ich habe nur zwei Füße. Das Auto holpert fragwürdig und plötzlich fällt mir ein, dass es auch eine Gangschaltung gibt. Die ist jetzt sicher angesagt. Nur: Wohin schalten? Mai führt meine Hand. Ein Stück nach hinten, ein Stück nach links, der Wagen beruhigt sich. Ich meistere die Kurve. Perfekt!

Doch was kommt uns da entgegen? Am Sonntag! Ein weiterer Traktor. Einer mit einem riesigen Ausleger. Verzweifelt sehe ich mich nach einer Möglichkeit zum

Ausweichen um. Rechts von uns ist ein Wassergraben, links geht es eine Böschung hinauf.

»Anhalten«, schreit Mai. »Anhalten.«

»Wie denn?«, schreie ich zurück. Ich will nicht Auto fahren. Ich hasse Auto fahren. Wozu soll so ein Scheiß-Führerschein überhaupt gut sein? Ich bin doch 18 Jahre sehr gut ohne ihn ausgekommen.

»Mama!«, rufe ich zur Abwechslung. Mai greift ins Lenkrad, rollt uns nach rechts und zieht die Handbremse. Mit einem Abstand von gefühlt drei Millimetern brettert die riesige Landmaschine an uns vorbei. Der Wagen steht leicht schief, der Wassergraben ist deutlich näher gekommen.

Wir blicken erst in die Landschaft, die von herumwirbelnden winzigen Strohhalmen ein wenig vernebelt wird, und dann uns an.

»Puh«, sagt Mai.

»Uff«, sage ich.

»Da müssen wir noch ganz schön oft üben.«

7

Der süßeste Catcontent

Ich lerne am besten in Jellas Bäckerei. Also da, wo sie arbeitet, im Café Altmeier. Gehe ich in einer Freistunde am Vormittag dorthin, ist es meist recht leer. In einer Ecke tuscheln ein paar alte Omis oder füllen Kreuzworträtsel aus, vom Tresen hört man das gelegentliche Zischen und Brodeln der Kaffeemaschine und aus der Backstube strömt der Duft nach frischen Plätzchen, Apfelkuchen oder Plundergebäck. Wenn ich Glück habe, bedient Jella und schenkt mir ungefragt meine Kaffeetasse immer wieder voll, als sei dies hier ein amerikanisches Diner und kein deutsches Oma-Café.

Einmal, aber da hat es mich leider noch nicht interessiert, saß sogar Henry zwei Tische weiter und hat sich über seine Bücher gebeugt. Ständig schiele ich jetzt durch das fahlgelbe Spitzengardinchen hinaus, ob er nicht heute auch auftaucht. Nichts außer leeren Bürgersteigen ist zu sehen. Unwillig wende ich mich meinem Mathematikbuch zu.

Keine Sekunde später lässt sich Jella mit einem Stöhnen neben mich fallen. Sie sieht blass aus.

»Die Altmeiers sind kurz unterwegs«, erläutert sie. »Zeit für eine Pause.«

Sie starrt etwas benommen vor sich hin und wischt gedankenverloren mit dem Arm über die Krümel auf der Tischplatte.

»Was ist los?«, frage ich und streichle ihre Schulter. Sie stöhnt noch einmal, richtet sich aber auf.

»Ach, Franzi.«

»Ach, Franzi – was? Ärger mit dem Chef oder Schuldenärger?«

»Beides.« Sie besieht ihre Hände, am Ballen ist eine frische Brandblase zu entdecken. »Ich bin einfach zu blöd.«

»Bist du nicht!« Ich beuge mich vor und schnüffle mit der Nase zwischen ihren Haaren, die nach Kuchenteig riechen.

»Er hat mir eine Abmahnung gegeben.«

»Was? Wer? Der Bäcker?« Ein paar der Omis schrecken aus ihrem Vormittagsschläfchen. »Erzähl!«

Jella druckst ein wenig herum, aber dann strömen die Worte nur so aus ihr heraus.

»Na ja, ich bin letzte Woche zwei Mal morgens in der Backstube eingeschlafen. Kannste dir vorstellen, oder? Da ist es so schön warm drin und ich war so weit fertig mit meinen Aufgaben, wollte mich nur kurz ausruhen. Na ja, bin ich halt weggedöst. Und ausgerechnet die Altmeierin hat mich gefunden und bei ihrem Mann angeschwärzt. Er ist ja eigentlich immer ganz lieb, aber sie hat sofort ein Riesending draus gemacht. Und blöderweise ist mir zwei Tage später noch mal das Gleiche passiert. Und da hat sie so rumgekreischt, dass er sie nur beruhigen konnte, indem er die Abmahnung ausgesprochen hat.«

»Scheiße! Aber ist ja kein Wunder! Wir dürfen unter der Woche einfach keine Party mehr machen. So kurz vorm Abi ist das für uns auch nicht gut.«

»Ach, Süße!«

Sie starrt an die Decke, die von dunklen Holzbalken eingefasst ist, und sieht aus, als würde sie mit Mühe die Tränen zurückhalten.

»Das ist noch nicht alles, oder?«

Sie schüttelt den Kopf. Schnieft etwas.

»Nee. Es ging so total ätzend weiter! Als ihr am Samstag aus der Bar abgezogen seid, ist schon wieder dieser nervige Marc aufgetaucht und wollte sein restliches Geld. Ich hatte natürlich nichts. Da hat er mir gedroht, dass er Altmeier Bescheid sagt, dass ich nebenher noch was verdiene. Ich habe zwar behauptet, das sei abgesprochen, aber Marc hat mir nicht geglaubt.«

»Du hast das deinem Chef nicht gesagt?«

»Bisher nicht, ich wollte immer, aber es war irgendwie keine Gelegenheit da. Na ja, und nun ... nach der Abmahnung ... Ich hab den Barjob gleich wieder geschmissen.«

»Gut!«

»Gar nicht gut! Wie soll ich denn meine Schulden zurückzahlen? Ach, Franzi ...« Nun hat es die erste Träne doch geschafft und kullert ihr über die Wange. Die zweite drängt gleich hinterher.

»Das ist alles so kacke!« Jella wischt die beiden Tränchen schnell weg, holt tief Luft und starrt auf die Tischplatte vor sich. Ich lege den Arm ganz fest um ihre Schulter.

»Ich habe noch was von dem Geld übrig, dass ich von meinem Sparbuch abgehoben habe«, sage ich, ohne lange nachzudenken. »Das gebe ich dir, damit du wenigstens diesen nervigen Marc ausbezahlen kannst. 150 Euro waren das, oder?«

Sie nickt.

»Die bekommst du als Schauspielerinnen-Gage, okay?«

»Nein, lass mal, das kriegst du alles zurück«, widerspricht sie.

»Nix da, das passt schon. Soll ich es dir gleich geben?«

»Nee, lieber später, ich will nicht so viel Geld rumschleppen.«

»Okay, Süße, dann heute Nachmittag.« Mein Blick fällt auf die altmodische Wanduhr hinter dem Tresen. »Oh Mist, ich muss in die Schule. Gleich geht Geschichte los. Bis später!« Ich küsse sie auf die Wange, raffe mein Zeug zusammen und mache mich auf den Rückweg. Bald gibt es niemanden mehr, der mir verbieten kann, den ganzen Vormittag in einem Café abzuhängen. Was für Aussichten!

Als ich vor der Schule ankomme, bleiben mir noch ein paar Minuten, bis der Unterricht losgeht. Mai, die mit mir Geschichte hat, ist nirgends zu sehen. Ich schnappe mir mein Smartphone, das ich eh gleich abschalten muss, und will kurz unseren Youtube-Kanal kontrollieren. Bin ich heute noch gar nicht dazu gekommen. Mal sehen, ob unsere kleine Talkshow weitere Klicks bekommen hat. Gestern Abend stand das Video bei sehr anständigen 400 Aufrufen und 69 Likes. Fast schon obligatorisch sind inzwischen die Kommentare von FlawlessNerd und PaperCrafter. Ersterer schrieb wieder bissig, Mädchen könne man einfach nicht ernst nehmen und unser zickiges Besserwisser-Getue gehe ihm auf den Sack. Er geht mir auf den Sack! Und zwar so was von! Leider gibt es solche Hirnis immer! PaperCrafters Kommentar war zwar sicher nett gemeint, kam aber etwas oberlehrerhaft rüber: »Inhaltlich top, die etwas statische Umsetzung lässt zu wünschen übrig, das könnt ihr besser, Mädels.« Tja, Herr Patrick oder wer immer du bist – nur weil sich in deiner *Minecraft*-Welt alles von selbst bewegt, hast du offenbar noch lange keine Ahnung, wie Real-life-Videos entstehen und dass viel Arbeit dahintersteckt.

Als sich die Youtube-Seite endlich aufgebaut hat, bekomme ich Schnappatmung und drücke erneut auf aktualisieren. Was ich sehe, muss ein Bug sein. Doch auch auf den zweiten Blick ändert sich nichts. Ohne es unterdrücken zu können, mache ich einen Luftsprung, strecke eine Faust in die Höhe und schreie: »Strike!« Ist ja klar, dass in diesem Moment die Schulhaustür aufgeht und Henry, Flo und Patrick vorbeilatschen. Flo macht einen vermutlich dummen Spruch, den ich nicht verstehe, und Henry grinst, als beobachte er eine verrückte Ziege im Streichelzoo. Glücklicherweise gehen die Jungs einfach weiter und ich kann mich wieder voll und ganz auf die Fakten konzentrieren. Mit hochrotem Kopf.

87.452 Aufrufe, lese ich. 220 Abonnenten. 4.367 Likes und 112 Dislikes. Für unseren Eltern-Fake-Film. Ein Wahnsinn! Wie konnte das nur passieren? Und gleich 15 Kommentare! Die meisten bestehen aus Herzchen und Smileys und Daumen-Hochs. Weil es zum zweiten Mal klingelt, schalte ich sehr, sehr, sehr widerwillig mein Handy aus und beeile mich, in den Unterricht zu kommen. Diesmal bin ich es, die Mai Zettelchen schreibt.

»Gibt's nicht«, schreit Mai und fliegt mir um den Hals, als wir den Marshallplan und seine Bedeutung für das Nachkriegsdeutschland endlich hinter uns gelassen haben. Sie tippt wie wild auf ihrem Handy herum, während ich sie am Ellenbogen behutsam die Treppe hinunterführe. Plötzlich bleibt sie stehen.

»Äh, aber ... Franzi.« Sie ist mit einem Mal etwas blass um die Nase. »Und was ist das hier?« Sie deutet auf die Vorschau zu einem weiteren Video auf unserem Kanal. Ein Video, das es auf 460.032 Aufrufe bringt. Ein Video, das um vier Uhr heute früh auf unserem Kanal veröffentlicht wurde. Ein Video, das ich noch nie gesehen habe. Sie klickt es an.

»Nein!«, schreit sie. »Was hast du getan, Franzi?«

Ich weiche zurück, schwöre bei allen Heiligen, dass ich das Video nicht kenne.

»Süß«, sagt sie plötzlich ganz ruhig. »Oh Gott, ist das putzig!«

In der Tat.

Der kleine Film ist keine Minute lang. Er muss entstanden sein, während sie mir am Sonntag die Fahrstunde gab. Der Ort der Handlung ist mir mehr als vertraut. Das Video wurde in unserer Küche gefilmt. Auch die beiden Handelnden sind mir keineswegs fremd. Baby-Lausi, leicht verstrubbelt, und Baby-Katze Tinka, grau-weiß gefleckt, sitzen gemeinsam auf unserem Küchenfußboden, zwischen ihnen Tinkas Wassernapf. Die Katze trinkt, Lausi guckt zu, klatscht in seine kleinen, molligen Händchen, lässt sich auf alle viere gleiten und imitiert die Katze. Jetzt trinken sie gemeinsam aus dem Wassernapf, man sieht rechts eine winzige rosa Zunge und links eine winzige rosa Zunge. Beide hören gleichzeitig auf, betrachten sich neugierig und trinken noch einmal. Im Hintergrund hört man unterdrückte Begeisterungsschreie. Garantiert von Alwa und Jella. Schließlich robbt Lausi über den Boden auf Tinka zu, ein Händchen weit ausgestreckt, aber seine neue Freundin bringt sich mit einem Sprung in Sicherheit. Lausi schaut mit seinen riesigen schwarzen Augen formatfüllend in die Kamera, der Film bricht ab. Das ist mehr als nur Catcontent! Das ist Kids- 'n' Catscontent. Ein ganz heißes Genre!

»Oh Gott«, bricht es nun aus Mai heraus. »Hoffentlich hat er sich keine fiese Tierkrankheit geholt!«

»Hat er denn irgendwas gehabt? Durchfall oder so?«

Sie schüttelt den Kopf.

»Siehste! Außerdem ist meine Mutter sehr penibel und wäscht den Wassernapf immer in der Spülmaschine mit. Der stand da ganz frisch. Aber ... ist das nicht der Hammer? 460.000 Aufrufe! Kein Wunder, dass das andere Video plötzlich auch so viele Zuschauer hatte.«

»Aber sie hätten was sagen können!« Mais Gesicht sieht man die Zerrissenheit zwischen Ärger und Entzücken an. »Sie hätten schon fragen können, ob das okay ist, Lausi auf Youtube zu stellen. Noch dazu auf deinem Kanal.«

Einen Moment bin ich irritiert, dass sie nicht von »unserem« Kanal spricht. Schließlich hat sie wie die anderen beiden die Zugangsdaten, schon allein für den Fall, dass ich mal krank, verreist oder sonst wie verhindert bin. Dass allerdings Jella und Alwa einfach so, ungefragt, einen eigenen Film einstellen ...

»Catcontent!« Die frische Luft, die uns vor dem Schulgebäude empfängt, lässt mich klarer denken. »Ausgerechnet ich und Catcontent! So billige Massenware wollte ich nie!« Und im selben Moment entdecke ich einen Kommentar von PaperCrafter unter dem Video: »Catcontent? Wie langweilig, habt ihr doch gar nicht nötig!« Genau, sage ich ja!

Ich bilde mir nicht ein, dass wir große Kunst machen. Wir wollen die Leute zum Lachen bringen – aber auf intelligente und überraschende Weise. Catcontent! Ich lasse den Film noch einmal ablaufen und kann mich gegen seine Wirkung nicht wehren. Am liebsten würde ich selbst »gefällt mir« klicken. Mit einem Mal verstehe ich, dass die Menschen so etwas toll finden. Es wirkt so harmlos, so selbstvergessen und unschuldig, dass man für diese eine Minute ausblenden kann, was einen sonst plagt. Die Welt, Ärger mit dem Ex, dem Chef, der

Lehrerin oder den Eltern. Egal – kurz mal abtauchen in die Wohlfühlwolke und dann gestärkt in den Alltag zurück. Ist das verachtenswert? Bestimmt nicht.

»Hoffentlich entdeckt mein Pa den Film nicht«, überlegt Mai laut. »Ich weiß nicht, ob er es so cool fände, Lausi als Youtube-Star zu sehen.«

Wie so oft nehmen wir automatisch den Weg zur Bäckerei Altmeier und ich winke durchs Fenster Jella zu, die gerade kassiert. Wir lassen uns – endlich ist es warm genug – an einem der Tische an der Straße nieder, als auch schon Alwa auftaucht. Mit gesenktem Kopf kickt sie ein Steinchen vor sich her. Ohne ein Wort zu sagen, setzt sie sich zu uns und starrt weiter auf ihre Schuhspitzen.

»Hättet ihr nicht fragen können, bevor ihr den Katzenfilm einstellt?«, fragt Mai, die manchmal ein gewisses Talent zur Unsensibilität mitbringt. Alwa blickt kurz auf und runzelt irritiert die Stirn.

»Der Film von Lausi und Tinka?«, assistiere ich. »Die Klickzahlen sind allerdings der Hammer.« Ich möchte nur, dass sich Alwas Gesichtsausdruck etwas entspannt. Sie gibt ihrer Tasche, die zwischen ihren Füßen steht, einen Tritt.

»Keine Ahnung, wovon ihr redet«, erwidert sie und ihre Stimme klingt merkwürdig tonlos. Sie seufzt laut. Endlich kapiert es auch Mai.

»Was 'n los?«

Alwa blickt uns an, dann in den Himmel, auf ihre Hände und schließlich zu Jella, die auf uns zukommt.

»Ich mache Schluss mit ihm. Endgültig.«

Jella drückt uns allen einen Kuss auf die Wange und setzt sich auf eine Stuhlkante, bereit, jeden Moment wieder aufzuspringen.

»Was ist passiert?«

Alwa macht eine wegwerfende Handbewegung und Tränen treten in ihre Augen.

»Ich habe gestern versucht, ihm zu verklickern, dass ich mich nach Israel beworben habe. Aber er hat es einfach ignoriert. Er hat weiter davon gelabert, dass wir uns, wenn sein Praktikum jetzt bald fertig ist, gemeinsam eine Wohnung suchen könnten. Vielleicht am Stadtrand, da sei es ja nicht ganz so teuer. Hallo, geht's noch? Ich war komplett fassungslos.«

Wir streicheln sie alle. Arme Alwa. Blöder Yannis.

»Ich meine, der nimmt mich und meine Wünsche überhaupt nicht ernst und tut so, als wäre völlig klar, dass wir bis zur diamantenen Hochzeit im Reihenhäuschen in Trudering hocken. Ich will raus, ich will die Welt sehen, verdammt! Am Anfang fand ich es ja total süß, dass er so ein Kümmerer ist, dass er mich verwöhnt und so. Aber mittlerweile spielt er sich auf, als sei er mein Vater, und zwar einer von der spießigsten Sorte. Der bevormundet mich nur noch!«

»Idiot!«

»Depp!«

»Hirni!«

Manchmal ist freundschaftlicher Beistand ganz einfach. Es geht ums Bestätigen. Glücklicherweise wissen wir alle, dass man hin und wieder keinen Ratschlag braucht, sondern nur Anteilnahme.

»Danke, Mädels«, sagt Alwa und sieht schon entspannter aus.

»Aber wenn du mit ihm Schluss machen willst, dann solltest du ihm das auch endlich mal sagen!«, ermahnt Jella sie. »Deinen Zickzackkurs hält ja keiner aus. Und nur dass er kochen kann wie Jamie Oliver ist noch lange kein Grund, bei ihm zu bleiben.« Okay, Jella ist die Schwester, sie darf so deutlich werden. Mai und ich beschränken uns auf bestätigendes Nicken.

»Am besten, du setzt dir eine Frist. Freitag. Oder heute. Das ist noch besser. Ruf ihn an und mach Schluss, jetzt gleich, los!«

Die Schwestern setzen sich gerne mal gegenseitig unter Druck. Was selten zum gewünschten Ergebnis führt.

»Ach, für dich ist immer alles so einfach«, giftet Alwa Jella an und schon geht es nicht mehr ums Schlussmachen, sondern darum, welche der beiden besser mit dem Leben klarkommt. »Wenn ich sagen würde, hör einfach auf, Geld auszugeben, würdest du das ja auch nicht machen.«

»Es geht aber gerade nicht um mich, sondern um dich – du leidest!«

Als habe eine höhere Macht eine ausgesprochene Freude an bizarren Situationen, steht plötzlich Marc neben unserem Tisch.

»Hast du kein Zuhause?«, meckert ihn Jella sofort an und steht auf. »Hier wirst du jedenfalls nicht bedient.«

»Gib mir meine 150 Euro und ich gehe«, sagt er seelenruhig.

Jella stemmt trotzig die Arme in die Taille und funkelt ihn wütend an. Allein – sie hat keinen Spruch auf Lager.

»Müsste dir eigentlich leichtfallen«, er legt den Kopf schief, die Augen sind zu Schlitzen verengt. »Bist doch jetzt ’n Youtube-Star. Da gibt’s dicke Cash!«

»Verpiss dich«, zischt Jella, aber man merkt ihr an, dass sie sich am liebsten selbst verpissen würde. Er macht einen Schritt auf sie zu und das sieht so bedrohlich aus, dass ich rasch dazwischengehe.

»Warte«, sage ich, ohne weiter nachzudenken. »Ich schulde Jella eh noch 150, dann gebe ich sie eben gleich dir.«

Er weicht tatsächlich etwas zurück und wendet sich mir zu.

»Hast du ein Glück.« Womit er Jella meint. Ich ziehe die drei übrigen 50-Euro-Scheine aus meinem Geldbeutel und halte sie ihm hin. Eh ich auch nur »Bitte« sagen kann, hat er sie mir schon aus den Fingern gerissen. Auf ein »Danke« warten wir vergeblich.

Jella schaut ihm angeekelt nach, als er sich trollt.

»Na, ich hoffe mal, den sehen wir nie wieder«, mache ich ihr Mut und lege meinen Arm um ihre Taille. Sie fühlt sich stocksteif an.

»Was war das denn?«, fragt Alwa mit streng zusammengezogenen Augenbrauen.

»Später«, zischt Jella ihr nur zu und ihr Blick lässt keinen Zweifel daran, dass sie kurz vorm Explodieren ist.

»Ach, hier treibst du dich rum«, lenkt uns eine quäkende Stimme ab. In der Tür der Bäckerei steht Melanie, des Bäckers ätzende Tochter, eine etwas fülligere und blondere Kopie ihrer nicht minder furchtbaren Mutter. »War ja klar – mit den Tussis hier rumquatschen und wir müssen dich ewig suchen.«

Jella zieht einen Flunsch und ich sehe ihr an, dass sie Melanie am liebsten zu Vollkornmehl schroten und verbacken würde. Stattdessen winkt sie uns knapp zu und marschiert zur Eingangstür. Während sie hindurchgehen will, schlenkert Melanie ganz unauffällig mit der Hüfte, stößt Jella dabei an den Türrahmen und macht schnell ein paar Schritte nach vorne auf die Straße. Dann sagt sie auch noch »Pass doch auf« und zeigt meiner Freundin einen Vogel. Jella verschwindet und ich bewundere sie dafür, wie würdevoll sie schweigt.

Umso lauter breche ich in Lachen aus, als Melanie drei Sekunden später über Alwas Füße stolpert, die diese just in dem Moment rein zufällig ausstreckt, als die Bäckerstochter an ihr vorbeimarschiert.

»Pass doch auf«, ruft Alwa ihr hinterher, aber sie reagiert nicht.

Viel lieber hätte ich mit Alwa darüber diskutiert, wie sie sich am besten von Yannis trennen könnte, oder mit Mai über Flo gelästert und eine weitere Fahrstunde mit ihr vereinbart. Aber die Zeit bis zur Mathe-Klausur schrumpft in einem rasenden Tempo zusammen und ich muss jetzt endlich so richtig ernsthaft lernen. In der S-Bahn schicke ich Jella eine WhatsApp, weil ich nun doch wissen möchte, ob sie ganz allein den Catcontent hochgeladen hat. Ich gebe mich versöhnlich und gestehe, wie sehr ich mich über inzwischen rund 425.000 Aufrufe freue. Jella schreibt zurück, sie habe nur ein wenig unseren Bekanntheitsgrad befeuern wollen. Das ist ihr gelungen!

»Das ist so typisch«, höre ich plötzlich die schrille Stimme eines Mädchens, die ich vor zehn Minuten auch schon im Ohr hatte. Tatsächlich – keine fünf Meter entfernt steht Melanie und keift einen Typen an. Und dieser Typ wiederum war vor 15 Minuten noch ein cooler Macker – Marc.

»Ja, Mann, ist halt blöd gelaufen«, sagt er und klingt eingeschüchtert. Er steht ganz krumm da und wirkt glatt einige Zentimeter kleiner als sonst. In der S-Bahn ist es relativ leer und ich kann jedes Wort verstehen. Melanie scheint ausgeblendet zu haben, dass sie sich an einem öffentlichen Ort befindet – oder es macht ihr gerade Spaß. Ohne lange nachzudenken, halte ich mein Handy versteckt in meinem Schoß in ihre Richtung und drücke auf den Aufnahme-Button. Ein bisschen diffuses Licht hier drin, aber man erkennt die Beteiligten – und so laut wie zumindest Melanie spricht, wird man garantiert etwas verstehen.

»Du hast versprochen, dass wir am Wochenende zur *Apassionata* gehen«, meckert sie weiter, die Arme vor der Brust verschränkt wie eine trotzige Fünfjährige.

»Aber die Karten fangen bei 50 Euro an.«

»Ich bin dir nichts wert!«

Und das, wo er doch gerade 150 Euro von uns abgezockt hat. Tsa, tsa, tsa ... Ob ich das Melanie mal stecken soll?

»Quatsch!« Er stellt sich ein wenig dichter zu ihr, legt einen Finger auf ihren Arm. Sie dreht sich weg. So, so ... die zwei sind wohl ein Paar.

»Die ist bestimmt schon ausverkauft, diese Pferdeshow.«

»Ist sie nicht. Aber ich kann mich auch mit Tom verabreden. Für den sind zwei Karten ja kein Problem.«

Marc starrt an die Decke des S-Bahn-Waggons als hoffe er, dort einen Ratschlag für den Umgang mit zickigen Frauen zu finden.

»Der kleine Loser? Der ist doch viel zu langweilig für dich. Komm schon, wir können doch auch ins Kino gehen. Der neue *Avenger*-Film ...«

»Interessiert mich nicht.«

Jetzt sieht er wirklich verzweifelt aus und ich muss mich stark zurückhalten, kein Mitleid zu entwickeln.

»Ach, Mausi«, versucht er es noch mal. »Die rückt nichts mehr raus.«

»Sag ihr, sie soll dir die Geschenke zurückgeben, die du ihr gemacht hast.«

»Das ist doch ewig her. Und es waren ja nicht viele.«

»Ein halbes Jahr ist nicht ewig! Und du hast was von Schmuck gesagt. Das Zeug kannst du bei eBay verkloppen und wir machen uns ein schönes Wochenende davon. Nur wir zwei!«

Keine Frage – sie will, dass er Jella weiter ausquetscht. So eine miese Schlampe! Und was ist er nur für ein feiger Waschlappen?

Sie rekelt sich mittlerweile an der Haltestange, als sei sie beim Tabledance und er stiert tatsächlich beeindruckt auf ihr Dekolleté. Leider steigen sie aus, als der Wagen an der nächsten Station hält. Sie mit erhobenem Kopf, er mit hängenden Schultern hinterher. Ich beende das Video. Wer weiß, wofür das noch mal gut ist.

8

Das endgültigste Let's-Play-Abitur

Punkt. Es ist 12.55 Uhr. Ein paar Plätze um mich herum sind schon leer, anderswo hängen Köpfe tief über den Prüfungsblättern. Eine merkwürdige Mischung aus Übelkeit und Euphorie durchfährt mich. Das war das Mathe-Abitur! Ich bin fertig! Ich habe es hinter mir! Nie wieder Stochastik. Oder Analysis. Oder Algebra. Aus meinen verkrampften Fingern löst sich der Stift von ganz allein, rollt über das Pult und fällt zu Boden. Ich lasse ihn liegen. Vorbei! Noch ein letztes Mal überfliege ich all die Zahlen, Formeln, Argumente und theoretischen Überlegungen, die ich in den zurückliegenden vier Stunden zu Papier gebracht habe. Für einen Punkt, diesen einen magischen Punkt, den man benötigt, um zu bestehen, wird es reichen, da bin ich sicher. Vielleicht sind es sogar fünf Punkte. Sechs. Oder sieben. Aber ich will nicht zu euphorisch werden. Hauptsache, es ist geschafft und ich muss nicht in die Nachprüfung. Noch einmal stehe ich diesen Nervenkrimi nicht durch.

Meine Mutter höchstpersönlich hat mich heute Morgen zur Schule gefahren und dabei nicht gefragt, wann ich denn endlich die erste Fahrstunde nehmen will und ob ich die Bank-Bewerbung schon abgeschickt habe. Sie hat mein Schweigen und meine zitternde Unterlippe respektiert, mir beim Verabschieden einen kleinen Schokoladen-Marienkäfer in die Hand gedrückt und gesagt: »Du packst das schon, wirst sehen! Viel Glück!«

Ich war so verblüfft, dass sich meine Aufregung tatsächlich etwas legte. Erst als ich Alwa und Mai sah, Henry und Flo und all die anderen, die sich wie Schafe zur Opferbank schleppten, fing mein Herz wieder zu rasen an.

Aber jetzt – jetzt ist es vorbei. Am liebsten würde ich in der Turnhalle, in der unsere Pulte stehen, Purzelbäume und Luftsprünge machen und dabei ein Jodelkonzert vollführen. Stattdessen packe ich still und leise meine Sachen, gebe die zwölf Seiten ab und gehe, ohne nach rechts oder links zu schauen, hinaus. Party!

»Franzi«, ruft plötzlich eine Stimme hinter mir, und als ich mich umdrehe, steht Henry vor mir. Ich beiße mir auf die Unterlippe, damit ich ihm nicht sofort um den Hals falle.

»Ich glaube, den hast du verloren«, sagt er und streckt mir meinen Stift entgegen.

»Danke«, hauche ich. Ich fühle mich mit einem Mal völlig schlapp. Stecker gezogen.

»Wie ging's?«, fragt er und seine goldgrünen Augen fixieren mich.

»Okay, glaub ich«, antworte ich wenig originell.

»Schön.« Er nickt leicht.

»Äh, ach, und dir?«, fällt mir endlich ein.

»Ganz gut, aber ich hab's eh mehr mit Mathe als mit,

sagen wir, Chemie. Das wird meine Gruselprüfung. Na ja, sind ja noch ein paar Tage bis dahin.«

Wieder nicke ich, und bevor ich ein mütterliches »Wird schon« von mir geben kann, beiße ich mir auf die Zunge. In Gegenwart dieses Typs werde ich einfach zur verbalen Analphabetin.

»Hey, Franzi«, jubelt Alwa hinter mir und fällt mir um den Hals. »Alles gut?«

Ich nicke und bin gleichzeitig froh und genervt, dass sie dazwischenfunkt.

»Es ging viel besser als erwartet«, freut sich meine Freundin. »Hoffentlich wird's in Chemie auch so. Was meinst du, Henry? Na ja, wenn wir weiter so vorbildlich lernen, kann ja nichts schiefgehen.« Sie knufft ihm kumpelhaft gegen den Oberarm.

Wie kann man so locker mit ihm umgehen? Indem man sich nicht vorstellt, dass er einen gerade küsst, vermute ich mal.

»Ah, wie war's?«, schreit sie dann Mai entgegen, die blass aus der Turnhalle kommt. Mai wackelt mit der Hand hin und her.

»Hm, puh, ging so. Ich glaub nicht, dass das 13 oder 14 Punkte werden. Höchstens 12. Mist.«

Manchmal ist sie mir genauso fremd wie am Anfang des Schuljahres, als sie neu bei uns war. »Nur« 12 Punkte? In Mathe? Geht's noch?

»Aber heute Nacht hat Lausi ewig lange geschrien und Constanze hat ihm so schaurige Schlafliedchen vorgesungen, dass ich nicht wieder einschlafen konnte. Und dann ging die Hirnmühle los und hat mir ein mathematisches Problem nach dem anderen vorbeigeschaufelt, das ich nicht lösen konnte. Natürlich bin ich erst zehn Minuten, bevor der Wecker geklingelt hat, endlich eingeschlafen. Ätzend!«

»Luxusprobleme«, sagte Alwa wenig mitfühlend. »Wir sind froh, dass wir überhaupt durchgekommen sind, oder? Franzi?«

Ich nicke und starre Henry an, der zwischen meinen Freundinnen hin- und herblickt.

»Und? Kommt ihr noch dazu, Filme zu drehen?«, fragt er dann mich.

»Im Moment ist die Zeit etwas knapp«, erkläre ich.

»Och komm, heute Nachmittag – zur Feier des Tages mal was total Verrücktes filmen –, das fände ich cool«, sagt Alwa zu meiner Überraschung. »Hilft uns bestimmt beim Runterkommen.«

Mai nickt zustimmend. »Müssen wir aber bei mir machen – ich habe Lausi-Dienst.«

Henry schmunzelt, hebt zwei Finger zum Gruß und verschwindet zwischen unseren Mitschülern, deren Erleichterung wie das Summen eines ganzen Dutzends Bienenvölker durch den Vorraum wabert.

Die Prüfung ist erst seit drei Stunden vorbei und mir erscheint es, als läge sie Wochen zurück. Aber das zeigt einfach, wie erleichtert ich bin, Mathe hinter mir zu haben. Alles, was jetzt noch kommt, wird leichter sein. Hoffe ich mal. Mit der Konzentration ist es allerdings schwierig heute. Wir sitzen um Mais (eigentlich um Constanzes) Shabby-Chic-Küchentisch und stieren Löcher in die Luft. So richtig witzige Ideen für einen neuen Film haben wir nicht.

Ich war nur kurz nach Hause gefahren, berichtete, wie die Prüfung verlaufen war, verweigerte mich einem Mittagsessen – dazu war ich viel zu aufgedreht – und schmuggelte meine Kameraausrüstung an meiner Mutter vorbei hinaus.

»Ich hab dir übrigens den Prospekt einer angeblich sehr guten Fahrschule auf den Schreibtisch gelegt«, rief mir meine Mutter nach, aber da schlug ich schon die Haustür zu. Das Thema Schule, in welcher Form auch immer, hatte für heute Feierabend!

Doch der Plan, bis Jella von der Arbeit kam, ein neues Drehbuch geschrieben zu haben, geht irgendwie nicht auf.

»Und wenn wir einfach mal improvisieren?«, schlägt Alwa vor.

»Ja, aber zu welchem Thema?« Ich klopfe mit dem Bleistift auf das leere Blatt Papier und trinke den letzten Rest Milchkaffee aus einer großen weißen Tasse mit kleinen rosa Blüten darauf. Lausi schlummert glücklicherweise im Nebenzimmer. Bleierne Schwere liegt über dem Küchentisch und ich glaube, wir würden uns am liebsten alle drei in Lausis Bettchen kuscheln und ebenfalls die Augen zumachen. So ein Mathe-Abi ist echt erschöpfend.

Plötzlich fällt mir Mais Geburtstagsparty wieder ein. »Habt ihr eigentlich inzwischen eine Rechnung von Flos Mutter bekommen?«, frage ich. Mai winkt ab.

»Hab ich das noch gar nicht erzählt? Die hat das Ganze zum Glück fallen lassen. Und die Kosten waren auch längst nicht so hoch, wie sie am Anfang behauptet hat. Flo hat wohl doch ein schlechtes Gewissen gekriegt und zugegeben, dass er den Schlüssel geklaut und uns angelogen hat. Sie hat sich mir gegenüber natürlich nicht zu einer Entschuldigung hinreißen lassen, aber immerhin musste ich nicht meine Ersparnisse opfern ... Flo hat so getan, als wäre das Geständnis eine ganz große Heldentat von ihm gewesen, die ich jetzt mit Gunstbeweisen belohnen könnte. Dem hab ich was gehustet.«

»Wie großzügig von ihm! Doofmann«, sagt Alwa.

»Apropos doofe Typen – hast du Yannis endlich abserviert?«

»Bin dabei.« Alwa tut so, als müsse sie den Keks, in den sie gerade gebissen hat, sehr intensiv kauen.

Mai und ich verdrehen die Augen und sie schlägt vor: »Lass mich das machen, ich hab kein Mitleid mit ihm.«

Alwa lacht. »Wäre vermutlich wirklich einfacher.«

»Was hindert dich?«, fragen Mai und ich beinahe aus einem Mund. Sie zuckt ratlos die Achseln.

»Ich erinnere mich immer, wie schön es am Anfang mit ihm war – und dann stellt sich bei mir blöderweise die Hoffnung ein, dass es wieder so wird.«

»Vergiss es«, sagt Mai und klingt, als habe sie seit hundert Jahren Erfahrung mit Jungs. Alwa springt auf, als es nun an der Tür klingelt. »Das ist bestimmt Jella!«

60 Minuten später steht unser Plan. Jella ist im Gegensatz zu uns noch ziemlich frisch in der Birne. Vor allem

Mai stöhnt, als sich jetzt Lausi mit kräftigem Krähen aus dem Nebenzimmer meldet. Sein Mittagsschläfchen ist eindeutig beendet. Immerhin hat er uns fast zwei Stunden in Ruhe gelassen. Wir beugen uns zu viert über sein Bettchen und Lausi strahlt uns sofort an. Offensichtlich findet er so viele grimassierende Babysitter prima. Uff.

Nachdem ihm seine Ersatzmama eine frische Windel, einen Obstbrei und etwas Sonnencreme fürs Näschen verpasst hat, schnappen wir ihn uns zusammen mit dem Kinderwagen und meiner Kameraausrüstung und begeben uns auf die Straße. Alles, was wir heute brauchen, ist ein Auto, und da Constanze praktischerweise mit öffentlichen Verkehrsmitteln unterwegs ist, nutzen wir ihres.

»Das erlauben wir uns einfach«, beschließt Mai.

Der rote Mini parkt direkt vor dem Haus und ist Schauplatz unseres neuen Videos. Wir werden die Mädels, die ihren Führerschein machen möchten, darüber aufklären, welche Lügen immer noch kursieren, wenn Frauen Auto fahren. Jahr 2016 hin oder her!

Wir starten mit einer eigentlich sehr einfachen Szene. Jella sitzt als Fahrschülerin auf dem Fahrersitz, Alwa als Fahrlehrerin daneben. Die Lüge: »Frauen fahren schlechter Auto als Männer.«

Jella klemmt sich eine riesige, dicke Brille auf die Nase, die Mai in Constanzes Faschingstüte gefunden hat, und tut, als lenke sie mit dem Kinn. Dabei zeigt sie fette Hasenzähne und hat das Gesicht zu einer Grimasse verzogen. Ein Wunder, dass Jella tatsächlich hässlich aussehen kann.

Alwa hält einen Spiegel in der Hand, den sie abwechselnd nutzt, um den Verkehr hinter ihnen zu kontrollieren und sich die Lippen zu schminken.

»Sehr gut, Mäuschen, du machst das prima – dafür, dass du eine Frau bist«, soll sie dabei sagen.

»Sehr gut, Frauchen, dafür, dass du eine Maus bist«, sagt sie beim ersten Mal.

»Mäuschen, als Frau bist du prima«, sagt sie beim zweiten Mal.

»Mausefrauchen ...«, beim dritten Mal.

Jella prustet die Fensterscheibe nass, Mai sitzt mit vor Lachen tränenden Augen auf der Bordsteinkante, selbst Lausi gluckst fröhlich. Nur ich bin leicht genervt. Können die sich nicht mal zusammenreißen? Wenn das so weitergeht, stehen wir heute Abend um acht noch hier!

»Jetzt konzentriert euch doch mal«, meckere ich. Ich muss nur aufpassen, dass ich nicht so streng wie unser Mathelehrer klinge, sonst laufen mir meine Schauspielerinnen davon.

»Schon gut«, Alwa schlackert mit der Hand vorm Gesicht und holt tief Luft.

»Hast du 'ne rote Birne«, sagt Jella und das Gepruste und Gekichere geht von vorne los.

Drei Minuten später haben sich endlich alle beruhigt. Alwa sagt den Satz einwandfrei. Uff! Geschafft.

Im Schnitt werde ich am Ende der Szene ein dickes rotes Kreuz über das eingefrorene Bild legen. Und jetzt kommt die Auflösung:

Ich filme durchs Beifahrerfenster und Alwa spricht direkt in die Kamera. Im Hintergrund sieht man Jella ganz entspannt und konzentriert am Steuer sitzen, in lässiger Haltung und wunderschön.

»In der Altersgruppe der 18- bis 25-Jährigen sterben im Straßenverkehr mehr als doppelt so viele Männer wie Frauen. Und Frauen werden vor allem dann in Mitleidenschaft gezogen, wenn sie Beifahrerinnen sind. Also Mädels: Klettert besser selbst hinters Steuer!«

Diesen langen Satz bringt sie atemberaubend perfekt über die Lippen.

Sehr schön, erste Szene im Kasten!

Nächste Lüge: »Frauen können nicht einparken«.

Mais Einsatz. Immerhin ist sie die beste Fahrerin von uns. Okay. Die einzige Fahrerin. Und ich bin ehrlich gesagt froh, dass ich mich auf die Bedienung meiner Kamera berufen kann und nicht selbst einparken üben muss. Aber erst mal wollen wir ja die Lüge bebildern. Mai tut so, als käme sie nicht seitwärts in eine Parklücke hinein. Gar nicht so einfach. Sie setzt einmal an, fährt und steht perfekt in der engen Lücke. Lausi, auf Jellas Arm, sieht ihr voller Begeisterung zu. Ein kleiner Sabberfaden läuft von seiner Unterlippe an Jellas Hals entlang.

»Noch mal«, bitte ich Mai und stelle mich wieder in Position.

Mai setzt zurück und dreht das Lenkrad so stark ein, dass sie nach wenigen Metern gegen den Bordstein donnert. Sehr schön! Sie fährt vorwärts, dreht nun zu wenig ein und rammt beinahe das Fahrzeug hinter ihr. Auch nicht schlecht! Fahrlehrerin Alwa macht entsprechend genervte Gesichter dazu.

»Das reicht«, sage ich. »So und jetzt noch mal richtig. Ich habe das nicht ganz mitgefilmt beim ersten Mal.«

Mai setzt an. Lausi kräht.

Mist, das ist nicht so prickelnd auf der Tonspur.

»Noch mal!«

Mai fährt raus aus der Lücke und setzt erneut an. Sehr schön macht sie das, aber nun geraten Passanten ins Bild. Passanten, die ich gerade gar nicht gebrauchen kann. Außerdem bringt einer davon mein Herz so aus dem Tritt, dass meine Hand zu zittern anfängt und die Einstellung unbrauchbar wird.

»Hey, Mai, soll ich für dich einparken?«, schreit Flo und kommt ein paar Schritte auf das Auto zu. Mai erschrickt dermaßen, dass sie das Steuer verreißt. Mit einem fiesen Knirschen bollert das Hinterrad über die Bordsteinkante.

»Flo«, ruft Henry, der stehen geblieben ist. »Du störst die Dreharbeiten!« Er ist kaum zu hören, weil Lausi mittlerweile laut schreit. Mai steigt genervt aus dem Auto aus, während ich noch einmal zusammenschrecke, als mich ein Wagen anhupt. Okay, ich stehe wie eingefroren mitten auf der Straße. Wie gut, dass hier sonst wenig Verkehr ist. Schnell springe ich beiseite.

Mai nimmt Jella den krakeelenden Lausi ab, Flo grinst breit und Henry starrt beeindruckt auf meine Kamera.

»Fünf Minuten Pause«, sage ich matt zu den Mädels und komme mir dämlich vor. Als sei ich der Oberbefehlshaber.

»Schickes Teil«, höre ich Henry neben mir und drehe mich zu ihm. »Darf ich mal sehen?«

Au ja, wenn er die Kamera betrachtet, kann ich dabei ihn betrachten. Ich gebe sie ihm. Mit Kennermiene schaut er durchs Objektiv, dreht hier an einem Rädchen, drückt dort ein Knöpfchen.

»Aber nicht meine Einstellungen verändern«, entfährt es mir. Oje, wie unentspannt!

»Sorry«, sagt er und gibt mir den Apparat zurück. »Echt ein Schmuckstück. Kein Wunder, dass eure Videos so professionell ausschauen.«

»Danke«, antworte ich und etwas Warmes breitet sich um mein Herz herum aus. Habe ich schon gesagt, dass er nicht nur wunderschöne Augen, sondern auch wunderschöne Lippen hat?

»Und ihr habt ganz ordentlich Klicks kassiert in den letzten Tagen, oder?«

»Ja – aber ehrlich, hauptsächlich hat dieser Baby-Katzen-Film die Aufmerksamkeit der Leute gebracht.«

»Ja, Catcontent geht immer«, sagt er und verdreht die Augen.

»War ein Zufall und wird nicht wieder vorkommen«, verspreche ich und hoffe, er merkt die leichte Ironie in meiner Stimme. »Sonst bekommen wir eh nur weitere böse Kommentare von den richtig angesagten Youtubern.«

Er sieht mich fragend an.

»Ach, du kennst bestimmt diesen einen Let's-Player. PaperCrafter. Ich weiß nicht, warum, aber der schreibt jedes Mal einen Kommentar – und inzwischen sind die ziemlich oberlehrerhaft geworden. Das kann er sich echt sparen. Sich selbst nicht outen und andere ankacken. Na ja, vielleicht sollte man das nicht so ernst nehmen. Manche wollen sich einfach aufspielen.«

Henry nickt und besieht die Spitzen seiner dunkelgrünen Converse-Schuhe. Dann hält er nach Flo Ausschau, der mittlerweile etwas verkrampft Lausi auf dem Arm trägt.

»Wir müssen mal weiter«, sagt er. Wie schade! Ehe ich darüber nachdenken kann, habe ich schon zu reden begonnen: »Und habt ihr noch was vor, heute? Ich meine, geht ihr irgendwohin feiern?«

Er hebt die Schultern, lässt sie sinken und zieht einen Flunsch. »Nö.«

Dann wendet er mir den Rücken zu.

»Lass uns weitergehen«, meint er zu Flo. Was ist denn das jetzt plötzlich?

Flo wirft Lausi ein wenig in die Luft, was der mit einem quiekenden Begeisterungssturm quittiert.

»Lass das«, ruft Mai besorgt, aber Flo und Lausi hören beide nicht auf sie.

»Schön, dass ihr euch wieder vertragen habt«, lässt sich nun der neue Nachbar vernehmen, der gerade aus dem Haus kommt. Mai reißt Flo den Kleinen geradezu aus den Händen und sagt sehr laut und sehr deutlich: »Davon kann keine Rede sein.«

»Wie schade«, der Nachbar grinst leicht spöttisch, steigt auf sein Fahrrad und fährt davon.

»Komm schon, Flo«, ruft Henry mit Nachdruck und sein Freund folgt nun doch der Aufforderung.

Wir blicken den Jungs genervt hinterher. Mais Gesicht ist rot angelaufen, während sich meines anfühlt, als sei ich käseweiß. Warum war Henry plötzlich so kurz angebunden? Habe ich etwas Falsches gesagt? Bestimmt, weil ich Angst hatte, er verstellt die Kamera. Hätte ich doch lieber meine Klappe gehalten!

Die vier dreistesten Fails über das Autofahrenlernen

Drehbuch von Franziska Huber, Mai Nguyen, Jella und Alwa Pistor

3. Szene Tag/außen

Insert: *Fail Nummer 3: Frauen können nicht anfahren.*

Jella, *nah, sitzt mit schwarz verschmierten Augen heulend am Lenkrad und versucht loszufahren, das Auto säuft ab.*

Kamera zieht auf, neben ihr sitzt **Alwa** *mit angeklebtem Schnurrbart und im Männersakko und schreit.*

Alwa:

Mei, jetzt stell dich doch nicht so an! Wie oft muss ich dir das noch sagen! Langsam den Fuß von der Kupplung nehmen! So was will meine Tochter sein! Unglaublich!

Mai *(Insert: Verkehrspsychologin Dr. Fragmich Mai, steht vor dem Auto, im Hintergrund Jella und Alwa)*:

Vor allem wenn Väter meinen, sie müssen ihre Töchter auf die Fahrschule vorbereiten, wird es schnell unangenehm – für beide Seiten. Oft mit ungeahnten Folgen.

Alwa, *jetzt wieder als Fahrlehrerin, tätschelt beruhigend und freundlich lächelnd,* **Jellas** *Schulter. Diese weint* *zwar nicht mehr, hat aber einen angestrengten Gesichtsausdruck.*

Alwa:

Das wird schon, kein Problem, du schaffst das, vergiss deinen Vater. Du kannst anfahren. Ganz in Ruhe, ganz entspannt, ich glaube an dich, nur Mut! Beim 38. Mal wird es dir gelingen! Ganz sicher!

Mai:

Väter! Fahrlehrer werden dafür bezahlt, dass sie euren Töchtern das Fahren beibringen! Und ihr haltet die Klappe! *(Sie zwinkert)*

4. Szene Tag/außen

Insert: *Fail Nummer 4: Frauen haben keine Ahnung von Technik.*

Jella *und* **Alwa** *(wieder mit Schnauzer) stehen vor der offenen Motorhaube. Jella beugt sich darüber, greift hierhin und dorthin. Man hört ihre Fragen gedämpft.*

Jella:

Und was ist das da? Kommt da das Benzin rein?

Schnitt auf den Ölbehälter

Alwa *(sehr überheblich und genervt)*:

Nein, da kommt das Öl rein.

Jella:

Und was ist das da? Ist in dem Kasten das Ersatzrad?

Schnitt auf die Batterie

Alwa:

Nein, die Batterie.

Jella:

Und was ist das da? Kann ich damit im Tank rumrühren?

Schnitt auf den Ölmess-Stab

Alwa:

Nein, das ist der Ölmess-Stab!

Bild friert ein, ein dickes rotes Kreuz legt sich darüber.

Mai *(Insert: Verkehrspsychologin Dr. Fragmichnicht Mai)***:**

Aktuelle Umfragen beweisen eindeutig, dass Frauen beim Wissen um technische Details nicht signifikant schlechter abschneiden als Männer.

Jella *(schreit unter der Motorhaube hervor)***:**

Ey, jetzt gib mir mal den Gegenhalteschlüssel und den 13er-Zahnriemen-Schlüssel … ah, nee, doch besser den Keilrippenriemen …

9

Das schwindelerregendste Life-Tutorial

Gut, dass du kommst«, begrüßt mich meine Mutter mit in die Taille gestützten Händen, kaum dass ich die Haustür aufgeschlossen habe. Neben ihr sehe ich den gefühlt 84. Karton mit Krimskrams zum Aussortieren. Sie ist schon voll im Umzugswahn. Sind ja nur noch drei Monate bis August. Ihrem funkelnden Blick nach zu urteilen, ist ihre Freude über mein Auftauchen verhalten. Ob sie meine Kameraausrüstung entdeckt hat? Dabei liegt die hinter vielen alten Klamotten in meinem Kleiderschrank versteckt. Oh Gott! Hoffentlich hat sie dort nicht auch ausgemistet! Aber nein – das ist schließlich mein Job.

»Hast du die Bewerbung endlich losgeschickt?«, fragt sie. Daher weht der Wind! Ich schüttle knapp den Kopf und will mich an ihr vorbeischlängeln.

»Franziska!«

Ich bleibe stehen und schaue sie ergeben-genervt an.

»Was?«

»Wann erledigst du das?«

»Mann, Mama, ich mach das schon noch, chill mal.«

»Die Bewerbungsfrist ist eh schon rum. Das geht nur,

weil der Xaver ein gutes Wort für dich beim Filialleiter eingelegt hat. Franzi, versteh's doch: Es geht darum, vernünftig zu handeln – und so eine Ausbildung ist vernünftig«, sagt sie ohne die leiseste Spur Ironie in der Stimme.

»Aber es ist mein Leben. Ich muss es leben. Nicht du. Und ich will das machen, wofür ich brenne.«

»Und das ist?« Ihr Blick ist lauernd. Mir egal. Dann sage ich es eben noch mal laut und deutlich.

»Ich werde auf diese Youtube-Academy gehen.«

»Youtube-Academy!« Sie schnappt nach Luft. »Das ist doch keine Ausbildung, das ist Verdummung! Damit kann man doch nicht sein Leben bestreiten. Meinst du, du bist mit 45, ach was, mit 29 immer noch ein Youtube-Star? Da will dich keiner mehr sehen.«

»Ich will gar kein Youtube-Star werden. Das ist so typisch …« Ich blicke an die Decke, als könne ich dort eine Erklärung ablesen, die auch verbohrte Mütter verstehen. »Mann, Mama, die bieten echt eine gute und umfassende Ausbildung für alles, was mit Internet und diesen Sachen zu tun hat. Mir stehen danach alle Wege offen. Ich könnte zum Film oder zum Fernsehen gehen oder Youtuber-Managerin werden …«

Sie lacht kieksend auf und schüttelt heftig den Kopf.

»Was? Was wäre daran so falsch? Jungen Talenten helfen …«

»… sich ausbeuten und verkaufen zu lassen? Na, danke schön!«

»Nein, es geht um Innovationen. Um Kreativität. Um

die Zeit, in der wir leben. Das 21. Jahrhundert. Nicht das 20., in dem du noch feststeckst.«

»Und in dem man nicht 15.000 Euro pro Studienjahr bezahlen musste.« Das hat sie sich natürlich gemerkt, nachdem ich ihr das erste Mal – ähnlich uneffektiv – davon erzählt habe.

»Die vergeben Stipendien. Dafür bewerbe ich mich.«

»Ich dachte, du bist volljährig! Aber du redest wie eine Achtjährige, die sich vom Weihnachtsmann ein Pferd wünscht.« Ohne etwas darauf zu erwidern, stürme ich an ihr vorbei die Treppe hoch. Das ist mir jetzt echt zu blöd! Ich höre sie hinter mir seufzen und sie ruft etwas versöhnlicher: »Dann studierst halt wenigstens was Anständiges, BWL oder so. Mei, Franzi, nimm halt Vernunft an.«

»Vernunft? Ich bin vernünftig. Ich kümmere mich um das, was mir wichtig ist – so wird man ein zufriedener Mensch!« Ich knalle meine Tasche neben das Bett und lasse mich darauf sinken. Wie mein Deutsch-Abi war, hat sie nicht die Bohne interessiert! Gut war es, ziemlich gut sogar. Genauso wie das Englisch-Abi vor vier Tagen. Und jetzt haben wir zwei Wochen Zeit bis zur mündlichen Prüfung und dann werde ich mich nur noch um meine Bewerbung für die Youtube-Academy kümmern und ihr und meinem Vater und allen beweisen, dass ich statt hinterm Banktresen hinter der Kamera stehen und höchst erfolgreich und zufrieden sein werde.

Irgendwas knistert unter meinem Kopf und ich ziehe ein Blatt Papier hervor. »Ferienkurse« verkündet die fette Überschrift. Herrje, jetzt kommt sie auch noch damit!

Als ich die Tür aufreißen und hinuntergehen will, um ihr die Führerschein-Nummer gleich mit auszureden, steht sie schon vor meiner Tür. Sie lächelt auf einmal ganz sanft.

»Ah, du hast es gesehen.« Sie deutet auf das Blatt. »Wir dachten, das wäre doch praktisch, wenn du in den Pfingstferien den Führerschein machen würdest – so ein Kompaktkurs, zehn Tage und alles ist erledigt. Kostet etwa 1.800 Euro, da bleibt noch was auf deinem Sparbuch. Gleich eine Rücklage fürs neue Zimmer. Oder die Anzahlung für ein ... Auto.«

»Keine Zeit«, sage ich. »Ich muss aufs Mündliche lernen.«

»Na, aber, Franzi ... du brauchst doch einen Führerschein. Ich weiß nicht, ob du in Ebersberg ein günstiges Zimmer findest. Und wenn du dann jeden Tag von Frauenneuharting oder Aßling oder Pfaffing rüberfahren musst – da bist du auf ein Auto angewiesen!«

Wortlos knalle ich ihr die Tür vor der Nase zu.

»Franzi?«, höre ich sie. »Für uns ist das alles auch nicht einfach.« Es klingt leicht resigniert. Aber da kann ich ihr nicht helfen.

Erst als die S-Bahn 45 Minuten später die Stadtgrenze Münchens passiert, beruhige ich mich langsam. Sie will meine Position nicht nur nicht verstehen, wird mir klar, sie kann sie auch gar nicht verstehen. Sie hat nur eins im Kopf: Sicherheit! Am liebsten wäre ihr vermutlich, wenn sich irgendwo am Horizont ein netter Schwiegersohn mit einem schönen Einkommen abzeichnen würde und sie mich in festen Händen wüsste. Ein Feingeist wie Henry würde da bestimmt nicht das Rennen machen. Vermutlich haben sie die letzten Monate, bis die Entscheidung zum Hofverkauf getroffen war, stark mitgenommen. Auch sie gibt ihr Zuhause auf. Aber immerhin – sie ist die Mutter, wir sind die Kinder! Sie muss vor allem uns verstehen. Finde ich!

Als ich in Jellas und Alwas Küche ankomme, beugt sich Jella konzentriert, die Zungenspitze fest zwischen die Lippen geklemmt, über eine leuchtend türkisfarbene Torte und bringt letzte Verzierungen an. Weiße Seerosen an zartgrünen Blättern, goldene Kügelchen und silberne Schmetterlinge scheinen über einem stillen Waldsee in Karibikfarben zu schweben – das ist keine Torte, das ist ein Kunstwerk.

»Für wen ist die?«, frage ich fasziniert und habe sofort den Elternärger vergessen.

»Für die Mutter von Lilly und Tom aus dem ersten Stock«, sagt sie, ohne aufzublicken. »Zum Muttertag.«

»Cool! Auftragsarbeit?«

Sie nickt und arbeitet weiter. Hier noch ein Tupfen Türkis, da noch ein Klecks Lindgrün.

»Krieg ich 70 Euro für, cool, oder? Wenn das so weitergeht, kann ich bald meine Schulden abbezahlen.«

Jetzt hebt sie den Kopf und strahlt mich an.

»Wie viele hast du denn schon gemacht?«

»Vier. Ihr wart ja so mit eurem Abi beschäftigt, dass ich genug Zeit hatte nach der Arbeit. Und ich sag dir eins: Es macht so viel mehr Spaß, diese Torten herzustellen als dieser ganze Backwarenwahn im Café! Hier schnauzt mich keiner an oder lässt mich Mehlsäcke schleppen. Ich bin echt froh, wenn die Ausbildung irgendwann vorbei ist.«

»Sind ja nur noch eineinhalb Jahre«, rutscht es mir etwas zu sarkastisch heraus. »Aber sag mal, darfst du das eigentlich? So nebenbei Torten machen und verkaufen?«

Sie sieht mich irritiert an. »Äh, warum denn nicht?«

»Weil du deinem Chef damit Konkurrenz machst?«, versuche ich zu erklären.

»Also, in der Berufsschule haben wir dazu noch nichts gelernt. Der rechtliche Kram kommt erst noch.«

»Du erinnerst dich: Unwissenheit schützt vor Strafe nicht. Frag ihn mal besser, ob das okay für ihn ist.«

»Ja, meinetwegen. Boah, was freue ich mich, wenn ich irgendwann mein eigenes Ding mache!«

»Und ich erst«, tönt auf einmal Alwas Stimme zu uns. »Und zwar ab sofort!« Lässig lehnt sie im Türrahmen und grinst über das ganze Gesicht. Sie dreht eine Strähne ihrer langen Haare um einen Finger, pustet sie davon und kommt herein. Breitbeinig lässt sie sich auf die Küchenbank sinken. Hat sie gekifft?

»Hast du gekifft?«, fragt Jella.

Alwa grinst weiter, reckt die Arme über den Kopf und rekelt sich genussvoll.

»Nein!«, sagt sie laut und deutlich. »Ich bin auch so in Hochstimmung.«

»Wow, Deutsch muss bei dir ja super gelaufen sein«, vermute ich.

»Das auch. Aber vor allem: Ich habe es getan! Ich

habe meine Beziehung zu Yannis Stürzling beendet. Finito! Basta! Ende!«

Jella fällt ihr mit bunt verschmierten Fingern um den Hals und busselt sie ab. »Großartig, endlich! Das hast du gut gemacht!«

»Und – wie hat er reagiert?«, frage ich sofort.

»So, wie ich das erwartet habe: Er war schwer beleidigt! Als ob ich den Thronfolger gemeuchelt hätte. Aber, Mädels, da kann ich ihm nun auch nicht helfen.«

»Ja, da muss er durch. Und das hast du mal eben so nach dem Deutsch-Abi gemacht?«, fragt Jella nach und dann schaut sie mich an. »Und wer von uns hat jetzt die Wette gewonnen?«

Alwa sieht irritiert zwischen uns hin und her.

»Du hast gesagt vor dem Abi«, erläutert Jella. »Ich danach – und jetzt hat sie zwischendrin Schluss gemacht.«

»Ihr habt gewettet, wann ich Yannis verlasse? Toll, echt!«

»Wir spendieren dir dafür den Wetteinsatz – eine Flasche Prosecco«, schlage ich vor, um sie zu beruhigen.

Sie nickt hoheitsvoll, schnappt sich dann die leere Teigschüssel und wischt mit dem Zeigefinger die Reste heraus.

»Und wieso kam's gerade heute dazu?«, will ich nun aber wissen.

»Mh, lecker. Also, er hat mich abgeholt nach der Prüfung und ich dachte schon, oje, wie rührend, vielleicht lädt er mich zur Feier des Tages auf einen Döner oder irgendwas ein. Wisst ihr, was er wollte?«

Synchron schütteln wir die Köpfe.

»Er wollte mich zu einer Wohnungsbesichtigung schleppen, die er heimlich arrangiert hat.« Kopfschüttelnd knallt sie die nun beinahe saubere Teigschüssel auf den Tisch. »Da ist mir der Kragen geplatzt. Wir hatten uns schon in eine Besichtigungsschlange eingereiht, als er mir endlich gesagt hat, was er da will. Na ja, und da musste ich halt vor allen Leuten mit ihm Schluss machen. Am Ende hat sogar einer geklatscht.« Sie grinst immer noch sehr breit und sehr zufrieden.

Auch Jella und ich müssen lachen.

»Ich finde, wir sollten es heute Abend unbedingt krachen lassen, was meint ihr?« So voller Elan ist sie schon lange nicht mehr gewesen.

»Du willst nur nach einem Nachfolger Ausschau halten ...«, spöttelt Jella.

»Ach Quatsch, von Jungs habe ich erst mal die Nase voll«, behauptet Alwa.

»Du könntest dich an den süßen Henry ranschmeißen, ich glaube, der steht auf dich«, macht Jella weiter. Mir rutscht beinahe das Handy aus der Hand, mit dem ich gerade Mai eine Nachricht schicken wollte. Etwa doch: Alwa und Henry?

»Bestimmt nicht«, widerspricht Alwa. »Henry ist ein netter Typ, aber eher wie ein Bruder.« Dann sieht sie mich erstaunt an. »Was bist du denn so blass?«

Ich tue, als müsste ich dringend weitertippen.

»Franzi?« Das kam von beiden. Jella öffnet den Mund und haut sich mit der Hand vor die Stirn.

»Was sind wir blöd!«, erklärt sie. »Mann, Franzi, hättest du doch mal gesagt, dass du auf den stehst. Ist mir bei unserem letzten Videodreh schon aufgefallen, was für ein süßes Paar ihr wärt. Da habt ihr euch so inniglich unterhalten.« Sie schmunzelt.

»Ich stehe nicht auf den.« Mehr fällt mir nicht ein. Keine Ahnung, warum ich nicht mit meinen Freundinnen über Henry reden möchte. Erst wollte ich es nicht, weil ich gar nicht sicher war, wie gut ich ihn tatsächlich finde. Und nach unserer letzten Begegnung, die er so abrupt beendet hat, bin ich mir nicht mehr sicher, wie ungut er mich findet. Nichts davon ist diskussionswürdig.

»Und soviel ich weiß, steht er auch voll auf Filme und so Sachen«, unterstützt Alwa ihre Schwester.

»Der mag mich gar nicht. Bei diesem angeblich so innigen Gespräch ist er mittendrin abgehauen.«

Jella kneift ein Auge leicht zusammen und nickt bestätigend. »Stimmt, ich meine, ich habe euch natürlich nicht belauscht, aber ich habe mitbekommen, dass er plötzlich so ... wortkarg war.«

»Das hast du gedacht?« Ich bin völlig irritiert. Meine Freundinnen haben uns beobachtet?

»Klar. Komm, ihr scharwenzelt doch schon seit Längerem umeinander rum. Seit Mais Party, oder?«

Mein Gesicht fühlt sich hochofenrot an. Und obwohl es das Letzte ist, was ich will, zucken meine Mundwinkel unkontrolliert und meine Augen füllen sich mit Tränen.

»Franzi?«, fragt Jella besorgt. Ich schüttle den Kopf. Kann nicht reden.

»Mei, Franzi, was ist denn los?«, will auch Alwa wissen.

Ich hole tief Luft und versuche, irgendwas zu sagen, was vernünftig klingt. Irgendwie bricht sich der Frust der letzten Tage Bahn.

»Ach, ich dachte ja …«, stammle ich. »Aber dann war der … das wird eh wieder nix … und meine Mutter … Bankbewerbung … aber ich will doch … es ist alles so scheiße.« Durch den Tränenschleier vor meinem Gesicht kann ich erkennen, dass sich Jella und Alwa verständnislos ansehen. Kein Wunder bei meinem Gestotter. Sie quetschen sich neben mich auf die Bank, eine rechts, eine links, und legen ihre Arme um mich. Und ich lasse die Tränen laufen. Das tut einfach gut.

Als ich mich endlich beruhigt habe, steht Jella auf und schichtet Tortenreste aufeinander. Zuunterst kommt eine Lage Tortenboden, darauf übrig gebliebene Himbeersauce, dann Sahne und zum Schluss noch ein paar Schokostreusel.

»So, Soulfood«, sagt sie und streckt mir und Alwa zwei Schüsselchen entgegen. Dann geht sie an den Kühlschrank und holt eine Flasche Prosecco hervor, die so kalt ist, dass Wassertropfen an ihr entlangperlen.

»Auf Alwas Abschied von Yannis! Und auf Franzis Zukunft mit Henry!«, bringt sie einen Toast aus. Ich stürze das erste Glas so schnell herunter, als stünde ich kurz vorm Verdursten. Puh, tut das gut! So langsam kehren meine Lebensgeister zurück. Der köstliche Himbeersahneschokostreuselmix tut sein Übriges. Und ich kann meinen Freundinnen endlich vom Gefühlschaos berichten, das Henry in den letzten Wochen in mir ausgelöst hat. Halleluja!

Es ist schon fast zehn Uhr, als es um uns herum stockdunkel wird. Bis gerade eben konnte man ein letztes sanftes Glimmen von Sonnenstrahlen in Richtung Westen erkennen. Nun ist die Nacht da, sternenklar. Ich weiß gar nicht mehr, wer von uns die Idee hatte, hier hinaufzukommen. Ich war es nicht, glaube ich. Wir baumeln vorsichtig mit den Beinen und halten uns an unseren Bierflaschen fest. Die nichts nutzen würden, sollten wir uns zu weit vorlehnen. Unter uns geht es etwa 40 Meter in die Tiefe. Ganz klein sehen die Autos aus, die gegenüber der Baustelle geparkt haben. Noch kleiner die Menschen, die sich vor dem Eingang zum *Nirwana* drängeln.

Irgendwie kam uns der ganze *Nirwana*-Club heute Abend zu eng vor. Zu voll, zu schlechte Luft, zu laute Musik, zu miese Vibrations. Im Getümmel habe ich Henry entdeckt, ins Gespräch vertieft mit Chemie-Vanessa. Wie affig sie sich immer durch die Haare fuhr, ihm beinahe ihre nackte Achselhöhle ins Gesicht streckte – mir wurde fast übel bei dem Anblick. Einmal hat er zu mir hinübergeschaut, aber sofort wieder weggesehen, als er bemerkte, dass ich ihn beobachte. Er scheint wirklich sauer auf mich zu sein. Aber warum nur? Das muss ich mir wirklich nicht antun. Jella, Alwa und Mai waren schnell überredet, mit mir an die frische Luft zu gehen. Doch auf dem Bürgersteig herrschte Gedränge und Geschubse und irgendwer stritt nervtötend laut mit dem Türsteher, ob und warum oder warum nicht er ins *Nirwana* hineinkäme.

Die Baustelle gegenüber wirkte so friedlich. Menschenleer, verlassen wie ein Abenteuerspielplatz. Mit Leichtigkeit fanden wir einen Aufgang durchs fertig gemauerte Treppenhaus, in dem nur die Geländer neben den Stufen fehlten, und atmeten wie befreit auf, als wir oben auf dem Flachdach ankamen. Der Platz an der Kante mit der gigantischen Sicht über die ganze Stadt hatte nur auf uns gewartet.

»Irgendwo da draußen«, sagt Alwa mit andächtigem Ton und deutet mit der Hand über das glitzernde Panorama vor uns. »Irgendwo dort sitzt er jetzt vielleicht.«

»Wer?«, fragt Mai, wie immer wenig empfänglich für schwelgerische Stimmungen.

»Na, mein Mann fürs Leben«, erklärt Alwa geduldig. »Ist das nicht verrückt? Wir kennen uns vermutlich noch gar nicht und doch wird er irgendwann meine Welt sein. Es wird unvorstellbar sein, ihn nicht gekannt zu haben.«

»Vielleicht vögelt er gerade zum ersten Mal«, sagt Jella. Alwa boxt sie gegen den Oberarm.

»Blöde Nuss.«

»Aber was, wenn er in Mönchengladbach wohnt oder in Stockholm oder so?«, wage ich einzuwerfen. »Ich meine – woher weißt du, ob es nicht noch woanders, irgendwo, wo du nie hinkommen wirst, einen gibt, der noch viel besser zu dir passt? Ein echter Soulmate – dem du nie in deinem Leben begegnen wirst?«

»Das wäre traurig.« Alwa nimmt einen Schluck Bier,

schaukelt die Flüssigkeit einen Moment in ihrem Mund, bevor sie schluckt. »Das wäre fürchterlich traurig. Aber ich glaube es nicht.«

»Ach was«, Mai ist heute wirklich nicht in romantischer Stimmung. »Es gibt nicht nur den einen. Es gibt ganz viele eine. Wisst ihr, meistens ist es doch so: Man verknallt sich, ist zusammen, irgendwann genervt, weil der Typ, keine Ahnung, immer seine Stinkesocken rumliegen lässt, trennt sich. Dann geht es wieder von vorne los, nur diesmal sind es keine Stinkesocken, sondern er frisst immer den Kühlschrank leer. Ich glaube nicht an diesen ›einzige große Liebe‹-Quatsch.«

»Nur weil du es noch nicht erlebt hast«, sagt Alwa.

»Aber du, oder was?« Mai regt sich richtig auf. »Ich hatte bei dir und Yannis nie den Eindruck, dass ihr ohne einander nicht mehr hättet leben können. Und schau – kaum wird es dir zu eng, haust du ab.«

»Ich bin zu jung für so etwas Festes«, erklärt Alwa. »Und am Anfang war ich schon sehr verknallt. Da hast du uns nur nicht erlebt.«

»Das stimmt«, pflichtet Jella bei.

»Verknallt ... ja«, gibt Mai zu. »Aber ich seh's doch bei meinem Vater. Mit meiner Mutter hat er ständig darüber gestritten, wer in der Familie für was zuständig ist – vor allem wenn's um mich ging. Das hat beide so genervt, dass sie sich irgendwann getrennt haben. Jetzt, mit Constanze ist das kein Thema mehr. Er kümmert sich, sie kümmert sich – okay, ich kümmere mich auch. Alles bestens. Dafür streiten die zwei jetzt übers Geld. Und ich wette – es wird wieder so enden wie beim ersten Mal. Nee danke! Männer können mir gestohlen bleiben.«

»Ich finde Männer schon cool«, schaltet sich Jella ein. »Aber man muss ja nun nicht wirklich gleich auf Lebensende machen. Ich will erst noch ein bisschen Spaß haben, bevor ich mich festlege.«

Tja, und ich? Ich weiß nicht, was ich dazu sagen soll. Ob Henry der Mann meines Lebens wäre? Keine Ahnung. Eine Cousine von mir hat letztes Jahr ihren allerersten Freund geheiratet, mit dem sie geht, seit sie 16 ist. Seit acht Jahren funktioniert es gut mit ihnen. Aber vielleicht haben sie nur bescheidenere Ansprüche.

»Franzi, du schaust so bedröppelt?«, reißt mich Jella aus meinen Gedanken.

Ich zucke mit den Schultern.

»Ich weiß auch nicht. Einerseits möchte ich im Moment nichts lieber als Henry in meine Arme schließen und ihn nie wieder loslassen – andererseits würde ich sofort bereitwillig fortgehen, um endlich mal was anderes zu sehen. Um der Einflusssphäre meiner Eltern zu entkommen, um mal ... frische Gedanken zu haben.«

»Nimm ihn einfach mit«, empfiehlt Mai.

»Der steht jetzt auf diese schreckliche Vanessa, der Depp«, maule ich.

»Ach Quatsch«, sagt Alwa. »In der Lerngruppe beachtet er sie null. Ich glaube, er ist ihr heute Abend nur irgendwie nicht entkommen. Denn dass die auf den scharf ist, sieht jeder Vollhonk.«

»Hey, was ist da auf der Straße los?«, fragt nun Jella und deutet auf das Ameisengewimmel unter uns. Zwei

Polizeiwagen mit Blaulicht haben vor dem *Nirwana* gehalten. Ob die Türsteher Stress mit dem aufdringlichen Typen hatten? Doch die vier Polizisten gehen quer über die Straße auf die Baustelle zu.

Oh.

Und jetzt schauen sie suchend nach oben.

Okay ...

Und jetzt fuchteln sie wild mit den Armen und zeigen zu uns hoch.

»Mädels, Abmarsch«, ruft Mai und springt auf. Sie wankt ein bisschen und ich packe sie am Bein, damit sie nicht in die falsche Richtung kippt.

»Pass doch auf«, schreie ich sie an, aber sie hört mich gar nicht und rennt auf die Dachluke zu, durch die wir hier hinausgestiegen sind.

Erst als wir alle im dunklen Treppenhaus stehen, wird uns klar, dass es nur einen Weg nach draußen gibt – und der führt direkt in die Arme der Polizisten, die nun über die Treppe nach oben steigen. Schöne Scheiße.

Schon können wir die Polizeimützen unter uns erkennen. Jella deutet auf einen hinter einer Plastikplane versteckten Zugang zu einer der Wohnungen. Wir schlängeln uns so leise wie möglich hindurch und halten die Luft an. Doch wir hören deutlich, dass die Polizisten ein Stockwerk tiefer in die dort liegenden Wohnungen hineinschauen. Noch ein Treppenabsatz weiter hinauf und sie sind bei uns. Mai und ich schleichen in der Wohnung herum und plötzlich fällt mir hinter dem ziemlich kleinen, aber unverglasten Fenster eines Raumes, der vermutlich mal eine Küche werden soll, ein Gerüst auf. Schnell winke ich meine Freundinnen herbei und wir quetschen uns, so lautlos wie möglich, durch den engen Rahmen des Fensters. Natürlich sind wir nicht mehr so weit oben wie gerade eben noch – aber es geht trotzdem beängstigend tief hinab. Doch bevor meine Knie anfangen können zu zittern, spüre ich Jellas Hand auf meiner Schulter.

»Los geht's«, zischt sie und ich setze mich in Bewegung. Vorsichtig klettern wir die schmalen, merkwürdig mürbe aussehenden Sprossen hinunter, über die man von einer Gerüstebene zur nächsten gelangt.

Von oben hören wir irgendwann aufgeregtes Rufen und ein kurzer Blick hinauf beweist, dass die Herren Gesetzeshüter mittlerweile auf dem Dach angekommen sind. Brüllt da einer »dort drüben«? Egal, wir haben die niedrigste Ebene erreicht – und ich stelle zu meinem großen Entsetzen fest, dass es von hier nach ganz unten keine Leiter mehr gibt. Drei Meter trennen uns vom rettenden Erdboden. Shit!

»Kletter an der Gerüststange runter«, schlägt Jella vor und ich schenke ihr einen verzweifelten Blick. Sie hat ja recht, es hilft nichts. Die Polizisten sind bereits auf dem Rückweg und wir müssen sehen, dass wir Land gewinnen. Ich schlinge meine Beine um die Stange, als wäre ich eine Pole-Dancing-Queen. Mit den Händen versuche ich, Halt zu finden, rutsche ein Stück, hänge dann aber irgendwie mitten in der Luft. Ich lockere meine Finger, meine Muskeln schmerzen schon vor Anstrengung und plötzlich merke ich, wie ich abrutsche. Mit einem Bein verhake ich mich an einer Querverstrebung und ein fieser Stich fährt mir in den Oberschenkel.

Doch da kommen von unten Hände, die mich festhalten, und ich erwarte eine Stimme, die so etwas sagt wie »Sie sind festgenommen«. Stattdessen blicke ich in goldgrün schimmernde Augen und Henry packt mich an den Beinen und um die Taille, trägt mich einfach fort von dem Gerüst und stellt mich sanft auf dem Erdboden ab. Jella und Alwa sind viel geschickter als ich und schaffen es, alleine herunterzuklettern. Gemeinsam helfen sie Mai, die in ihre Arme springt. Nur ich habe mich benommen wie der letzte Depp!

»Danke«, sage ich zu Henry, und während sein Mund ein gerader Strich bleibt, leuchten seine Augen freundlich.

»Seid ihr auf der Flucht?«, fragt er mit leicht spöttischem Unterton und deutet mit dem Kopf knapp in Richtung der Eingangstür des unfertigen Gebäudes. Mist – die Polizisten sind im Anmarsch.

Noch ehe einer von uns irgendwas sagen kann, rennen wir los, weg von der Straße, lassen Henry einfach stehen, quetschen uns durch den kaputten Bauzaun und finden uns auf einem verkrauteten Gelände wieder, das von stillgelegten Bahnschienen durchzogen wird.

»Da lang«, schreit Alwa und wir laufen hinter ihr her. So weit, bis uns die Puste ausgeht und wir Seitenstechen haben. So weit, bis wir bebautes Gebiet betreten und vor uns das große blaue U einer U-Bahn-Station aufleuchtet. So weit, bis wir uns lachend und prustend in die Arme fallen. What a night!

»Komm, wir müssen die Kleinen doch darüber aufklären, dass das mit dem Abi gar nicht so schlimm ist«, sagt Alwa am nächsten Morgen, als wir in ihrer Küche beim Frühstück sitzen und über einen neuen Film nachdenken. Ich habe meinen Eltern ganz brav Bescheid gesagt, dass ich in der Stadt übernachte, und tatsächlich belästigen sie mich nicht mit Nachrichten oder Anrufen. Ich beschmiere mein Laugenbrötchen üppig mit Kräuterquark und beiße hungrig hinein. Jella isst zwar nicht mit uns mit – »Ich krieg so früh nichts runter« –, fummelt aber schon wieder an einer Torte herum. Diesmal wird es eine Fußballtorte zum sechsten Geburtstag des Sohnes der Arbeitskollegin ihrer Mutter. Gerade fixiert sie ein quietschgelbes Zitronennetz an dunkelbraunen Fondantstangen so, dass ein Fußballtor entsteht. Es sieht verblüffend echt aus. Im Mittelpunkt der Torte steht eine zehn Zentimeter hohe Fondantfigur in Fußballpose und -dress, die dem Geburtstagskind unglaublich ähnelt, glaubt man dem Porträtfoto, das auf dem Tisch liegt.

»Ich glaube, ich muss die Entstehung deiner Torten mal filmen«, sage ich und kann die Augen von diesem Zuckerprachtexemplar nicht abwenden.

»Ich dachte, wir drehen ein lustiges Youtube-Video«, meckert Alwa.

»Ja klar, das auch.«

Irgendwie will heute keine Inspiration bei mir aufkommen. Vielleicht, weil ich noch so müde bin? Unsere Hochhaus-Polizeijagd erschien mir im Nachhinein ganz schön aufregend. Ganz zu schweigen von dem

Moment, als mich Henry auf seinen Armen getragen hat. Ich versuche, mich an jede Berührung, jedes Mimikzucken zu erinnern.

»Aber wenn er mich scheiße fände, hätte er mir nicht geholfen, oder?«, frage ich meine Freundinnen zum wahrscheinlich 80. Mal, doch sie bleiben geduldig und schütteln die Köpfe.

»Ich kann ja mal hören, was er so von dir hält«, verspricht Alwa. »Wir lernen nächste Woche weiter für Chemie. Da bring ich mal das Thema auf dich.«

»Ach, ich weiß nicht.« Natürlich meint sie es gut, aber was, wenn er sagt: »Oh Gott, diese Möchtegern-Videotante – was bildet die sich eigentlich ein?«

Da tappe ich lieber im Dunkeln und gebe mich Tagträumen hin. In denen er mich weiter auf seinen Armen durch die Welt trägt ... Oder auch nicht. Wäre ganz schön merkwürdig, durchs Leben getragen zu werden. Mann, nicht mal zum Tagträumen habe ich heute Talent.

»Lass mich nur machen«, verspricht Alwa. »Ich blamiere dich nicht. Aber, Mädels, was haltet ihr davon?«

Und dann erläutert sie uns ihre Ideen zu einem kleinen Video über Abitur-Fakes, die sogar mich auf andere Gedanken und zum Lachen bringen.

10

Der schönste Zeitraffer-Hook

Ich weiß nicht, warum ich es getan habe.

»Euer Ehren«, würde ich vor Gericht versuchen, meine Unschuld zu beweisen. »Es war so ein Reflex. Ich habe gar nicht darüber nachgedacht. Mein Mund hat das Wort ›Ja‹ einfach ausgespuckt, ehe mein Hirn irgendetwas dagegen unternehmen konnte. Ich gebe zu, ich war müde und genervt – wer wäre das nicht nach den ersten Abiturprüfungen und mit Eltern, die einen mit ihrer Fragerei zur Weißglut bringen.« Bestimmt würde mich der Richter freisprechen. Meine Mutter vermutlich nicht. Aber der Tag, an dem sie meine Lüge bemerkt, muss erst noch kommen. Hoffentlich geschieht das nie.

»Ja, habe ich.« Nur diese drei kleinen Worte habe ich gesagt, mehr nicht. Und zwar auf die wiederholte Frage meiner Mutter, ob ich mich endlich zu diesem Ferienführerschein-Kurs angemeldet habe. Was ich natürlich nicht getan habe. Wo soll ich auf die Schnelle und im Abiturstress 1.800 Euro herzaubern?

Tja, und jetzt habe ich Ferien – meine allerletzten Schulferien! – und sie fühlen sich nach allem an, nur nicht nach Ausspannen. Ich verlasse morgens das Haus, um angeblich an der Theoriestunde in der »freundlichen Fahrschule für vernünftige Fahrschüler« teilzunehmen und anschließend gleich diverse Fahrstunden dranzuhängen. In Wahrheit hänge ich bei Jella und Alwa ab, filme Jella, die drei freie Tage hat, beim Tortenbacken, Verzieren und Verschönern, lerne ein bisschen Geschichte und Bio, grüble über die Selbstdarstellung nach, die ich für meine Youtube-Academy-Bewerbung endlich auf die Reihe bekommen sollte, und träume, ausführlich und lange, von Henry. Den ich seit letztem Freitag nicht mehr gesehen habe. Trotzdem meine ich, noch immer seine Arme und Hände zu spüren, die mich halten. Ich quäle abwechselnd Jella und Alwa mit so unbeantwortbaren Fragen wie »Ob er mich vielleicht doch mag?« oder »Ob er mich total doof und für einen übergewichtigen Bauerntrampel hält?« oder »Ob er sich einen Bruch an mir gehoben hat und im Krankenhaus liegt?«.

Ich versuche, mir den Moment in Erinnerung zu rufen, als er mich so sanft auf den Boden gestellt hat. Ich weiß, dass er mich fragend ansah und ich ihm gerne eine Antwort gegeben hätte. Aber dann musste alles so schnell gehen, die Mädels riefen nach mir, die Polizei war im Anmarsch. Bis heute kann ich seinen Blick nicht deuten. Er schien selbst überrascht, dort mit mir zu stehen. Hundertmal schon habe ich überlegt, ihm eine Nachricht zu schicken – Alwa hat selbstverständlich seine Handynummer –, um mich zu bedanken. Doch wie ich meinen Dank auch formuliere – irgendwie passt es immer nicht. Die Worte fühlen sich alle abgenutzt und unpassend an.

»Merkwürdig«, reißt mich nun Alwa aus meinen Gedanken und ich brauche einen Moment, bis ich das Geschichtsbuch vor mir als Geschichtsbuch und das Zimmer um mich herum als Jellas erkenne.

»Hm?« Ich sehe zu ihr auf. Sie starrt auf ihr Handy, als wolle sie es hypnotisieren.

»Ich habe Yannis am Montag eine Nachricht geschickt und gefragt, wie's ihm geht. Habe natürlich keine Antwort bekommen.«

»Und was ist daran merkwürdig?«

»Nichts, klar. Aber jetzt schreibt mir Paul, sein immerhin zweitbester Freund, ob ich was von ihm gehört habe. Er hat ihn seit zwei Tagen nicht mehr erreicht.«

»Okay, das ist wirklich merkwürdig«, gebe ich zu. »Vielleicht ist er in den Urlaub gefahren?«

»Nee, er hat nur ganz wenige freie Tage bei seinem Praktikum. Und seit letzter Woche ist ein Kollege krank, da lassen die ihn bestimmt nicht weg.«

»Der wird sich schon melden. Außerdem ist es dir doch sowieso egal. Oder?«

Sie kaut ein wenig auf ihrer Unterlippe herum.

»Ich weiß nicht so recht. Ich fand's schon irgendwie seltsam, dass er sich von mir einfach so hat wegschicken lassen. Er hat keine Sekunde um mich gekämpft.«

»Was dich ... ärgert?«, wage ich zu fragen.

Sie zuckt ratlos mit den Schultern.

»Weiß ich auch nicht so genau. Verwundert. Er sah aus ... als wäre alle Luft aus ihm gewichen, als ich ihm gesagt habe, dass Schluss ist. Ich glaube, wenn ich so drüber nachdenke, er war nicht wirklich beleidigt. Er war ... fassungslos. Als ob er einen Schock bekommt.«

»Und jetzt hast du Angst«, sagt plötzlich Jella, die am Türrahmen lehnt und einen mit Schokocreme verklebten Finger ableckt, »dass er sich vor lauter Schreck etwas antut. Um dich zu bestrafen oder so was Krankes.«

Alwa hebt ratlos die Schultern und lässt sie wieder sinken.

»Ich sag dir, der will dir ein schlechtes Gewissen machen.« Jella legt ihre inzwischen sauber geschleckten Hände um ihre Schwester. »Lass dich davon nicht weichklopfen, echt nicht. Du hast was Besseres verdient als den.«

Alwa streckt sich unter der Umarmung von Jella und nickt dann.

»Wahrscheinlich hast du recht. Gibt's noch Pläne für heute?«

»Och«, sage ich. »Wir könnten ein Video drehen, wenn ihr wollt.«

»Ja«, rufen beide begeistert, als seien sie sechs Jahre alt und ich hätte ihnen eine Fahrt nach Disneyland versprochen.

»Mai wollte auch gleich vorbeikommen«, verkündet Alwa.

Dann kann's ja losgehen.

Die fünf verstörendsten Abitur-Fakes

Drehbuch von Franziska Huber, Jella und Alwa Pistor

1. Szene Tag/innen

Insert: *Fake Nummer 1: Du musst alles wissen!*

Alwa *läuft auf und ab, balanciert dabei ein dickes Buch auf dem Kopf*:

Oxalacetat wird zu Citrat. Citrat wird zu cis-Aconitat. cis-Aconitat wird zu Isocitrat. Isocitrat wird zu Oxal… ahhhhhhh! Ich lerne das nie!!!!

Mai *(Insert: Schulpsychologin Dr. Fragmich Mai steht vor einer Tafel, die mit chemischen Zeichen vollgeschrieben ist. Sie hebt die Hand.)*:

Stopp! Man muss nicht den kompletten Zitronensäurezyklus vorwärts, rückwärts und querfeldein wissen. Das kann kein Mensch auswendig lernen. Konzentriert euch auf das Verstehen von Zusammenhängen – dann könnt ihr euch die Inhalte besser merken und selbst etwas herleiten.

2. Szene Nacht/innen

Insert: *Fake Nummer 2: Der Schlaf in der Nacht vor der Prüfung ist entscheidend!*

Alwa *wälzt sich im Bett herum, macht das Licht an, trinkt etwas, macht das Licht aus, wälzt sich, macht das Licht an, holt das Biobuch hervor, blättert panisch darin:*

Ahhhhhh, ich schaffe das nie!!! Ich werde einschlafen in der Prüfung!

Mai *(Insert: Schulpsychologin Dr. Dufragstmich? Mai, gleiches Szenario wie oben)*:

Macht euch nicht verrückt, wenn ihr nicht gut schlaft! Eine durchzechte Nacht ist vermutlich nicht so günstig vor der Prüfung! Aber eine unruhige ist einfach wahrscheinlich. Nicht so schlimm! Bei der Prüfung seid ihr so auf Adrenalin, dass Müdigkeit genau so ein Fremdwort sein wird wie Oxalacetat … hoffentlich nicht.

3. Szene Tag/innen

Insert: *Fake Nummer 3: Die Prüfer wollen dich fertigmachen!*

Alwa *steht mit verschränkten Armen und Beinen vor der Prüferin, verdreht die Augen, ist verstrubbelt, sieht erbarmungswürdig aus*:

Äh … äh … äh …

Jella *Hinter einem Tisch sitzend, mit Dutt und Kostümjäckchen, Brille und strengem Blick*:

So, so, dann wollen wir doch mal schauen, was du kannst! Sag uns den Zitronensäurezyklus auf – und zwar rückwärts, hehehehe!

Mai *(Insert: Schulpsychologin Dr. Dufragstmichschonwieder? Mai, gleiches Szenario wie oben)*:

Die Prüfer wollen euch nicht reinreiten! Die sind genauso aufgeregt wie ihr! Schließlich beweist ihr jetzt, was sie euch tatsächlich beibringen konnten – oder auch nicht. Die wollen auch gut dastehen, echt jetzt!

4. Szene Tag/innen

Insert: *Fake Nummer 4: Die Zeit reicht nie!*

Alwa *mit zerrauften Haaren, Berge von zerknülltem Papier um sich herum, kritzelt wild chemische Zeichen auf ein Blatt, schaut ständig auf die Uhr neben sich, deren Zeiger rasen.*

Jella, *im gleichen Outfit wie oben, geht vor* **Alwa** *auf und ab, klopft dabei auf ihre Armbanduhr, die sie* **Alwa** *immer wieder unter die Nase hält.*

Mai *(Insert: Schulpsychologin Dr. Dufragstmichschonwiedersoeinen Quatsch? Mai, gleiches Szenario wie oben)*:

Das Geheimnis ist: Ihr könnt gar nicht alles aufschreiben, was ihr wisst! Und sollt es auch gar nicht! Lest die Aufgaben genau durch, überlegt gleich am Anfang, wie viel Zeit ihr für jeden Teil habt, und macht nur, was ihr auch sollt. Steht da »Nenne Elemente des Zitronensäurezyklus« reicht aufzählen, Ihr müsst keine Romane schreiben!

5. Szene Tag/innen

Insert: *Fake Nummer 5: Nach dem Abi wird alles besser!*

Alwa *hüpft fröhlich auf die Kamera zu, das Abizeugnis schwenkend, doch plötzlich schieben sich ihr Hindernisse (Besenstiele) in den Weg, über die sie hüpfen muss, wobei sie beinahe stolpert. Wenn sie darüber klettern will, wandern die Besenstiele nach oben, ihr Gesichtsausdruck wird immer panischer.*

Mai *(Insert: Schulpsychologin Dr. DufragstmichschonwiedersoeinenQuatschhöraufdamitMai, gleiches Szenario wie oben)*:

Mit der Abiprüfung ist alles vorbei? Tut mir leid, weit gefehlt! Da kommen noch die Führerscheinprüfung, Bewerbungsgespräche, Aufnahmeprüfungen, Uniklausuren, Zwischenprüfungsklausuren, Abschlussprüfungen, Kolloquien und vieles, vieles mehr. Die Abiprüfung ist bestenfalls ein Vorgeschmack auf all diese fiesen, gemeinen Prüfungen, die du noch absolvieren wirst.

Alwa *tritt nach dem Besenstiel, schreit*:

Ich habe keinen Bock mehr auf den ganzen Scheiß! Ich werd Nonne!

Jella *in einer schwesternartigen Tracht*:

Gegrüßt seist du, meine Tochter! Willkommen bei der Aufnahmeprüfung zur Aufnahme in die Aufnahmegruppe der himmlischen Schwestern …

Alwa *rennt schreiend fort.*

Kaum haben wir alles im Kasten, setze ich mich sofort an den Schnitt. Gut, dass ich meinen Laptop zu Alwa und Jella mitgebracht habe. Wir müssen die Klickzahlen oben halten. Das Wichtigste ist, dass wir bei unseren »Fans« im Gedächtnis bleiben. Ein Video pro Woche ist eigentlich viel zu wenig, aber im Moment schaffen wir nicht mehr. Immerhin werde ich nachher auch gleich noch den Tortenfilm mit Jella fertig machen und auf dem neuen Co-Kanal einstellen, unserem Ableger des *PlanlosePleiteFail*-Kanals. Den nennen wir *Jellas Sweetworld,* weil es dort hauptsächlich um die süßen Seiten des Lebens gehen wird wie Jellas Torten. Die neueste, deren Entstehung ich gefilmt habe, ist für die Tochter einer Bekannten von Jellas Mutter zum bestandenen Führerschein. Jella hat einen halben Verkehrsübungsplatz aus Fondant auf der Torte aufgebaut, mit Ampel und Zebrastreifen und Parkbuchten – inklusive der Miniausgabe eines kleinen gelben Flitzers, den das Töchterlein zum Führerschein gleich dazugeschenkt bekommt.

Als ich das Abitur-Fake-Video hochgeladen habe, betrachte ich in Ruhe, was in den letzten Wochen hier so alles passiert ist, und durchforste die Youtube-Analytics. Das Ergebnis ist wirklich vielversprechend! Die Klick- und Abonenntenzahlen steigen stetig an – mittlerweile sind es gut 500 –, ebenso die Likes. Dislikes halten sich glücklicherweise genauso in Grenzen wie blöde Kommentare. FlawlessNerd und PaperCrafter haben schon länger nichts mehr geschrieben, fällt mir auf. Ich klicke den Namen des Letzteren an und lande auf seinem Kanal. Schon ein Wahnsinn, der Typ hat mittlerweile rund 50.000 Abonnenten. Aber er hat bis vor Kurzem fast täglich ein *Minecraft*-Let's-Play oder ein ähnliches Video hochgeladen. Seit zehn Tagen allerdings deutlich weniger. Ob er auch in Zeitnot ist so wie wir? Vielleicht schreibt er ja ebenfalls gerade Abitur – was dann wiederum dafür sprechen würde, dass sich hinter dem Youtuber Patrick verbirgt. Ich klicke eines der letzten Videos an. Kein Let's-Play, kein Q-&-A-Video, dafür ein Papiertüten-Animationsfilm von nicht mal einer Minute Länge, der – ich muss es zugeben – eine wunderschöne Geschichte erzählt. Eine deprimiert dreinschauende Papiertüte (gezeichnet) sucht nach etwas Schönem (Realfilm) – der Sonne, einer Blume, einem lachenden Baby oder leckerem Essen. Doch bevor die Tüte sich darüber freuen kann, kommt jedes Mal eine Hand von oben und wirft irgendeinen fiesen Müll in die Papiertüte hinein, worauf ihre (gemalten) Mundwinkel immer tiefer sacken. Schließlich verkrümelt sich die Papiertüte in einen Abfalleimer und bleibt dort wie tot liegen. Aber dann trifft sie ein Sonnenstrahl, ein lustiger Hund wird neben dem Mülleimer angebunden und schnüffelt an ihr und irgendwo hört man eine Frau wunderschön singen. Die Papiertüte entfaltet sich wieder und die Mundwinkel marschieren ganz langsam nach oben. Der Hund schnappt sich die Tüte und rennt mit ihr davon.

So viel Kreativität hätte ich Patrick gar nicht zugetraut. Das Video ist von einer ungeheuren Melancholie und Poesie und der Schluss lässt einen Hoffnung atmen. Richtig schön! Vielleicht hat er ja doch verborgene Qualitäten, die wir alle nicht kennen. Oder Patrick ist ganz einfach nicht PaperCrafter. Vermutlich ist es ein Wildfremder. Den ich gerne kennenlernen würde. Ich durchsuche erneut sein Impressum und die einschlägigen Youtube-Foren, kann aber tatsächlich keinen Hinweis auf seine Identität finden. Ein Like für diese Animation bekommt er trotzdem. Und ich abonniere seinen Kanal, falls er noch öfter solche Perlen hochlädt, möchte ich das unbedingt mitbekommen. 217 Videos hat der Typ in den letzten zwei Jahren hochgeladen – im Schnitt etwa vier pro Woche, die meisten davon Let's-Plays, im letzten halben Jahr aber besonders viele Tüten-Animationsvideos. Da ich es immer interessant finde, wie die Leute mal angefangen haben, klicke ich auf das erste Video. »Ein letzter Blick« heißt es. Zu sehen ist in dem knapp dreiminütigen Film eine Zeitrafferaufnahme – der Blick aus einem Fenster auf eine Straße. Ein Baum ist zu sehen, Häuserfassaden, parkende Autos, Passanten. Das alles im Wechsel der Jahreszeiten. Dazu eine Musik, die einerseits sehr clean klingt, andererseits sehr schwermütig. Das Video hat einen ungeheuren Sog. Manche Menschen tauchen immer wieder auf – eine alte Frau mit einem Hund, ein Paketbote, ein Mädchen auf einem Fahrrad. Um sie herum jedoch verändert sich beständig alles: die Farben der Autos in den Parkbuchten, die Blätter des Baumes, die Lichtstimmung, das Wetter. In der Beschreibung steht: »Ciao, alte Straße, war schön mit dir. Bin gespannt auf neue Aus- und Einblicke.«

Ich muss mich schütteln. Veränderungen, die man sonst kaum bemerkt, sichtbar gemacht. Könnte PaperCrafter vielleicht ...? Er ist vor zwei Jahren an unsere Schule gekommen, aus Eichstätt hierhergezogen, wie mir Alwa erzählt hat. Ist etwa Henry ... PaperCrafter?

»Und – wie ist das Video geworden?«, kommt Mai fragend in Jellas Zimmer, das mir als Schnittplatz dient. »Schon hochgeladen?«

Ich schrecke fürchterlich zusammen, murmle ein »Ja«, wechsle auf unseren Kanal und starte unser neues Video. Ich bin froh, dass ich eine Minute und 37 Sekunden lang nichts sagen muss. PaperCrafter ist Henry? Echt jetzt?

»Sehe ich nicht doch peinlich aus mit dieser bescheuerten Brille?«, fragt Mai unsicher. Ich zeige auf die 40 Aufrufe und 18 Likes, die der Film in seinen ersten 20 Minuten bereits erfahren hat.

»So schlecht finden die Leute das wohl nicht«, versuche ich, sie zu beruhigen. Bevor ich irgendwem erzähle, was ich gerade entdeckt habe, muss ich erst noch in Ruhe nachdenken. Vor allem über eines: Ich habe mich über PaperCrafters Kommentare lustig gemacht! Vor Henry! Scheiße!!!!

»Hm, hoffen wir mal«, schreckt mich Mai auf. »Sag, sollen wir eigentlich weiter Auto fahren üben oder hast du das Projekt ›Fahrschule‹ ganz aufgegeben?«

»Echt? Du würdest es noch mal mit mir probieren?« Vielleicht ist diese Form der Ablenkung gar nicht schlecht. Ehe meine Gedanken immerzu Kreisel drehen.

Sie nickt. Der Zeitpunkt ist günstig: Xaver ist mit

Maria und ihrer Familie für ein paar Tage zum Wandern nach Österreich gefahren und sein Auto steht arbeitslos in der Scheune herum. Tobi ist im Fußballcamp und meine Eltern rasen hektisch zwischen dem Hof und der neuen Wohnung hin und her und sind kaum daheim.

»Jetzt?«, frage ich hoffnungsfroh.

»Jetzt«, antwortet sie. »Ich bin heute sogar Lausi-frei.«

Eine Stunde später verkrampfen sich meine schweißnassen Finger um das Lenkrad von Xavers Golf. Nicht nur, weil ich immer noch keine Ahnung habe, ob ich Talent zum Autofahren besitze, sondern auch, weil der Wagen zwar alt, aber topgepflegt ist und mich Xaver in der Luft zerreißen würde, wenn ich nur den winzigsten Kratzer reinmachen würde.

Doch zu meiner Überraschung funktioniert das Lenken, Gasgeben, Kupplungtreten und Bremsen schon viel besser als beim letzten Mal. Was vermutlich auch daran liegt, dass glücklicherweise keine Traktoren unseren Weg kreuzen. Nur einen Gedanken muss ich immer wieder verscheuchen wie lästige Schmeißfliegen: PaperCrafter ist Henry. Henry ist PaperCrafter.

»Gut machst du das, prima«, lobt mich Mai und ich merke, dass sie ihre Füße und Hände heute deutlich stiller hält. Hach, das macht richtig Spaß! Die Sonne scheint, lauer Wind weht zum offenen Fenster hinein, die Bäume und Hecken sprießen im schönsten Frühlingsgrün und trotz des Motorenlärms kann ich Vögel zwitschern hören. Ganz ruhig schlägt mein Herz mit einem Mal. Ich werde diese Idylle hier vermissen, wird mir klar.

»Da vorne links«, weist Mai mich an und ich setze sogar den Blinker im richtigen Moment.

Eine Sekunde muss ich überlegen, wo plötzlich die Musik herkommt, bis ich merke, dass mein Handy klingelt. Ich riskiere es, das Lenkrad nur mit einer Hand festzuhalten und pfriemle wie wild an meiner Hosentasche herum, in der das Handy steckt.

»Bist du verrückt?!«, schreit Mai und ich erkenne, dass ich total weit auf die linke Straßenseite geraten bin, auf der sich gerade ein Motorradfahrer mit ziemlich hohem Tempo nähert. Mai greift ins Lenkrad und dirigiert uns in letzter Sekunde auf die richtige Fahrbahn. Mein Herz trommelt, als müsse es eine fußballstadiengroße Menschenmenge mit Blut versorgen. Während das Handy weiterklingelt, schaffe ich es, den Wagen in einer kleinen Haltebucht vor einer riesigen Schuttmulde zum Stehen zu bringen. Mai ist leichenblass und boxt gegen den Himmel des Golfs.

»Mach das nie wieder!«, zischt sie.

»Hallo«, wispere ich verschreckt ins Handy und merke, dass meine Stimme zittert.

»Einen wunderschönen guten Tag«, höre ich einen Mann freundlich-energisch sagen. »Spreche ich mit Frau Franziska Huber?«

Ich bestätige und bin mir sicher, da will mir irgendein Idiot ein Zeitschriftenabo aufschwatzen.

»Mein Name ist Schwarzmann, Gerold Schwarzmann«, stellt er sich vor. »Ich bin von der Agentur eyesee-Mediennetzwerk und ich wollte mich gerne mit Ihnen über Ihre Videofilme unterhalten.«

Mein Unterkiefer klappt vor Schreck herunter und ich umklammere reflexartig Mais Arm. Sie sieht mich erstaunt an.

»Äh, ja?«, antworte ich erschrocken. Hoffentlich haben wir nicht irgendwelche Rechte verletzt und er will uns nun verklagen!

»Wir beobachten Ihren Kanal jetzt schon seit einiger Zeit ...«

Seit einiger Zeit? Er ist doch gerade mal zwei Monate alt.

»... und sind von Ihren Ideen und der professionellen Umsetzung sehr begeistert. Frau Huber, könnten Sie sich vorstellen, eine Kooperation mit uns einzugehen?«

»Äh ...« Mir fällt immer noch kein einziges sinnvolles Wort ein. In meinem Kopf tobt ein Wirbelsturm. Eine Youtuber-Netzwerk-Firma will mit mir zusammenarbeiten? Die, mit der auch PaperCrafter zusammenarbeitet, wie ich ja neulich in seinem Impressum gesehen habe. »Störe ich Sie eigentlich gerade?«, fragt der freundliche Herr Schwarzmann jetzt.

»Nein, nein«, beeile ich mich zu sagen. »Gar nicht. Ähm. Nein. Ich bin nur etwas ... überrascht.«

»Verstehe ich.« Er lacht einnehmend. »Vielleicht kommen Sie uns mal in unserem Büro in München besuchen – Sie sind ja auch vor Ort, nicht wahr? Passt es Ihnen ... übernächste Woche, Mittwochvormittag, 15. Juni?«

Kann ich jetzt einfach sagen, dass ich da gerade Abiturprüfung habe? Mai steigt aus dem Auto aus und lehnt sich an die hintere Beifahrertür, hält ihr Gesicht in die Sonne.

»Äh, da habe ich Geschichte. Also, Geschichtsprüfung. Mündliches Abi.«

»Ach, klar, ihr Abiturienten seid ja im Lernstress, sorry, habe ich glatt vergessen«, erklärt Herr Schwarzmann weiterhin freundlich. Uff. Ich wage kaum zu atmen, so überrascht bin ich.

»Frau Huber, sind Sie noch da?«

»Ja«, stammle ich. Der muss mich für komplett debil halten.

»Dann würde ich sagen, Sie machen jetzt mal in Ruhe Ihre letzten Prüfungen und melden sich hinterher. Ich schicke Ihnen bis dahin einen Vertragsentwurf zu und den schauen Sie sich in Ruhe an, ja? Die Adresse in Ihrem Impressum stimmt, oder? Und ich drücke die Daumen für Ihr Abi! Ciao, Frau Huber, ciao und bis bald!«

Und dann ist er weg.

Als Mai wieder ins Auto steigt, kann ich sie nur mit großen Augen anstarren. Ich komme mir vor wie im Film. Wie cool ist das denn?

»Was ist los?«, fragt sie.

»Gleich«, antworte ich. »Lass uns erst Xavers Schätzchen heimbringen.« Ich umklammere mit zittrigen Fingern das Lenkrad, dann starte ich den Wagen. Der einen ordentlichen Hüpfer nach vorne macht. Und direkt gegen die Schuttmulde vor mir knallt. Es knirscht ohrenbetäubend.

»Kupplung treten!«, ruft Mai.

Aber jetzt ist es schon zu spät.

11

Der großartigste Keinen-Plan-Plan

Scheiße«, schreie ich und trommle mit den Händen aufs Lenkrad. Mai ist sofort ausgestiegen und wirft nun einen Blick auf die Stoßstange. Ich will gar nicht wissen, wie die aussieht!

Mai wiegt den Kopf und schiebt die Unterlippe vor.

»Hm«, sagt sie und setzt sich wieder neben mich. »Sieht jetzt nicht so gut aus.«

»Was heißt das?« Mich hält es nicht mehr im Sitz, ich hole tief Luft und sehe mir die Katastrophe selbst an. Hilft ja nichts.

Doppelt Scheiße.

Die Stoßstange ist auf der rechten Seite komplett eingedellt, der Lack ringsum hat einiges abbekommen und das Glas des Scheinwerfers ist gesplittert.

»Fahr lieber du zurück«, murmle ich resigniert und steige auf der Beifahrerseite ein. Der Führerschein und ich – wir scheinen nicht das neue Traumpaar zu werden.

»Was soll ich denn jetzt machen?« Ich muss kräftig schlucken, damit mir nicht die Tränen kommen. »Mein Bruder zerfetzt mich in der Luft!«

Mai zuckt ratlos die Schultern, während sie den Wagen sehr umsichtig zurück in Richtung unseres Hofes lenkt. Sie hält sich genau an die Geschwindigkeitsbegrenzung.

»Keine Ahnung, blöd, dass wir nicht so einen Autobastler kennen – der könnte das Ding sicher wieder flottkriegen und es wäre nicht so furchtbar teuer.«

»Ich kenne aber keinen«, meckere ich. Die Arme – sie kann ja nichts dafür. Frustriert starre ich in die Frühlingslandschaft, die mir vorhin so idyllisch vorkam. An idyllische Schuttmulden hatte ich da noch nicht gedacht.

Als der Golf endlich an seinem angestammten Platz in der alten Scheune steht, kommt mir eine Idee.

»Vielleicht können wir irgend so einem antiken Monster-Eisenteil die Schuld in die Schuhe schieben«, überlege ich. Mai sieht mich irritiert an. Ich steige aus und betrachte die alten Landmaschinen, Gartengerätschaften und ausrangierten Haushaltsgeräte, die mein Vater in der Scheune zusammengetragen hat, weil er sie vor dem Verkauf des Hofes endlich abtransportieren lassen will. Der Golf steht dicht vor dem Gerümpel, das sich teilweise übereinandertürmt. Ich deute auf eine Waschmaschine, die ziemlich schief auf einer Tiefkühltruhe thront.

»Die könnte doch heruntergefallen sein«, sage ich. »Los, hilf mir mal!«

Ich hätte nie gedacht, dass eine Waschmaschine so schwer sein kann! Wir kämpfen beinahe fünf Minuten, bis wir das Ungetüm dorthin bugsiert haben, wo wir es haben wollen – ohne das Auto noch mehr zu beschädigen. Wir kippen und lehnen es so gegen den Golf, dass es sehr natürlich aussieht.

Finden wir.

»Das glaubt doch kein Mensch«, ruft Mai.

Finde ich.

»Soll hier ein Erdbeben stattgefunden haben oder was?«

»Mir egal, Mai, Hauptsache, es sieht auf den ersten Blick echt aus«, beharre ich. »Komm jetzt!« Ich gehe hinaus und tue so, als hätte ich überhaupt kein schlechtes Gewissen. Gar nicht. Wirklich nicht. An den Moment zu denken, in dem ich meinem Bruder nach seinem Urlaub wieder unter die Augen treten muss, das verbiete ich mir jetzt einfach mal.

Wir wollen uns nur kurz einen Kaffee kochen, etwas essen und anschließend zurück in die Stadt fahren, wo wir mit Jella und Alwa verabredet sind. Und dann werde ich ihnen von dem berichten, was gerade am Telefon geschehen ist. Dass uns eine Youtuber-Netzwerk-Firma unter Vertrag nehmen will. Ich höre schon, wie wir die Sektkorken knallen lassen. Und dann betrinke ich mich. Aus Stolz. Und, ähm, um die Peinlichkeit zu vergessen, die meine PaperCrafter-Miesmacherei heraufbeschworen hat. Vielleicht auch, um Henry zu vergessen? Er wird ja eh denken, ich finde ihn blöd – wenn ich so über PaperCrafter herziehe. Habe ich nicht irgendwas von infantil gesagt? Oh Mann!

Während Mai auf die Toilette verschwunden ist, öffne ich einen an mich adressierten Brief, den ich gerade aus dem Briefkasten gefischt habe. Ein Absender steht nicht darauf.

»Herzlichen Dank für Ihre Bewerbung«, lese ich als Erstes. Bitte?

Oben rechts ist das Logo der Kreissparkasse in Ebersberg aufgedruckt.

»... würden uns freuen, Sie zu einem Vorstellungsgespräch am Mittwoch, den 15. Juni, um 9.30 Uhr begrüßen zu dürfen ...«

»Was ist das denn?«, fragt Mai und linst über meine Schulter. »Oh, strebst du eine Bankkarriere an? Franzi, Franzi, solche Abgründe hätte ich dir nicht zugetraut!«

»Verdammt«, schreie ich und werfe den Brief von mir, als sei er mit einer säurehaltigen Substanz überzogen und meine Fingerkuppen schon zu Brei geschmolzen. »Ich hab keine Ahnung, wie die dazu kommen! Ich hab mich da gar nicht beworben!«

»Vielleicht warst du betrunken?«, mutmaßt Mai und grinst breit. Sie findet das offensichtlich total lustig. Na, besten Dank auch! Als ob ich heute nicht schon genug Scherereien gehabt hätte.

»Haha«, antworte ich nur. »Wer den Schaden hat ... oder wie?«

»Grüß Gott, die Damen«, tönt plötzlich meine Mutter und kommt mit drei Einkaufstüten zur Küchentür herein. »Hallo, Mai, schön, dich zu sehen. Machst du mit Franzi zusammen diesen Führerscheinferienkurs?«

Mai sieht kurz betreten zu Boden, schüttelt den Kopf und umarmt mich.

»Ich geh dann mal besser. Muss noch unbedingt Physik lernen. Bis später!«

»Warte doch, ich komme …«, hebe ich an, aber da fällt mein Blick auf den Brief und ich ahne plötzlich, wer da seine Finger im Spiel hat. »… komme nach«, vollende ich den Satz.

Kaum ist Mai draußen, stemmt meine Mutter die Hände in die Hüften. Das war die Pose, die ich auch gerade einnehmen wollte.

»Sag mal«, sagen wir gleichzeitig, aber uns ist beiden nicht nach Lachen zumute wegen dieses Zufalls.

»Wieso habe ich eine Einladung zum Vorstellungsgespräch bei der Kreissparkasse?«, frage ich.

»Und was ist das für ein Karton?«, fragt meine Mutter zurück und zieht die Umverpackung meiner Kamera aus dem Altpapierbehälter – die ich da garantiert nicht hineingeschmissen habe.

»Irgendein Karton«, versuche ich abzulenken – meine Mutter versucht schließlich auch abzulenken. »Sag schon, wieso laden die mich ein?«

»Weil ich denen in deinem Namen eine Bewerbung geschickt habe! So – und jetzt erzählst du mir, ob das, was auf dem Karton abgebildet ist, auch innen drin war!«

»Irgendwann bestimmt!« Meine Stimme ist um ein paar Dezibel lauter geworden. Wie kommt sie dazu? »Da gehe ich garantiert nicht hin! Niemals! Vergiss es!«

»Hast du eine Kamera gekauft? Von deinem Ersparten? Ich hab mal recherchiert – dieser Apparat kostet ja über 1.600 Euro! Bist du narrisch?«

»Das habe ich von dir«, gebe ich zurück. Schreiend!

»Franziska! Wir haben uns das Geld vom Mund abgespart, damit du irgendwann deinen Führerschein machen kannst! Damit du unabhängig bist! Und dann geht Madame hin und gibt alles für eine Kamera aus, die kein Mensch braucht!«

»Doch, ich brauche die! Was ich allerdings nicht brauche, ist, wenn du dich in mein Leben, in meine Zukunft einmischst! Und falls du's vergessen haben solltest: Ich bin ...«

»... 18!«, jetzt schreit meine Mutter mindestens so laut wie ich. »Als ob ich das vergessen könnte! Obwohl – so wie du dich benimmst, könnte man glauben, du bist acht geworden!«

Das muss ich mir nicht anhören. Mit einem saftigen »Ach, leck mich doch, geh sterben!« drehe ich mich um und renne aus der Küche. Durch den Flur, den Hof, auf die Straße und renne und renne, bis das grün-weiße S-Bahn-Schild vor mir erscheint und ich keuchend auf eine der Bänke im Wartebereich sinke. So hatte ich mir das echt nicht vorgestellt mit dem Erwachsensein.

Nicht mal der Anblick Jellas, Alwas und Mais kann mich richtig trösten. Obwohl uns Jella aus den Resten der aktuellen Tortenbackorgie einen etwas bröckligen, aber köstlichen Schichtkuchen aus Joghurtcreme, Mandarinen und Schokobiskuitstückchen zusammengebastelt hat und der Zucker nur so durch meine Blutbahn schießt, brauche ich noch etwas, um mich zu beruhigen.

»Was fällt meiner Mutter ein«, frage ich zum vermutlich 76. Mal an diesem Abend. Inzwischen kennen meine Freundinnen außer Schulterzucken keine Antwort mehr.

»Aber sag mal«, fordert mich Mai auf, »was war das eigentlich für ein ominöser Anrufer vorhin – vor der Begegnung mit der Schuttmulde?«

Stimmt. Ein Gutes hatte dieser Tag doch! Meine Miene hellt sich sofort auf und ich berichte, was mir Gerold Schwarzmann angeboten hat. Auf der S-Bahn-Fahrt habe ich die Agentur gegoogelt und zumindest die Website machte einen guten Eindruck, ziemlich trendy und modern – das will schon mal was heißen, schließlich gibt es Netzwerke, die nicht mal einen eigenen Internetauftritt haben. Eyesee-Mediennetzwerk wirkt dagegen recht transparent. Man kann sogar nachlesen, wen sie alles vertreten. Die großen Stars sind nicht gerade dabei. Aber ... Zum Beispiel ... Genau. PaperCrafter.

»Geil«, ruft Jella, als ich fertig bin, und fällt mir um den Hals. »Und das erzählst du so nebenbei? Ist echt total cool! Und du hast ein gutes Argument, warum du keine Banklehre machen musst. Damit werden wir bestimmt noch richtig viel mehr berühmt!«

»Wir sind nicht berühmt«, sagt Alwa und ich wundere mich über ihre Abgeklärtheit. Auch Mai schaut nur auf die Biskuitkrümelreste und schiebt sie mit ihrer Gabel zu abstrakten Mustern zusammen.

»Hey, was ist mit euch los?«, fragt Jella irritiert. »Mal ein bisschen La Ola für Franzi, bitte!«

»Ich weiß nicht …«, fängt Mai an, klemmt ein paar Krümel zwischen die Fingerspitzen und lässt sie in ihren Mund rieseln.

»Na ja«, sagt Alwa ebenfalls zögerlich. »Also, äh, Glückwunsch! Das ist natürlich super, Franzi! Und es wundert mich auch nicht, weil du echt Talent hast! Deine Videos sind so abgefahren!«

»Unsere«, unterbricht Jella und verdreht die Augen.

»Es ist nur so …« Alwa wirft Mai einen Hilfe suchenden Blick zu. »Also, ihr wisst ja … ich habe mich bei der Aktion Sühnezeichen beworben. Und jetzt … na ja, die haben mich nach Berlin zur Vorstellung eingeladen. Gleich, wenn die Sommerferien anfangen.«

»Ja, cool, ist doch mega!« Jella boxt ihrer Schwester sanft gegen den Oberarm.

»Ja, schon, ich muss da – neben der mündlichen Prüfung – nur wahnsinnig viel vorbereiten. Die wollen Testimonials über mich von allen möglichen Leuten, die mich gut kennen, die muss ich zusammenbekommen. Außerdem muss ich Sponsoren finden, die meinen Aufenthalt finanzieren. Lauter so Sachen … ich fürchte, da komm ich kaum dazu, mit euch zu filmen.«

Irgendwie rutscht mein Kopf tief zwischen die Schultern und ich kann nur auf meine Schuhspitzen starren. Hey, Tag, hast du mir heute nicht schon genug Mist eingebrockt? Jetzt lässt mich auch noch Alwa im Stich?

»Mir geht's ähnlich.« Und Mai gleich mit, oder was?

»Dieses Babysitten und das Lernen – das wird immer mehr. Ich hab in Physik noch so riesige Lücken. Da merke ich einfach das Jahr USA, wo ich kein Physik hatte. Und außerdem forste ich gerade das gesamte Internet durch, um herauszufinden, wo ich denn nun was studieren soll. Medizin? Jura? Berlin? Hamburg? Frankfurt? London? Mir rennt echt die Zeit weg, Mädels.« Mai legt mir ihre Hand auf den Arm und streichelt mich. »Tut mir leid!«

»Schade …«, mehr bringe ich nicht heraus. Das Schlimme ist, ich verstehe sie ja. Ihre Zukunft ist wichtig. Aber meine doch auch, oder?

»Ich brauche euch, sonst kann ich die Bewerbung bei der Academy vergessen«, flüstere ich. »Es fehlt gar nicht mehr viel. Noch vier, fünf Videos, dann … hab ich echt gute Chancen. Bitte …«

Schrecklich, so betteln zu müssen. »Rettet mich davor, am Bankschalter der Kreissparkasse Ebersberg zu enden! Wo ihr mich garantiert nie besuchen werdet.«

»Doch, tun wir«, protestiert Mai.

»Mai!« Jella boxt sie in die Seite. »Los, Mädels, ihr könnt Franzi nicht so hängen lassen. Wenigstens die paar Videos können wir noch machen.«

»Ich überleg's mir«, sagt Alwa nach einem Moment der Stille.

»Ich auch«, stimmt ihr Mai zu.

Aber es klingt alles andere als überzeugt.

»Sorry«, sage ich und stehe auf. »Ich glaub, ich brauch mal ein bisschen frische Luft.«

»Och, Mensch, Franzi«, höre ich hinter mir.

»Jetzt bleib halt!«

»Wir meinen's nicht böse …«

Aber da schlage ich schon die Wohnungstür zu.

Ein paar Sekunden lehne ich mich an die Holztür des großen Altbaus, in dem Jella und Alwa wohnen. Die Straße vor mir ist merkwürdigerweise menschenleer und still. Umso deutlicher spüre ich, wie mein Herz rast, und ich muss sehr bewusst ein- und ausatmen. Ganz ruhig versuche ich, mir Mut zuzusprechen. Alles wird gut. Am Ende wird alles gut, und wenn es nicht gut ist, ist es noch nicht das Ende. Haha. Ob ich es will oder nicht, ploppt in meinem Hirn die Tagesbilanz auf. Sie sieht ziemlich bescheiden aus. Megabescheiden.

Auf der Positivseite steht:

1. Ich habe ein Angebot von einer Youtuber-Netzwerk-Firma.

Auf der Negativseite steht:

1. Ich habe das heilige Auto meines Bruders zu Schrott gefahren.
2. Ich habe Henry als infantilen Spinner hingestellt.
3. Ich soll mich bei der Sparkasse Ebersberg vorstellen.
4. Meine Mutter hat meinen Kamerakauf entdeckt und ist ausgerastet.
5. Sie hat noch nicht entdeckt, dass ich gar keinen Führerscheinkurs mache.
6. Meine Freundinnen wollen keine Videos mehr mit mir drehen.
7. Ich habe heute keinen Strich fürs Mündliche gelernt.

Das nenne ich mal Ungleichgewicht! Ich trete nach einer leeren Dose, die in den Rinnstein kullert. Dann laufe ich einfach los. Keine Ahnung, wohin. Einmal glaube ich, eine Frauenstimme riefe meinen Namen, aber ich beschließe, dass das Einbildung ist. Ich muss jetzt allein sein. Es wird schon langsam dunkel und aus den Kneipen und Restaurants ringsherum dringen Gesprächsfetzen an mein Ohr, Melodiesequenzen und gelegentlich verpestet der Nikotingeruch der Straßenraucher die Juniluft. Was mich alles nichts angeht.

Ich weiß, ich sollte alt genug sein, um mich meinen Problemen zu stellen. Ich sollte meinem Bruder gestehen, was passiert ist, und ihm anbieten, den Schaden nach und nach abzubezahlen. Wie ich das Geld dafür auftreibe, sei mal dahingestellt. Ich sollte Henry einfach vergessen. Obgleich mir schon der Gedanke daran die Herzkammern abquetscht. Ich sollte mich sicherheitshalber bei der Sparkasse vorstellen. Absagen kann ich immer noch – wenn sie mich überhaupt nehmen. Ich muss endlich lernen, mich von meiner Mutter nicht so provozieren zu lassen, und ihr klarmachen, dass sie mich ernst nehmen muss. Mal sehen, ob ich Tipps dazu aus dem Stand der Sterne ablesen kann. Und dann muss ich meine Freundinnen überreden, mit den Videos weiterzumachen. Vielleicht kann ich sie mit Geld bestechen. Welches ich nicht habe. Na ja, und lernen fürs Mündliche, das kann ich morgen noch. Ich seufze ganz tief und hebe den Kopf. Keine Sterne zu sehen. Dafür bemerke ich, dass ich schräg gegenüber des *MafiosiClubs* stehe. Was hat mich denn hierhergelenkt? Vielleicht meint irgendein Schicksalsgott, dass es das Beste wäre, dorthinein zu gehen und mich zu betrinken. Mit irgendwas Billigem, was schnell ballert, wenn ich an meine Finanzlage denke. Ich überquere die Straße, und als kurz die Tür des Clubs geöffnet wird, erkenne ich im Halbdunkel einen schlaksigen Typ mit hellen, schulterlangen Haaren. Ein Typ mit goldgrünen Augen. Das weiß ich, auch wenn ich es von hier nicht sehen kann. Henry.

Mein Herz stolpert in einen schnelleren Gang. Ist er gerade gekommen? Will er gehen? Scheiße, wenn ich da jetzt reingehe, meint er garantiert, ich verfolge ihn. Ich lauere ihm auf. Das finden Typen bestimmt super. Und wenn er mit Vanessa da ist? Will ich das wirklich wissen? Ich wollte ihn doch sowieso vergessen. Dreh dich um und geh heim, rät mir mein Verstand. Ich bleibe wie angewurzelt stehen. Geh! Nein, ich kann das nicht. Dafür zittern jetzt meine Hände. Wie bescheuert!

Wenn die Tür in den nächsten zwei Minuten von innen geöffnet wird, gehe ich rein, mache ich mit mir selbst ab. Ich starre auf diese blöde, gammelige Tür wie die Schlange auf den Kaninchenbau. Nichts tut sich. Puh, besser so.

Komm schon, geh auf!

Wie kann man nur so einen Sturm widersprüchlicher Gefühle in sich toben spüren? Ich schwanke, und das ganz ohne Alkohol. Nichts tut sich. Die Tür bleibt zu. Ob zwei Minuten schon um sind? Egal, geh heim! Gerade als ich mich umdrehen will, öffnet sich die Tür tatsächlich von innen. Ich spurte darauf los, damit ich auch hineinkomme, bevor sie wieder zufällt. Und stoße gegen eine recht muskulöse Männerbrust.

»Hoppala«, sagt Henry und grinst. »Das ist aber eine stürmische Begrüßung.«

Mein Kopf wird gleich explodieren. Wie peinlich ist das denn?

»Ach, hi«, quetsche ich irgendwie hervor und bewege mich keinen Zentimeter. So kann ich wieder seinen tollen Rasierwasserduft einatmen.

»Rein oder raus?« Er deutet mit dem Zeigefinger Richtung Club. Eine Sekunde habe ich die Vision, er habe »Zu dir oder zu mir?« gesagt, und fange an zu grinsen.

»Franzi, alles klar?«, fragt er mit leicht skeptischem Blick. »Hat dir der Sturz vom Baustellengerüst doch nachhaltige Schäden beigebracht? Ich dachte, ich hätte dich sicher aufgefangen.«

»Äh, das hast du«, stammle ich weiter. Oh mein Gott, entweder ich renne weg oder ich küsse ihn. Verdammt!

»Hat euch die Polizei noch erwischt?«, erkundigt er sich.

»Mhmh.«

Er sieht mich aufmerksam an. Als ob er auf etwas wartet.

»Nee, nee, alles gut«, stottere ich. »Und danke nachträglich, dass du mich gerettet hast.«

»Was habt ihr da oben eigentlich gemacht?«, will er wissen.

Ich mache eine uneindeutige Handbewegung. »Ach, wir haben uns aufs Dach gesetzt, die Aussicht genossen und über das Leben philosophiert. Im Club war's uns irgendwie zu laut und zu voll.«

»Das ist es heute auch. Außerdem gibt's unangenehme Gäste.«

In diesem Moment geht die Tür des Ladens wieder auf und Chemie-Vanessa steckt ihr grell geschminktes Gesicht heraus. Henry zieht automatisch den Kopf ein und kneift die Augen zusammen. Wie süß!

»Ach, Henry, da bist du!«, ruft Vanessa und stöckelt auf ihren Zehn-Zentimeter-Heels auf uns zu. Mich beachtet sie zu null Komma null Prozent. »Ich hab dich überall gesucht.«

Und da packt Henry meine Hand und zieht mich mit sich.

Ich bin so erschrocken, dass ich stolpere und beinahe hinfalle, aber er hilft mir hoch. Wir rennen, ohne uns loszulassen, und eh ich nachdenken kann, was passiert, hat er mich durch den Bauzaun auf der anderen Straßenseite hindurchgezogen. Warm berühren sich die Innenflächen unserer Hände.

»Und wo geht's hier aufs Dach?«, fragt er keuchend.

Fünf Minuten später liegt die Stadt unter uns, funkelnd und geheimnisvoll, und man weiß nicht, ob die Sterne, die mit einem Mal sichtbar sind, die Stadt spiegeln oder umgekehrt. Wir sitzen auf der Dachkante – allerdings haben wir diesmal eine Ecke gewählt, die von der Straße her nicht so leicht einsehbar ist. Wir schnaufen beide noch ein wenig von der Treppenhauskletterei. Henry zieht aus der Innentasche seines Jacketts ein

Bier heraus und öffnet es mit einem alten Feuerzeug, das irgendein Bauarbeiter hier oben entsorgt hat. Er bietet mir die Flasche an und ich nehme einen großen Schluck. Ah, tut das gut, stelle ich überrascht fest. In Henrys Beisein schmeckt sogar Bier.

»Diese Vanessa geht mir so was von auf den Sack!«, erklärt er kopfschüttelnd. »Seit wir zusammen in dieser Lerngruppe sind, verfolgt die mich.«

»Ein Fan«, vermute ich.

»Auf solche Fans kann ich verzichten.«

»Auf andere nicht?« Ich erschrecke mich selbst vor meinen Worten, aber nun sind sie schon ausgesprochen. Denn ich weiß genau, in welche Richtung ich das Gespräch damit lenke. Am besten nicht drüber nachdenken, dem Augenblick vertrauen.

»Wie meinst du?« Er bedenkt mich mit einem intensiven Seitenblick, nimmt mir die Bierflasche aus der Hand und trinkt selbst.

»Nur so.« Komm, Franzi, das kannst du besser. Wenn du willst. Aber will ich? Und dann kommt mir eine Idee.

»Sag mal, hast du schon mal von der eyesee-Medienetzwerk-Agentur gehört?«, frage ich ganz naiv.

»Wieso?« Okay, naiv kann er auch.

»Ach, ich bräuchte einen Rat. Ich habe heute einen Anruf von denen bekommen. Von einem Herrn ... Weißmann ...«

»Schwarzmann«, sagt er prompt.

»Ach, du kennst den?«, tue ich erstaunt.

Henry sieht mich erschrocken an, trinkt einen weiteren Schluck. Ich kann nicht anders, ich fange an zu lachen. Er nicht. Oh, Kacke. Ich bin sofort wieder ernst.

»Franzi ...«, sagt er und ich antworte fast gleichzeitig: »Ich verrate niemandem was, versprochen!« Ich hebe drei Finger zum Schwur. »Ich habe mir heute PaperCrafters erstes Video angeschaut. Superschön, wie da kleinste Veränderungen sichtbar gemacht werden. War das die Straße, wo du früher gewohnt hast? In Eichstätt?«

Henry seufzt. »Tja, selbst schuld, oder? Hab ich wohl zu viel ausgeplaudert. Und das nur, weil ich dir imponieren wollte.«

Ich sehe ihn mit offenem Mund an. Er wollte *mir* imponieren?

»Ist dir gelungen.« Auch ich kann ehrlich sein.

Endlich lacht er. Seine Augen flammen regelrecht auf.

»Schön«, sagt er dann und reicht mir wieder das Bier. Ich lege meine Lippen auf die Flaschenöffnung – dorthin, wo kurz zuvor seine Lippen lagen.

»Ich finde es selbst irgendwie blöd, das alles so anonym zu machen – aber ich wollte einfach nicht auf den Youtube-Dödel reduziert werden. Entweder glauben die Leute, man sei ein geiler Typ, weil man so ein paar Let's-Plays ins Netz stellt, oder sie glauben, man ist ein Hirni, weil man Let's-Plays einstellt. Was man für ein Mensch ist, interessiert eh keinen. Da kann man auch unerkannt bleiben und in Ruhe vor sich hin wurschteln.«

»So wie Cro.«

»Ja, so in der Art. Ich befürchte, irgendwann werde ich mich eh outen müssen.«

»Warum das?«

»Ist auch anstrengend, das alles geheim zu halten. Die meisten Videos bearbeite ich spätabends oder nachts ... manchmal komme ich mir schon wie so ein alter Opi vor, weil mir zurzeit oft die Kraft fehlt, mich hinzusetzen.«

»Na ja, mit dem Abi ist das ja kein Wunder. Aber bald ist der Stress vorbei.«

»Ich möchte einfach gerne selbst bestimmen, wann es Zeit ist, die Papiertüte zu lüften. Gerold, also der Schwarzmann, meint auch, das sollte man gut vorbereiten. So richtig als Event.«

Ich nicke verstehend.

»Willst du denn so ein echter Youtube-Star werden? Mit Auftritten und Autogrammkarten?«

»Und Groupies?« Er grinst spitzbübisch. »Ich weiß es nicht genau. Eigentlich geht es mir um die Videos. Nicht um mich.«

Als er mir die fast leere Flasche aus der Hand nimmt, berühren sich unsere Finger. Nein, es sprühen keine Funken, aber so ähnlich. Finde ich. Am liebsten würde ich mich gegen seine Schulter fallen lassen. Doch stattdessen schaue ich in diese wunderschönen Augen. Zum ersten Mal fällt mir auf, dass er ein paar kleine Sommersprossen um die Nasenwurzel hat.

»Tut mir leid, dass ich mich so blöd über PaperCrafter geäußert habe«, sage ich.

»Nein, mir tut's leid. Ich war auch gar nicht sauer auf dich«, erklärt er. »Mir war's total peinlich, dass dich die Kommentare so geärgert haben. Hab mich gar nicht mehr getraut, dir in die Augen zu schauen. Und als du mich auf der Baustelle so hast stehen lassen, habe ich gedacht, du findest mich einfach nur bescheuert.«

»Aber das war doch nur wegen der Polizei ...«

Sein Gesicht ist so nah, dass ich seinen Atem auf meinen Lippen spüren kann.

»Du hast natürlich recht – die Kommentare kamen viel zu überheblich rüber.« Sein Blick ist noch immer fest in meine Augen gesenkt. »Aber ich wollte einfach welche hinterlassen, weil mir eure Videos wirklich gefallen. Ich musste aber vermeiden, dass irgendwer schnallt, wer ich bin. Deswegen klang das so ein bisserl ... altväterlich.«

Ich boxe ihm gegen die Schulter. »Opi!«

Er schnappt nach meiner Hand, hält sie fest. »Wie Opi? Ich werde erst in drei Wochen 18 – nicht so wie du alte Omi!«

»Haha«, sage ich. Und dann kommen seine Augen immer näher. Und seine Nase. Seine Lippen. Die ich plötzlich auf meinen spüre.

Die Sterne und die Stadt verschmelzen miteinander, all die Lichter explodieren um uns herum, um den schönsten Kuss zu beleuchten, der im Laufe der Menschheitsgeschichte je ausgetauscht wurde.

12

Das größte Like

Als wir vom Dach herunterklettern – diesmal unbehelligt über das Treppenhaus –, höre ich irgendwo eine Kirchturmuhr zweimal schlagen. Ein kurzer Blick auf mein Handy bestätigt mir, dass es tatsächlich zwei Uhr nachts ist. Die zehn WhatsApp-Nachrichten Jellas, Almas und Mais ignoriere ich. Die zwei meiner Mutter erst recht. Ich habe kein Empfinden mehr, wie lange wir dort oben gesessen sind. Uns geküsst haben. Uns angesehen haben. Unsere Hände gestreichelt. Oh Gott, was hat er für wunderbar weiche Finger, mit denen er mich so zärtlich streichelt, dass sich die Härchen auf meiner Haut im Rhythmus seiner Bewegungen aufrichten. Gesprochen haben wir wenig, höchstens geflüstert, als seien unsere Worte viel zu kostbar und niemand außer uns durfte sie hören, nicht einmal die Sterne.

Auf der Straße legt er den Arm um meine Schulter, ich umschlinge seine Taille. Größenmäßig passen wir perfekt zusammen. Ich habe keine Ahnung, wohin wir gehen. Die Nachtluft ist lau und doch bin ich froh, dass mich seine Nähe wärmt. Vor dem *MafiosiClub* stehen noch immer Trauben von Menschen, sobald sich die Tür öffnet, ergießt sich der Lärm von peitschenden Beats auf die Straße.

»Auch Durst?«, fragt er, als wir an einem kleinen Kiosk vorbeikommen, der noch geöffnet hat. Ich nicke und merke, dass meine Lippen brennen, sich meine Mundwinkel eingerissen anfühlen – vor lauter Knutscherei. Er ist ein verdammt guter Küsser – nicht zu drängend, dafür verspielt, behutsam und überwältigend zugleich. Ich habe das Gefühl, ich bin bisher nie so geküsst worden. Als habe er nicht nur meine Lippen berührt, sondern meine Seele. Als sei er jede Sekunde wirklich nur bei mir gewesen und nicht in Gedanken weit weg.

Er reicht mir eine eiskalte Flasche Cola und gierig trinke ich daraus. Ah, tut das gut! Mit einem Mal spüre ich ein wenig Müdigkeit, aber ich verdränge das Gefühl. Einträchtig teilen wir uns die Cola und setzen unseren Weg fort. Wohin? Darüber haben wir nicht geredet. Wir streifen durch Haidhausen, blicken in Richtung der wenigen noch erleuchteten Fenster und kommentieren gelegentlich ein Plakat mit Werbung für Musik, die wir mögen, eine Kneipe, in der wir schon waren, oder einen Laden, den wir unbedingt mal besuchen wollen. Unter einer Straßenlaterne bleibt er plötzlich stehen und dreht mein Kinn zu sich. Augenblicklich versenken sich unsere Münder wieder ineinander und wir bekommen einfach nicht genug von diesen weichen Berührungen, die den Rest der Welt aussperren. Nach gefühlten 100 Stunden lässt er mich los und lächelt.

»Ich glaube, wir haben es erfolgreich geschafft, dass die letzte S-Bahn weg ist.«

Die Uhrzeit auf meinem Smartphone bestätigt seinen Verdacht. Die nächste Bahn fährt erst wieder in zwei Stunden. Egal, ich habe sowieso keine Lust, nach Hause zu fahren. Meine Eltern sind die Letzten, die ich jetzt sehen will.

Wir setzen uns eng nebeneinander auf eine Bank, die eine kleine, parkähnliche Fläche mit einem Springbrunnen in der Mitte begrenzt.

»Also, sag mal«, fällt mir dann ein. »Würdest du mir einen Vertrag mit eyesee empfehlen?«

»Na ja«, fängt er an. »Wenn du es schaffst, deine Erwartungen niedrig zu halten, ist das okay. Dein Ziel sollte nicht sein, mit deren Hilfe so berühmt wie LeFloid oder BibisBeautyPalace zu werden. Ich habe den Eindruck, die werben wahnsinnig viele, gerade kleine Kanäle an und schauen dann, wie die sich so entwickeln. Von sich aus tun die nicht so viel. Klar, am Anfang geben sie dir viele Tipps, wie du deine Videos noch besser machst, wie du mehr Reichweite bekommst und so Sachen. Aber glaub nicht, dass die großartig für dich werben. Nur die, die von sich aus weiterkommen, werden auch unterstützt.«

»Hm, klingt ja nicht gerade motivierend«, überlege ich. »Warum engagieren die sich dann überhaupt?«

»Tja, solltest du doch überraschenderweise groß rauskommen, haben sie dich quasi schon im Sack und können mit dir Geld verdienen.«

»Na super – und warum machst du da mit?«

»Weil mir das am Anfang natürlich auch nicht klar war. Mein Vertrag läuft jetzt eineinhalb Jahre, in einem halben Jahr habe ich die erste Kündigungsmöglichkeit – und die werde ich vermutlich nutzen. Aber als Anfänger ist es nicht schlecht, du hast ja nichts zu verlieren. Wie gesagt – hab bloß nicht zu viele Erwartungen! Kalt?«

Er deutet auf meine nackten Arme, die eine Gänsehaut überzieht.

Ich nicke und kann ein Gähnen nicht unterdrücken.

»Sorry, war schon so früh auf heute.«

»Ich würde ja sagen, komm mit zu mir, aber wir haben gerade meine Großeltern zu Besuch und ich glaube, meine Mutter würde einen Anfall bekommen, wenn da noch ein Frühstücksgast mehr auftauchen würde.«

»Klar, kein Problem«, ich streiche über seinen Arm. »Ich kann bei Jella und Alwa unterkommen. Da übernachte ich oft. Jella muss eh bald aufstehen und in die Backstube. Samstags fängt sie immer besonders früh an.«

»Oje, die Arme! Aber eure Tortenfilme sind echt großes Kino!«

»Die hast du auch schon gesehen?«

»Nicht nur ich, die haben ganz schön gute Klickzahlen – hast du noch gar nicht geschaut?«

»Äh, heute war nicht der Tag, um in Ruhe nach so etwas zu gucken«, gebe ich zu. Henry hat auf seinem Smartphone Youtube aufgerufen und da sehe ich es mit eigenen Augen. Tatsächlich – der Tortenfilm von heute Vormittag hat schon über 3.000 Aufrufe. Hammer!

»Ich würde mal sagen, deine Kanäle sind auf einem echt guten Weg!«

Soll ich ihm von der Youtube-Academy erzählen? Aber irgendwie komme ich mir doof dabei vor. Außerdem erinnert es mich zu sehr daran, dass ich vielleicht nicht mehr lange in München bin. Und daran möchte ich in diesem Moment überhaupt nicht denken. Und ich will auch nicht wissen, was er nach dem Abi vorhat. Nicht jetzt. Nicht heute Nacht.

»Soll ich dich noch zu Alwa begleiten?«, fragt er, steht auf und bietet mir ganz gentlemanlike seinen Arm an. Bevor ich mich bei ihm einhake, blicke ich zu ihm auf. Er ist bestimmt einen Kopf größer als ich, und wenn ich ihn küssen will, muss ich mich sehr strecken – oder er sich zu mir herunterbeugen. Er versteht sofort, was ich will, und unsere Lippen finden sich so sicher wie zwei verschiedenpolige Magnete.

Es ist kurz nach halb vier, als wir vor Jellas und Alwas Haus ankommen.

»Wo wohnst du eigentlich?«, frage ich, denn das weiß ich gar nicht.

»Richtung Giesing rüber«, erklärt er. »Ich habe noch mein Fahrrad am *MafiosiClub* stehen. Dann bin ich in zehn Minuten daheim.«

Die Verabschiedung fällt merkwürdigerweise ein wenig verlegen aus. Statt zu reden, beschließen wir unabhängig voneinander, uns lieber erneut zu küssen. Ich traue mich nicht, irgendetwas Verbindliches zu sagen – was, wenn er nur heute Abend mit mir knutschen wollte und mehr nicht? Außerdem könnte er mich ja auch um ein Wiedersehen bitten. Oder um meine Telefonnummer. Aber schließlich, nachdem er mir Haarsträhnen hinter das Ohr geschoben und mich ein letztes Mal geküsst hat, dreht er sich einfach um und geht. Mir wird sofort eiskalt und ich sehe ihm hinterher, bis er um die nächste Ecke verschwindet. Immerhin blickt er sich noch einmal um und winkt mir zu. Am liebsten würde ich ihm nachrennen! Oh my God – ich vermisse ihn jetzt schon. Henry! Wer hätte gedacht, dass dieser Tag so endet? Sind die Probleme, die ich heute hatte, nicht nur banaler Pipikram dagegen? Ich habe mit Henry geknutscht! Nein, wir haben uns geküsst! Stundenlang! Hach! Ich hoffe, Jella muss nicht sofort los und ich kann ihr alles erzählen.

Ich drücke die Tür zum Haus meiner Freundinnen auf, die nie abgeschlossen ist. Oben an der Wohnung werde ich klopfen – Jella ist ja eh schon wach. Durch das Tor mit dem hohen Fenster, das den Durchgang zum Hinterhaus abtrennt, fällt bereits bleiches Morgenlicht. Ich biege zum Treppenhaus ab und will die zwei kleinen Stufen zum ersten Absatz schwungvoll hinaufspringen, als mich jemand am Knöchel packt.

Ich schreie erschrocken auf. Gespenstisch hallt meine Stimme von den Wänden wider.

»Da bist du ja!«, höre ich eine zusammengekauerte Gestalt am Boden sagen, die mein Bein umklammert. Ich versuche, die Hand abzuschütteln, aber da springt die Gestalt auf und packt mich blitzschnell am Kragen meines T-Shirts. Marc! Er stinkt nach Alkohol, Zwiebeln und Zigaretten und auf seiner Nase prangt ein widerlicher, eitrig entzündeter Pickel.

»Gib mir meine Geschenke zurück«, lallt er. Ich will ihn von mir schieben, aber obwohl er betrunken ist, hat er ganz schön Kraft.

»Ich bin nicht Jella«, versuche ich, ihm klarzumachen, und er glotzt mich blöde an. Endlich lässt er mich los.

»Verpiss dich«, zische ich ihm zu. Ich will nicht, dass wir alle Hausbewohner aus dem Schlaf reißen.

»So nicht«, brabbelt er. »Du bringst mich jetzt schön zu ihr!« Er stößt mich in Richtung Treppe, und da ich versuche, ihm auszuweichen, achte ich nicht darauf, wohin ich trete, und falle über die erste Stufe. Er beugt sich dicht zu mir herunter – ich kotz ihm gleich auf die Füße von seinem Gestank –, aber da flammt das Treppenhauslicht auf. Weiter oben kann ich Jellas Gesicht erkennen, die erschrocken zu uns herunterschaut.

»Ah, da ist die Schlampe ja«, ruft Marc, der sie ebenfalls sofort entdeckt hat. Jella rennt in riesigen Schritten die Treppe hinunter und kommt keuchend vor uns zum Stehen.

»Was willst du? Hau ab!«, herrscht sie ihn an. »Du hast dein Geld bekommen, wir sind quitt.«

»Die Geschenke will ich zurück!« Mit einem Mal wirkt er ganz nüchtern. »Den Ring und die Kette und teure Parfüms habe ich dir auch geschenkt!«

»Du willst dich ja wohl kaum mit Hugo Femme einsprühen, oder? Obwohl, schlimmer kann's nicht werden!« Sie rümpft die Nase. Marc geht auf sie los und hält ihr eine Faust unters Kinn. Ich versuche, ihn von ihr wegzuzerren, aber da kickt er mit seinem Ellenbogen nach hinten und rammt ihn mir direkt in die Brust. Ich torkle zurück, werde von der Treppenhauswand abgefangen. So geht das echt nicht! Mir ist mittlerweile egal, ob der Rest des Hauses aufwacht oder nicht.

»Ich rufe die Polizei!«, schreie ich los und fische mein Handy aus der Hosentasche. Mist – natürlich ist genau jetzt der Akku leer.

Jella hat sich aus seiner Umklammerung befreit – so ganz standfest ist er mit dem Promillepegel doch nicht mehr. Etwas oberhalb von uns öffnet sich nun eine Tür.

»Was ist denn los?«, tönt die Stimme eines Mannes durchs Treppenhaus.

»Jochen, hilf uns mal, den Typen loszuwerden – irgend so ein Obdachloser hat sich hier reinverirrt. Und jetzt stänkert er rum.«

Jochen, Ende 40 und in Superman-Schlafanzughose, über die eine prächtige Bierwampe quillt, ist ruckzuck bei uns. Er packt Marc am Schlafittchen, und ehe der irgendwie reagieren kann, hat ihn Jochen schon in Richtung Tür abgedrängt. Wir hören, wie draußen auf der Straße irgendwas ordentlich scheppert und die Tür dann ins Schloss fällt.

»Alles klar, Mädels?«, fragt Jochen zwinkernd, hält sich aber nicht weiter mit uns auf und verschwindet so schnell, wie er erschienen ist, hinter seiner Wohnungstür.

»Der war mal Boxer«, erklärt Jella und wir sinken völlig erschöpft auf die Stufen. Jetzt erst merke ich, wie sehr mein Herz donnert – fast so rasend wie bei meinem ersten Kuss heute Nacht.

»So ein Arsch! Habe ich nie Ruhe vor dem? Scheiße!« Jella schaut auf ihre Uhr. »Hier, Franzi, nimm meinen Wohnungsschlüssel und knall dich in mein Bett. Über alles andere reden wir nachher, ja? Ich muss dringend los. Wenn ich schon wieder zu spät komme, macht Altmeier Tortendeko aus mir! Hoffentlich hat sich der Honk da draußen getrollt. Falls nicht, fahr ich ihn einfach um. Besoffen, wie der war ...« Sie schmatzt mir ein Bussi auf die Wange, drückt sich an meinem Arm hoch und verschwindet in Richtung Innenhof, um ihr Fahrrad zu holen.

»Gegen halb zwei bin ich zurück!«, ruft sie mir noch zu. Dann ist es still im Treppenhaus. Und kalt. Ich will nichts mehr außer einem Bett und von Henry träumen.

Was mir nicht so einfach gelingt. Ersteres schon, Jellas Bett ist warm und das Kopfkissen duftet nach ihrem Haarwaschmittel und ein wenig nach frischem Kuchenteig. Zweiteres ist schwieriger, da ich nicht wirklich in den Schlaf finde. Ich bin viel zu aufgedreht. Drehe mich hin und her. Suche und finde ein Akkukabel von Jella, um mein Handy aufzuladen. Versuche, das helle Morgenlicht zu ignorieren, das durch den blauen Vorhang hereinlinst. Ich sehe Henry vor mir, wie er sich zu mir beugt, mich küssen will, aber plötzlich hat er die fiese Visage von Marc und dessen Geruch steigt sofort in mir auf und ich wälze mich herum und stöhne genervt auf. Langsam atmen, in die Füße, in die Knie, in die Hüften, in die Taille, in die Br...

»Franzi«, wispert eine Stimme dicht an meinem Kopf. Ruckartig fahre ich hoch und knalle mit der Stirn gegen Alwas Nase.

»Autsch«, rufen wir beide aus und Alwa lässt sich ermattet neben mich sinken.

»Sorry«, nuschle ich, reibe mir die Stirn und lasse mich auch wieder ins Kissen fallen.

»Tut mir leid, dass ich dich wecke«, sagt sie dann. »Ist schon kurz nach zwölf, ich dachte ... keine Ahnung, was ich dachte.« Sie versucht zu grinsen, was ihr allerdings nicht wirklich gelingt. »Kam mir so einsam vor.«

»Was passiert?«, schaffe ich es zu fragen und versuche, mir den Schlaf aus den Augen zu reiben.

Sie hält die Augen geschlossen und liegt unbeweglich da.

Henry.

Hach.

»Du wirst nie erraten ...«, fange ich an, aber da öffnet sie die Augen, dreht den Kopf zu mir und eine dicke Träne läuft an ihrer Schläfe herunter.

»Oje, was 'n los?«, frage ich erschrocken.

»Er hat sich immer noch nicht gemeldet«, stottert sie. »Bei niemandem. Auch bei seiner Praktikumsstelle weiß keiner, wo er ist. Und seine Eltern erreiche ich nicht, die sind irgendwohin weggefahren und ich habe keine Handynummer von denen.«

Ich stütze den Kopf in meine Handfläche und schiebe die Unterlippe vor.

»Herrje, Yannis ist echt ein Depp – der will dich bestimmt nur quälen!«

»Was, wenn nicht? Wenn er irgendwo tot rumliegt?«

»Warst du bei ihm zu Hause?«

»Ja, ich hab mir sogar den Schlüssel von der Nachbarin mit irgendeiner faden Ausrede geholt, aber da ist er nicht. Und es fehlte auch nichts, was er auf eine Reise mitnehmen würde.«

»Krankenhäuser abtelefoniert?«

»Gestern den ganzen Abend. Nichts.«

Offenbar hatte nicht jeder so eine fantastische Nacht wie ich.

»Ich glaube trotzdem, der hält dich zum Narren.«

»Ja, das glauben alle. Danke auch! Ich mache mir halt total Sorgen. Wenn ich dran schuld bin, dass er sich was antut – hey, ich werde meines Lebens nicht mehr froh. Nie wieder!«

Ich streichle behutsam ihren Arm. Sie tut mir wirklich leid! Das ist so gemein von ihm.

»Komm«, versuche ich, sie aufzumuntern. »Warum kochen wir nicht einen schönen Kaffee, frühstücken was und schauen mal, ob wir noch andere Ideen haben, wo er sein könnte.«

»Hatte schon sieben Tassen.«

»Einen Tee.«

Sie schnieft, aber dann zieht sie die Beine an, federt hoch und steht auf. Ich folge ihrem Beispiel und verschwinde erst mal ins Bad. Sind meine Wangen so rot vom Schlaf oder weil sie die Hitze seiner Küsse abgespeichert haben? Und haben meine Augen nicht einen ganz besonderen Glanz heute? Wer richtig hineinschaut, kann sicher darin lesen, was gestern Abend geschah.

Als ich ein wenig frischer, aber mit den durchgeschwitzten Klamotten des Vortags in die Küche komme, hat Alwa mir einen großen Milchkaffee und sich selbst einen Pfefferminztee zubereitet. Sie zieht mit einem Messer Linien in die Butter, die sie sich auf eine Scheibe Brot geschmiert hat.

»Da gibt es bestimmt eine ganz einfache Erklärung, wo Yannis abgeblieben ist. Vielleicht besucht er seine Oma oder so was!«, versuche ich, sie aufzumuntern.

»Aber dann hätte er sich doch irgendwo abgemeldet!«, ruft sie aus. Ihre türkisblauen Augen funkeln jetzt schon eher zornig. Ein gutes Zeichen, wie ich finde.

»Ich glaube, dir bleibt nichts anderes übrig, als dich mit Lernen fürs Mündliche abzulenken«, rate ich. Sie lässt das Messer endlich sinken und legt eine Scheibe Käse auf ihr Brot.

»Da will ich gar nicht dran denken! Am Mittwoch ist Chemie und ich habe erst so wenig gemacht. Da krieg ich gleich noch 'ne Krise!«

»Ach was, du bist gut in Chemie. Ihr hattet doch eure Lerngruppe.« Verleiht mir mal einer eine »Anderen-Mut-mach-Medaille«?

Endlich sieht sie mich an und ihr Blick ist nicht mehr ganz so besorgniserregend.

»Ach, Franzi, du bist süß.« Sie schlingt die Arme um meinen Hals und legt ihren Kopf auf meine Schulter.

»Wenn weder Jella noch deine Ma da sind, um dich zu trösten, ist das ja wohl mein Job. Apropos – wo ist eigentlich eure Ma? Hab ich ewig nicht mehr gesehen«, fällt mir ein.

»Einkaufen, sich mit ’ner Freundin treffen und so. Ich bin ganz froh, dass sie mein Elend hier nicht mitbekommt. Sonst würde sie einen Bemitleidungsanfall bekommen, und das würde mich völlig wahnsinnig machen. Da käme ich mir glatt wieder wie zehn vor.«

»Kann ich verstehen.« Ich schnappe mir ebenfalls ein Brot – erst jetzt bemerke ich, dass ich einen Riesenhunger habe. Ob ich das Gespräch mal so langsam auf *meinen* gestrigen Abend lenken kann? Und außerdem habe ich heute Morgen noch nicht einmal das Handy gecheckt – vielleicht hat er ja schon geschrieben und wundert sich, dass ich nicht antworte. Wobei, er hat ja nicht mal meine Handynummer ...

»Weißt du, was ...«, hebe ich an. Ich sollte nur nicht zu enthusiastisch klingen, wo Alwa doch so bedrückt ist.

»Hm?«, macht Alwa.

Plötzlich donnert die Wohnungstür auf und knallt gegen die Wand.

»Scheiße! Scheiße! Scheiße!«, brüllt Jella aus dem Flur. »Verdammte Scheiße!«

Okay, ich werde meinen Bericht verschieben.

Jella stürmt in die Küche, schmeißt ihre Umhängetasche auf die dunkelblaue Eckbank vor dem Fenster und funkelt uns so wütend an, dass ich einen Moment überlege, was wir angestellt haben könnten.

»Dieser Depp! Dieser Riesenhornochse! Dieser ... und seine Frau! Seine Frau ist noch viel schlimmer. Eine böse Schlange! Aber am allerschlimmsten ... oh, ich hasse sie! Ich hasse sie so dermaßen!«

Ohne uns abzusprechen, greifen Alwa und ich jede nach einer Hand von Jella und ziehen sie auf den freien Stuhl zwischen uns.

»Wen hasst du?«, will Alwa wissen.

»Melanie!« Jella windet sich aus unserem Griff. »Die debile Bäckersbrut!«

»Hey, was ist passiert?«, schaffe ich es zu fragen, bevor die nächste Salve losgeht.

»Gefeuert!«, faucht sie. »Sie haben mich einfach gefeuert!«

Sie lässt erschöpft die Arme rechts und links neben dem Stuhl hängen und stiert auf die Tischplatte, auf der unser Frühstück thront.

»Was?«, fragen Alwa und ich unisono.

»Ja, rausgeworfen. Ich brauche gar nicht wiederkommen. Bekomme das Gehalt bis Monatsende gezahlt und dann ist Schluss. Das fanden die auch noch großzügig!« Fahrig greift sie nach Alwas Messer und schlägt mit der Klinge auf die Tischkante. Ich lege ihr beruhigend die Hand auf den Arm.

»Ist das denn rechtens? Dürfen die das überhaupt?«, frage ich.

»Da müsstest du ja ganz schön was ausgefressen haben«, sagt Alwa.

Jella hebt das Messer, holt aus – wir ziehen erschrocken die Köpfe ein – und ersticht die Butter.

»Die haben mir vorgeworfen, dass ich nebenher Torten hergestellt und verkauft habe. Die haben gesagt, das hätte ich mir absegnen lassen müssen. Ich meine, Scheiße, was glauben die? Ich bekomme für so viel

Arbeit bei denen kaum 200 Euro im Monat und dann soll ich auch noch auf die Gnade von Herrn Oberbäckermeister angewiesen sein, um ein kleines bisschen dazuzuverdienen. Die haben doch einen Knall!«

»Aber du wolltest doch mit ihm darüber reden?«, entfährt es mir. Der Blick, den sie mir daraufhin zuwirft, könnte Tote erwecken und Lebende killen.

»Ja, wollte ich, danke für die Erinnerung. Habe ich aber nicht gemacht. Hat sich nicht ergeben.«

»Mann, Jella«, unterstützt mich Alwa. »Ganz schön naiv!«

»Nee, im Gegenteil. Spätestens die Altmeierin hätte mir das doch eh verboten. Das konnte ich nicht riskieren!«

»Wie ist das denn überhaupt rausgekommen?«, wage ich abzulenken. Hoffentlich nicht durch meine Youtube-Filme – wobei in denen bisher nirgends ein Hinweis auf Jella erschien. Wir haben immer nur die Backprozedur gezeigt.

Ihre Augen verengen sich zu Schlitzen. Ich bringe das Messer in Sicherheit. Nicht, dass der Käse auch noch dran glauben muss.

»Melanie«, quetscht sie zwischen zusammengebissenen Zähnen hervor. »Die blöde Kuh hat gepetzt. Ein saudummer Zufall, aber sie war gestern Abend tatsächlich auf dieser Führerscheinparty eingeladen – für die ich die Torte gebacken habe. Und die Mutter von der Tussi hat Melanie brühwarm erzählt, wer ihr die Torte gemacht hat.«

»Schöne Scheiße«, fällt Alwa nur ein.

Ich nicke.

»Und jetzt?«, fragen wir beide. Jella hebt ratlos die Schultern und mit einem Mal plumpst eine Träne vom Augenlid direkt auf ihre Wange.

Ich habe Jella noch nie richtig weinen sehen. Jella ist das tougheste Mädel, das ich kenne, und ich habe sie immer so dafür bewundert, wie cool sie selbst bei den krassesten Sachen bleibt. Sie wird richtig wütend, schreit rum – so wie heute Morgen mit Marc, aber Tränen gibt's bei ihr nicht.

Ich nehme sie in den Arm und spüre, wie mir etwas Warmes, Feuchtes den Hals entlangrinnt. Jellas Schultern beben.

»Och, Süße«, flüstere ich ihr zu. »Das kriegen wir wieder hin. Ganz bestimmt.« Hauptsache, sie fragt nicht, wie – ich habe nämlich keine Ahnung!

Wir haben ihr auch einen Pfefferminztee gekocht – in der Hoffnung, er beruhigt –, sie auf ihr Bett verfrachtet und Entspannungsmusik angemacht. Irgend so ein Chill-out-Kram. Ich habe mich in den riesigen sonnengelben Sitzsack gelümmelt, während Alwa in ihrem Zimmer verschwunden ist. Jella hat sich langsam gefasst und konnte sogar zugeben, dass die Schuld für den Rauswurf eventuell ganz vielleicht unter Umständen auch ein sehr kleines bisschen bei ihr liegen könnte. Immerhin hat sie nicht nur Fremdtorten gebacken, sondern ist ziemlich oft morgens zu spät gekommen, einmal leicht alkoholisiert von der Nacht davor, und mehrmals ist sie bei der Arbeit eingeschlafen. Hm. Ich finde ja, angesichts ihres Talentes müsste man ihr das alles verzeihen. Das Problem ist nur, der Bäcker hat ihr nie die leiseste Chance gegeben, dies unter Beweis zu stellen.

»Und dann noch dieser Marc heute Morgen«, seufzt Jella nun und schlürft ihren heißen Tee. »Der hat echt einen an der Klatsche! Ich meine – Geschenke! Man lernt schon im Kindergarten, dass es ›wiederholen ist gestohlen‹ heißt. Wie werde ich den nur los?«

Da fällt mir etwas ein. Ich schlage mir mit der Hand vor die Stirn. Wie konnte ich das nur vergessen?

»Mann, dieses Problem können wir vermutlich relativ einfach lösen«, sage ich erfreut und sie sieht mich skeptisch an. Ich fummle mein Handy hervor, das immer noch auf ihrem Nachttisch liegt, und plötzlich schlägt mein Herz wie wild. Ob er sich gemeldet hat? Nein! Wie denn? Ich bin so blöd, dass ich ihm nicht meine Nummer gegeben habe. Aber er hätte ja auch wirklich fragen können, verdammt. Okay, Moment, jetzt muss ich erst mal Jella retten. Ich lasse das Display aufleuchten und bin erschrocken, wie viele Benachrichtigungen mir angezeigt werden. Das meiste sind Youtube- und Facebookeinträge, App-Aktualisierungen – und zwei WhatsApp-Nachrichten. Nein, bestimmt nicht von Henry. Bestimmt von meiner Mutter und ...

»... was suchst du denn?«, fragt Jella. »Du machst es aber spannend.«

»Moment«, bitte ich sie um Geduld und klicke auf das WhatsApp-Icon. Meine Mutter – na klar. *Wenn Madame nicht mehr eingeschnappt sind, könnten wir ja noch mal vernünftig reden,* hat sie mir heute Morgen um 7.34 Uhr ein Friedensangebot gemacht. Okay, sie wird etwas länger warten müssen. Die andere ist von einer unbekannten Nummer. Ohne Namen. Meine Finger werden gleichzeitig schweißnass und zittern wie verrückt.

»Was ist denn mit dir los?«, fragt Jella skeptisch.

»Gleich, gleich ...«, vertröste ich sie weiter. Am liebsten würde ich einen »Bitte nicht stören«-Aufkleber auf meine Stirn pappen.

Als Erstes sehe ich ein Foto. Darauf eine braune Papiertüte mit aufgemaltem Gesicht. Die Mundwinkel zeigen steil nach oben und reichen bis zu den nicht existierenden Ohren. Statt Augen hat sie rote Herzchen. Darunter steht in der Textzeile:

Guten Morgen, Lieblings-Youtuberin. Ich hab dir gestern gar nicht meine Nummer gegeben. Hier anbei. Auch wenn ich sie dir lieber persönlich gegeben hätte. Im Austausch gegen einen ...

Und dann kommt ein Kussmund-Icon.

»Ahhhhhhh!!!« Ich kann nicht anders – ich muss einfach laut schreien. Oh my God, ist das süß! Oh Gottohgottohgottohgott, ich fass es nicht!

»Franzi?« Jella setzt sich in ihrem Bett auf und betrachtet mich irritiert. »Alles klar?«

Sprachlos halte ich ihr das Handy hin. Sie liest und grinst mich unsicher an.

»Ist das etwa von dem, von dem ich denke, dass er es ist?«

Ich nicke nur und stammle: »Er ist so süß! So süß!«

»Patrick?« Jella reißt die Augen sehr weit auf.

Ich kreische vor Entsetzen los.

»Nein, doch nicht Patrick!«

»Aber wer ist dann PaperCrafter?«

»Du versprichst hoch und heilig, niemandem was zu sagen?«

Sie legt zwei Finger auf ihre Brust und schwört bei allen Tortengeistern.

»Henry.« Wie köstlich der Name auf meinen Lippen schmeckt.

»Und der hat dich geküsst? Mann, warum sagst du nichts?« Sie klingt richtig empört. Kein Wunder, dass sie mir ein Kissen an den Kopf wirft.

»Na ja, wo hier so eine Grabesstimmung herrscht, da kann ich nicht mit meinem romantischen Abenteuer daherkommen.«

»Doch, natürlich, Mann, Franzi!« Sie steht auf, zieht mich vom Sitzsack hoch und nimmt mich fest in die Arme. »Ich freu mich so für dich! Küsst er gut?«

Ich verdrehe die Augen vor Wonne. »Und wie! Wir haben ... stundenlang geknutscht!« Und dann erzähle ich ihr endlich alles und die Worte strömen aus mir heraus wie flüssige Schokolade, süß und warm und köstlich.

Jella seufzt mehrmals hocherfreut und sagt am Ende: »Ich habe mir das so gewünscht für dich! Echt! Du hast das voll verdient.«

»Danke!« Wir setzen uns nun beide auf ihr Bett, dicht nebeneinander. »Ich frag mich nur, woher er meine Nummer hat.«

»Vielleicht von Alwa?«

Ich nicke, das klingt einleuchtend. Muss ich sie nachher gleich mal fragen.

»So, aber jetzt endlich ...« Ich scrolle durch meine Galerie, finde das Video, das ich vor Kurzem aufgenommen habe, und drücke den Play-Button. Jellas Augen werden immer größer. Und dann fängt sie an zu lachen. Sie fällt rückwärts auf ihr Bett, strampelt mit den Füßen und diesmal fließen die Tränen vor lauter Freude – Schadenfreude, zugegeben!

»Wie geil ist das denn?«, ruft sie begeistert aus. »Wo hast du das her?« Ich erzähle ihr von meiner Begegnung mit Marc und Melanie vor ein paar Wochen in der S-Bahn. »Und da der Typ seitdem nicht wieder aufgetaucht ist, habe ich das völlig vergessen. Vermutlich hat ihm Melanie mittlerweile so viel Druck gemacht wegen weiterer Geschenke für sie, dass er heute Nacht unbedingt zur Tat schreiten wollte«, mutmaße ich.

»Garantiert«, stimmt mir Jella zu. »Ach cool – ich weiß schon, was ich damit mache. Ich werde ihm das Video zuschicken und ihm klarmachen, dass ich es auf Youtube und Facebook und Instagram und sonst wo hochlade und die ganze Welt zum Anschauen einlade, wenn er mich noch einmal belästigt.«

»Gute Idee!«, sage ich und bin froh, dass ich meiner Freundin bei der Beseitigung wenigstens eines kleinen Teils ihrer Probleme behilflich sein kann.

13

Das erstaunlichste Best-of-Mum

Auch wenn ich überhaupt keine Lust habe, muss ich mich doch endlich wieder in die Höhle der Löwen wagen. Sprich: nach Hause fahren. Allein schon, um meine durchgeschwitzten Klamotten zu wechseln und ausführlich zu duschen. Was gäbe ich für einen Harry-Potter-Tarnumhang! Noch dazu kommt heute mein Bruder von seinem Trip mit Maria zurück – und ich wette, er entdeckt ziemlich schnell, dass jemand sein heiliges Auto geschändet hat. Dass er die Geschichte mit der heruntergefallenen Waschmaschine glaubt, bezweifle ich von Stunde zu Stunde mehr. Die einzigen Dinge, die meine Heimfahrt mit der S-Bahn versüßen, sind der Blick auf die Klickzahlen unseres Abi-Fake-Videos, die sich in einem stabilen 50.000er-Bereich bewegen, sowie ein reger Chat mit Henry. Der Inhalt ist zwar etwas ernüchternd – wegen Großelternbesuchs, dringender Bastelarbeiten an seinem Youtube-Kanal und dem möglichst häufigen Betrachten seines Chemiebuches hat er den Rest des Wochenendes leider überhaupt keine Zeit –, aber auch sehnsuchtsfördernd. Natürlich bezieht sich keiner von uns konkret auf die »Ereignisse« von Freitagnacht, doch ich habe durchaus den Eindruck, dass er einem Wiedersehen nicht abgeneigt wäre. Ich meine, über ein zufälliges Begegnen im Schulhaus hinaus. Hach. Am liebsten würde ich ihm hunderttausend Herz-, Herzäuglein-, Bussi- und sonst irgendwie verliebte Emojis schicken. Aber ich halte mich tapfer zurück. Und kurz bevor ich aus der S-Bahn aussteige, schickt er mir immerhin ein Kussmund-Icon. Das darf man doch bitte sehr eindeutig interpretieren, oder?

Auf solche Weise gestärkt, betrete ich mein Elternhaus. Dass es dies die längste Zeit gewesen ist, wird mir ganz plötzlich klar. Ich kann mir immer noch nicht vorstellen, in baldiger Zukunft keinen Schlüssel mehr für das Schloss, das ich gerade aufschließe, zu haben. Nicht mehr in den Flur zu treten, in dem Unmengen an Schuhen über den Boden verteilt herumfliegen, wo sich hinter dem Wohnzimmer der Blick in einen riesigen Garten mit wunderschönen alten Obstbäumen öffnet und wo meine Mutter in der geräumigen Küche voller ordentlich gestapelter Plastikschälchen, Zeitungen und Vorratspackungen Nudeln gerade dabei ist, kleine Tomatensetzlinge zu pikieren. Davon hält sie nicht mal ein baldiger Umzug ab.

»Hey«, sage ich und hoffe, es klingt möglichst unbefangen.

»Hallo«, antwortet sie und ich kann ihrer Tonlage nicht entnehmen, in welcher Stimmung sie ist. Da sie von den Pflänzchen jedoch kaum aufschaut, nehme ich mal an, sie ist nicht gerade überschäumend erfreut, mich zu sehen. Gleich kommt bestimmt ein Spruch.

»Zum Klamottenwechseln lässt du dich also mal wieder blicken. Wie nett.«

Ein sarkastischer, war ja klar.

»Und weil du mit mir reden wolltest«, versuche ich, meine Gesprächsbereitschaft zu signalisieren.

»Jetzt habe ich keine Zeit, wie du siehst«, brummt sie. Hallo, geht's noch?

»Nachher habe *ich* keine Zeit«, pampe ich zurück. »Ich muss lernen. Mündliche Prüfung, falls du dich erinnerst. Abitur, schon mal gehört?« Ich habe echt keinen Bock mehr, mich von ihr so behandeln zu lassen. Sie blickt irritiert auf.

»Ach, ich dachte, *du* hättest das vergessen – so aktiv aushäusig, wie du zurzeit bist!«

Und da platzt mir der Kragen.

»Mann, Mama«, fange ich an. »Ich bin 18 Jahre al...«

»Hör doch mal auf damit, das weiß ich ja!«

»Du weißt es vielleicht – aber du behandelst mich nicht entsprechend. Ich weiß schon selbst, wann, wo und wie viel ich lerne! Ich kann mich nicht erinnern, dass ich euch wegen der Schule jemals großartigen Kummer gemacht habe. Ich bin immer gut durchgekommen – und warum soll das ausgerechnet jetzt anders sein? Erklär mir das mal!«

Sie rupft sehr unsanft an ihren Setzlingen und schiebt die Unterlippe vor.

»Hä?«, mache ich. »Meinst du, ich bin so doof und verhau mein Abitur?«

Sie nuschelt etwas, dass man mit viel Wohlwollen als »Nein« interpretieren könnte.

»Ihr wolltet immer, dass wir selbstständig sind – das habt ihr gut hinbekommen! Aber dann vertrau mir doch auch jetzt – bald bin ich eh weg und du kannst mich nicht mehr kontrollieren. Aber keine Sorge, ich werde nicht unter der Wittelsbacher Brücke enden. Ganz bestimmt nicht!«

Und plötzlich geschieht Erstaunliches. Meine Mutter steht auf und kommt auf mich zu. Tränen laufen ihr die Wange hinunter, und ehe ich etwas sagen kann, legt sie ihre Arme um mich und fängt an meiner Schulter zu schluchzen an.

»Mama«, bringe ich nur hervor und streichle mechanisch über ihren Rücken. Was geht da denn für ein Film ab?

Nach ein paar Minuten beruhigt sie sich wieder, tastet blind nach einem Taschentuch und schnäuzt sich laut. Dann atmet sie tief durch und sieht mich endlich an.

»Es tut mir leid«, flüstert sie. »Ich weiß auch nicht, warum mir das bei dir so schwerfällt. Den Xaver, den konnt ich gut gehen lassen – na ja, er ist ja eh noch da.« Immerhin schmunzelt sie ein wenig.

»Willst du mir sagen, dass du dir bei deinem Buben keine Sorgen gemacht hast, bei mir als Madl aber schon?«

Sie beißt sich kurz auf die Unterlippe, nickt.

»Ich weiß auch nicht, warum! Vielleicht bist du mir doch näher als die beiden Jungs. Und ich erinnere mich einfach, wie schwer ich mich damals getan hab, als ich von zu Hause ausgezogen bin. Ich hab – genau wie du – gedacht, die Welt gehört jetzt mir, und dann hat mir die Welt eine Klatsche nach der anderen gegeben. Blöde Erfahrungen mit den Burschen, mein erster Lehrherr war eine Katastrophe, mein winziges Appartement deprimierend und ich habe mich so nach meiner Mutter gesehnt und hab's nie über mich gebracht, ihr das zu zeigen. Ich wollte einfach stark sein, aber es war so verdammt schwer.«

»Warum hast du mir das nie erzählt?«

Sie lächelt, streicht mir durchs Haar.

»Ich tu's ja jetzt. Bisserl spät, ich geb's zu. Ach, Schatz, ich weiß nicht. Da kommt so viel hoch, wenn ich dich sehe. Vielleicht wollte ich dir keine Angst einjagen – wo ich doch mitbekomme, mit wie großer ... Leidenschaft du dich ins Erwachsenenleben stürzt. Vermutlich ist das normal so. Jeder muss seine eigenen Erfahrungen machen.«

Wir setzen uns gemeinsam auf die Küchenbank und widmen uns den Tomatenpflänzchen. Früher, als ich klein war, habe ich ihr immer dabei geholfen. Ich habe es geliebt, die zarten, verschlungenen Stängel, die wie ein Wunder aus einem Samenkorn gekrochen waren, voneinander zu trennen und in größere Töpfchen umzusetzen. Keine Ahnung, seit wann ich das nicht mehr gemacht habe.

»Ach, und dieser Umzug«, sagt meine Mutter irgendwann. »Das habe ich auch komplett unterschätzt.«

»Ich helfe euch natürlich gerne«, erkläre ich großmütig.

»Davon gehe ich aus.« Sie lacht. »Aber ich meine

mehr so das Emotionale. Ich merke einfach, wie sehr ich an dem Haus hänge. Der Tobi ist sogar hier geboren. Erinnerst du dich?«

»Oh ja!« Ich war sieben, als er auf die Welt kam, und hatte mir vorgestellt, das wäre, wie wenn eine der trächtigen Katzen nervös durchs Haus tigert, sich dann kurz hinsetzt und plötzlich sind vier nasse, kleine Bündel da, die Mitleid heischend fiepen. Dass meine Mutter das Haus wie ein angeschossenes Rindviech zusammenbrüllen würde – damit hatte ich nicht gerechnet. Und meine Großmutter, die auf uns Ältere aufpasste, trug nicht gerade zur Entspannung bei. Sie fand es nämlich unangebracht, uns zu erzählen, was da genau geschah.

Ich lege meiner Mutter einen Arm um die Schulter und versuche, sehr weise und lebenserfahren zu klingen: »Mama, es ist nicht das Haus, was ein Leben gut oder schlecht macht – es sind die Menschen darin. Und die sind in der neuen Wohnung die gleichen. Und deshalb wird es auch dort gut werden.«

Meine Mutter lacht und tätschelt mir mit ihren von der Pflanzerde braunen Fingern den Unterarm.

»Vielleicht solltest du Philosophie studieren!«

Und dann geht die Küchentür auf und von einem mehr als nur energisch zu nennenden Fußtritt wird eine schwarze Reisetasche quer über den Fußboden geschoben. Krachend kommt sie am Kühlschrank zum Stehen.

»Ja, Herrgott, was ist denn da passiert?«, schreit Xaver und ich kann nicht entscheiden, ob es ein Sonnenbrand oder ein Wutausbruch ist, der sein Gesicht so rot färbt. In jedem Fall würde ich mich am liebsten unter dem Küchentisch verstecken. Doch dafür ist es zu spät.

»Kannst vielleicht erst mal ›Grüß Gott‹ sagen?«, fährt ihn meine Mutter an.

»Na, kann i ned!«, brüllt mein Bruder. »In der Scheune liegt nämlich eine von den alten Waschmaschinen auf der Stoßstange meines Autos und ich frag mich, wie das hat passieren können! Und kommt's mir nicht mit einem Erdbeben!«

Egal, was ich tue – ich fühle mich sofort verdächtigt. Ich traue mich weder, unbeteiligt zu tun und weiter Tomatensetzlinge zu pikieren, noch meinen Bruder offen anzusehen.

»Das kann nicht sein!«, gibt meine Mutter zurück. »Das hätte ich doch bemerkt.«

»Ach, wann warst denn das letzte Mal in der Scheune?«, fragt Xaver und sein Blick wandert zwischen ihr und mir hin und her. Meine Mutter zuckt mit den Schultern.

»Siehste! Entweder ist der Papa irgendwie mit einem Traktor dagegengekommen oder ...«

Und jetzt starrt er mich unverhohlen an.

»Ich hab mich neulich schon gefragt, warum der Fahrersitz im Golf verstellt war – viel zu weit vorne. Und jetzt war das wieder so.«

Auch meine Mutter fixiert nun mich. Ich schlucke. Okay. Das hier gehört wohl zum Erwachsensein dazu.

»Es tut mir leid«, fange ich an. »Es war keine Absicht.«

»Na, des wär ja noch schöner!« Xaver verdreht die

Augen. Und stockend beichte ich ihnen, wie ich mir von Mai habe Fahrstunden geben lassen. Und dass die letzte mit einem kleinen Auffahrunfall endete.

»Aber ihr habt mich mit dieser blöden Fahrschule so unter Druck gesetzt, dass ich dachte, ich lerne das privat und dann brauche ich nur die Pflichtstunden und dann hätte mein Geld gereicht.«

»Das du lieber für diese sündhaft teure Kamera ausgegeben hast«, ergänzt meine Mutter stirnrunzelnd.

Xaver holt sich eine Apfelschorle aus dem Kühlschrank und trinkt in tiefen Zügen.

»Aber warum hast mich denn nicht gefragt?«, will er wissen. Ich zucke mit den Schultern.

»Hättest mich doch eh nicht gelassen. Und das Auto stand rum und Mai kann ja fahren. Ich weiß auch nicht. War vielleicht wirklich nicht die cleverste Idee.«

»Tolle Einsicht, echt jetzt!« Er starrt an die Decke und tritt dann zornig gegen den Blecheimer neben der Spüle.

»Xaver!«, ermahnt ihn meine Mutter. »Was Franzi gemacht hat, war falsch. Aber es geht um einen Blechschaden – nicht um einen verletzten Menschen. Ich nehme mal an, sie hat sich überlegt, wie sie das wieder hinbiegen kann, oder? Franzi?«

Ich räuspere mich und schlage vor, dass ich den Schaden abstottere. Xaver lässt sich Zeit mit einer Antwort.

»Und du putzt mir in den nächsten sechs Wochen jeden Samstag das Auto.«

Der spinnt ja! Sechs Wochen lang!

»Zweimal putze ich es dir«, gestehe ich ihm zu. »Ich bin zwei Mal damit gefahren.«

»Sechs Mal!«, beharrt er.

»Kinder, hört auf mit dem Blödsinn!« Es klingt, als seien wir wieder sieben und zehn. »Franzi putzt zwei Mal und dann ist gut.«

Ich will schon aufstehen, aber meine Mutter hält mich zurück.

»Moment«, jetzt wirkt sie wieder strenger. So schnell kommt sie aus ihrer Rolle nicht raus. »Hab ich das richtig verstanden, Franzi, dass du bisher gar keine Fahrstunden genommen hast?«

Ich nicke, weiß nicht so recht, wohin mit meinen Händen. Sie mustert mich kritisch, öffnet den Mund und holt tief Luft.

»Okay, vielleicht war es wirklich blöd, auf den Fahrstunden zu bestehen, wo du mitten im Abistress bist.«

Wow! Es geschehen tatsächlich Zeichen und Wunder.

»Genau!«, rufe ich erleichtert.

»Sekunde!« Meine Mutter ist noch nicht fertig. »Ich schlage vor, du versuchst, in den nächsten zwei, drei Monaten ein bisserl zu jobben, damit du deine Schulden bei Xaver abbezahlen kannst und was für den Führerschein zurücklegst. Ich möchte, dass du ihn auf jeden Fall machst, im Herbst spätestens. Auto fahren heißt Freiheit, verstehst du?«

Mein erster Impuls ist, ihr zu widersprechen. Aber dann wird mir klar, dass sie recht hat. Wer weiß, wo ich im Herbst lebe – in Köln? Da könnte ich den Führerschein und ein kleines Auto gut gebrauchen, um gelegentlich Freunde und Familie zu besuchen. Und vielleicht auch Henry.

»Okay«, sage ich.

»Und wir schießen dir zum Führerschein was zu!«

»Danke!« Das hätte ich jetzt nicht erwartet.

»Unter einer Bedingung: Du gehst am Mittwoch zu diesem Vorstellungsgespräch.«

»Never. Außerdem habe ich da Bioprüfung.« Schon wieder kommt sie damit!

»Franzi, bitte!« Sie schaut genervt an die Decke. »Ich habe mit denen bereits einen späteren Termin vereinbart: 12.30 Uhr.«

Jetzt dachte ich, meine Mutter und ich – das könnte das neue Dreamteam werden –, aber so? Echt nicht! Um 12.30 Uhr wollte ich längst die erste Flasche Prosecco geköpft haben.

»Nein. Ich geh da nicht hin, vergiss es.«

»Ich sage nicht, dass du den Job nehmen musst, wenn sie ihn dir anbieten. Aber das ist eine super Übung für dich! Und eine Chance. Und nach der Lehre kannst du doch immer noch alles machen. Dann hast du immerhin was, worauf du aufbauen kannst. Du sollst da nur hingehen und mit denen reden. Mehr nicht.«

Ichwillnichtichwillnichtichwillnicht.

»Und dann mische ich mich nicht mehr in deine Entscheidungen ein. Versprochen. Zumindest beruflich.«

Ich stemme die gerade noch vor der Brust gekreuzten Arme in die Hüften.

»Schwöre!«

Sie nickt.

»Okay. Dann akzeptierst du auch, dass ich mich für die Youtube-Academy bewerbe. Und vielleicht nach Köln gehe.«

Ihr Seufzen ist bestimmt bis in den Garten zu hören.

»Youtube-Academy.« Wie verächtlich man dieses Wort aussprechen kann. »Aber wenn die dich nicht nehmen, überlegen wir zumindest gemeinsam eine Alternative, okay?«

Damit hat sie jetzt schon ihren Schwur gebrochen. Aber gut, ich bin ja großzügig.

»Ich gehe zu diesem blöden Vorstellungsgespräch und gleichzeitig bewerbe ich mich bei der Academy«, fasse ich unsere Vereinbarung zusammen. »Wenn beides nicht klappt, bekommst du eine Vetostimme für mein nächstes Vorhaben.«

Sie betrachtet mich skeptisch. Aber ich spüre, dass ein kleines Lächeln um ihre Mundwinkel zuckt.

»Deal?«, frage ich und strecke ihr zur Bekräftigung die Hand hin. Sie zögert kurz, dann schlägt sie ein.

Den Rest des Wochenendes herrscht eine leicht angestrengt höfliche Stimmung in unserer Familie. Als traue noch niemand dem neu verhandelten Burgfrieden. Aber irgendwie ist es auch ganz schön. Ich vertiefe mich abwechselnd in meine Bio- und Geschichtsmaterialien, meine Mutter bringt mir gelegentlich etwas zu trinken oder einen Obstteller vorbei, ich schneide aus unseren Outtakes ein kleines Video, über das ich mich schon beim Bearbeiten halb totlache und das überaus gute Chancen auf zahlreiche Klicks hat. Vor allem die

Versprecher-Pannen aus dem Fahrschulen-Video sind grandios. Mein Bruder macht inzwischen einen Spezialisten klar, der ihm die Stoßstange günstig repariert, und mein Vater und Tobi veranstalten im Garten ein kleines Fußballturnier. Und zwischendurch chatte ich mit Henry. Er hält mich über seine Fortschritte in Religion und Chemie auf dem Laufenden, ich ihn über meine in Geschichte und Bio. Außerdem schreibt er mir von einer Idee für sein nächstes PaperCraft-Video und will meine Meinung dazu wissen. Wie süß! Und in jeder Zeile klingt die Sehnsucht durch und die Hoffnung, dass wir uns am Montag sehen. Blöderweise ist meine Prüfung recht früh und seine ziemlich spät. Ein Telefonat verkneifen wir uns – dafür fehlt heute einfach die Zeit.

Immerhin ruft am Nachmittag Alwa an. Von Yannis gibt es noch immer kein Lebenszeichen, aber sie bemüht sich tapfer, diesen Fakt zu verdrängen. Sie erzählt, dass sie wegen einer Chemie-Sache kurz mit Henry telefoniert hat, und meint, er wäre ihr irgendwie so viel lockerer und lässiger vorgekommen als sonst. Ob das vielleicht mit einer gewissen Person weiblichen Geschlechts zu tun haben könnte? Ich spüre, wie meine Wangen rot werden vor Freude, und genieße. Ich freue mich so wahnsinnig, ihn wiederzusehen! Dafür nehme ich sogar eine mündliche Abiturprüfung in Kauf.

Und dann kommt sie zum eigentlichen Grund ihres Anrufs.

»Du, pass auf«, fängt sie an. »Ich habe noch mal mit Mai gesprochen. Wir würden dir anbieten, dass wir die

Filme drehen, damit du deine Bewerbung fertig bekommst. Aber danach – es tut mir echt total leid –, danach ist Schluss. Weißt du, wir haben uns eh nie so als die großen Schauspielerinnen gesehen, und irgendwie – das ist ein nettes Hobby, doch ich habe nicht vor, Youtube-Star zu werden. Und Mai auch nicht. Und wir haben so viel anderes zu tun. Sorry!«

Sie klingt aufrichtig und ich bin ihr dankbar für ihre Ehrlichkeit. Aber gleichzeitig enttäuscht. Was ich herunterzuschlucken versuche.

»Okay«, murmle ich.

»Jetzt bist du sauer!«

»Nee«, versichere ich. »Nur ... ich weiß auch nicht. Mir macht das so Spaß mit euch und ... na ja, muss ich vielleicht andere Schauspieler casten.«

»Ja, das ist doch eine coole Idee.« Sie klingt richtig erleichtert.

Ich lasse sie in dem Glauben. Denn mir wird klar: Jella, Alwa und Mai kann mir niemand ersetzen. Das ist so ein BFF-Ding, das geht nur mit meinen besten Freundinnen. Bei Fremden hätte ich immer das Gefühl, das Ganze ist überhaupt nicht authentisch. Wir vier – wir verstehen uns auch schon mal blind, stumm und taub. Never change a winning team!

»Danke, dass du's mir gesagt hast. Ich überlege mal, wie ich dann weitermache.«

»Och, Süße, es tut mir echt leid. Aber wir wären nicht mehr mit dem Herzen dabei und das wäre sicher Scheiße für die Videos, glaub mir.«

Das tue ich sogar und wiederhole, dass ich nicht sauer bin. Ein wenig verlegen verabschieden wir uns. Mein erster Impuls ist, Henry meinen Frust mitzuteilen. Ob ich das darf? Oder findet er mich dann zu negativ? Lieber nicht schreiben ...

Nach einer halben Stunde merke ich, dass die Worte im Biobuch nur inhaltslose Zeichen sind, und formuliere doch eine Nachricht. Vielleicht bekomme ich das Thema damit aus dem Kopf.

»Ich glaube, ich sage eyesee ab. Die Mädels wollen nicht mitziehen.« Und dahinter eine Million traurige Smileys. Na ja, fünf. Zwei kommen zurück. Und jede Menge Kussmünder.

14

Die erfolgreichste Durchblicker-Challenge

Alles in allem trug besonders die starke Sowjetisierung der Gesellschaft dazu bei, dass das Klima in der DDR um 1953 herum immer schlechter wurde«, fasse ich zusammen und wundere mich gleichzeitig, dass ich so selbstsicher klinge.

»Was versteht man denn unter ›Sowjetisierung‹?«, unterbricht mich Hiemenz, mein Geschichtslehrer. Die Beisitzer schauen interessiert. Nur nicht aus dem Konzept bringen lassen. Die 20 Minuten sind schon fast um und ich habe den Eindruck, die Prüfungskommission ist von der Aufbereitung meines Themas »Der Aufstand des 17. Juni: Entstehung und Folgen« ganz angetan.

»Nun«, zögere ich meine Antwort hinaus und sortiere schnell im Kopf. »Beispielsweise waren die politischen Parteien komplett gleichgeschaltet worden, sodass neben der SED de facto keine andere Partei eine Rolle spielte.«

Hiemenz nickt, öffnet schon wieder den Mund, aber da unterbricht ihn der erste Beisitzer.

»Ja, sehr schön, Frau ... äh, Huber. Ich denke, Herr Hiemenz, wenn Sie einverstanden sind, entlassen wir die junge Dame nach diesem Exkurs. Es warten ja noch ein paar andere.«

Hiemenz macht eine Handbewegung, die wohl Einverständnis demonstrieren soll, und ein breites Lächeln stiehlt sich in mein Gesicht. Fertig! Aus! Nie wieder über den 17. Juni nachdenken! Zumindest nicht den von 1953. Zehn Punkte waren das mindestens! Ich verabschiede mich höflich und muss mich sehr bemühen, nicht aus dem Prüfungsraum zu rennen. Gemessenen Schrittes erreiche ich die Tür.

Wie schön wäre es, wenn Henry dahinter auf mich warten würde. Stattdessen blicke ich in Flos totenblasses Gesicht, der aussieht, als stünde seine standrechtliche Erschießung direkt bevor. Er tut mir beinahe leid und ich raune ihm ein »Viel Glück, du packst das schon« zu. Die Abiturprüfung vereinigt uns alle!

»Danke«, flüstert er. »Wenn ich die zehn Minuten, bis es losgeht, überlebe!«

Leider ist der Tagesplan heute straff. Ich warte noch auf Mai, die im Nebenzimmer fast parallel zu mir ihre mündliche Prüfung in Religion absolviert, und dann wollen wir uns gegenseitig die Vorträge für unsere Prüfungen am Mittwoch halten. Jemandem, der die Thematik nicht näher kennt, etwas so zu erklären, dass er es versteht, ist garantiert eine gute Übung, haben wir uns überlegt. In der Schule auf Henry warten, dafür bleibt jetzt keine Zeit. Vielleicht schaffen wir es ja morgen.

Endlich kommt sie um die Ecke gerauscht und rumpelt beinahe in Vanessa, die da in ihre Religionsunterlagen vertieft herumsteht. Die beiden fauchen sich kurz an und ich kann Mais Gesichtsausdruck nicht entnehmen, ob sie wegen Vanessa so grantig schaut oder wegen der Prüfung. Außerdem stürzt Flo auf sie zu und fleht sie auf Knien an: »Ein Kuss von dir und ich bestehe die Prüfung mit 15 Punkten!«

Sie lacht nicht einmal, sieht über ihn hinweg mich an und sagt: »Lass uns hier abhauen!« Flo wagt es, leise hinter uns herzuschimpfen, dann geht die Tür des Prüfungsraums auf und er wird hineinzitiert.

Eigentlich wären wir jetzt ins Café Altmeier auf einen Kaffee gegangen, aber da Jella dort rausgeflogen ist, boykottieren wir diese Lokalität. Das wäre ja noch schöner!

»Sie gibt sich ganz tapfer«, erzähle ich Mai. »Alwa hat mir am Telefon gesagt, sie versuche jetzt, sich mit weiteren Tortenaufträgen über Wasser zu halten, und will dann in Ruhe klären, wie es mit ihr weitergehen soll. Vielleicht geht sie ja sogar zurück an die Schule und macht ihr Abi.«

Mai nickt ein wenig abwesend, während wir uns im U-Bahn-Wagen niederlassen. Dann erzählt sie von ihrer Prüfung. Haarscharf ist sie an einem Blackout vorbeigeschrammt, behauptet sie. Für mich klingt trotzdem alles nach mindestens 13 Punkten. Mai macht sich selbst so gerne mies – keine Ahnung, warum.

»Komm, so schlecht kann deine Prüfung nicht gewesen sein, nach dem, was du berichtet hast«, versuche ich, sie aufzumuntern. Sie nickt, schaut dabei aber angestrengt auf ihre Hände.

»Was ist denn los?«

»Sie hätte besser sein können, wenn ich daheim nicht so einen Stress hätte«, erklärt sie.

»Oje!« Ich sehe sie erwartungsvoll an.

»Puh, das ist eine längere Geschichte.«

»Wir haben noch mindestens sechs U-Bahn-Stationen vor uns.«

»Na ja«, fängt sie an. »Obwohl ich Constanze und meinen Vater drum gebeten hatte, dass ich wenigstens die Woche bis zum mündlichen Abi nicht auf Lausi aufpassen muss, haben sie mich gestern sehr frühmorgens geweckt – ich hatte natürlich bis nachts um halb drei gelernt – und mir mitgeteilt, dass Constanzes Mutter ins Krankenhaus gekommen sei und sie da jetzt hinmüssten und Lausi keinesfalls mitnehmen könnten.«

»Shit, aber kann man verstehen.«

»Ja, schon. Constanzes Mutter wohnt allerdings in Karlsruhe – also drei Stunden entfernt von München. Mir war klar, der Tag wäre im Eimer. Vormittags ging's ja noch, ich habe mit Lausi gefrühstückt und Quatsch gemacht, dann hat er ein Schläfchen gehalten und ich konnte lernen. Aber danach war er total unleidig, hat nur gemeckert und nichts war ihm recht. Als ich mit ihm rauswollte, kam mir im Treppenhaus dieser junge Student entgegen. Moritz heißt er.«

»Ah – du weißt schon seinen Namen ...«

»Nicht nur das. Jedenfalls hat er mich auf der Treppe wieder so blöd angesprochen. Wo denn der Papi sei und ob der keinen Sonntagsausflug mit uns macht? Da ist mir der Kragen geplatzt. ›Ich bin nicht die Mutter von diesem Blag‹, habe ich ihn angeschrien und er hat richtig den Kopf eingezogen. ›Ich bin die große Halbschwester und werde als Babysitter-Sklavin missbraucht!‹ Ich war echt voll auf 180. ›Dabei muss ich fürs Abi lernen und kapiere gar nichts und am besten fahre ich mit Lausi zur Isar und stürze ihn und mich dahinein.‹«

»Ups! Na, den Blick von diesem Moritz hätte ich gerne gesehen.«

»Ja, er hat total erschrocken geschaut und gefragt, was ich denn lernen muss. Religion, aber vor allem Physik, habe ich gesagt. Und er: ›Das passt doch prima – ich studiere Physik.‹ Keine zwei Minuten später standen wir in der WG-Küche. Er hat es auf unerklärliche Weise geschafft, Lausi zu beruhigen, während ich meine Bücher geholt habe. Dann kam noch sein Mitbewohner, Lukas, und hat total süß mit Lausi gespielt. Er hat einen Neffen in dem Alter, hat er erzählt. Tja, und wir saßen da, Moritz hat mir alles supergut erklärt und ich hatte ständig Aha-Erlebnisse. Warum erklären einem die Lehrer die Dinge nicht so anschaulich?«

Endlich schmunzelt Mai ein wenig.

»Klingt bisher grandios.«

»Wart's ab! Der Nachmittag ging rum wie nichts. Ich habe gar nicht gemerkt, wie spät es war. Dann haben wir noch sauleckere Spaghetti gekocht und Lausi fand alles total klasse und hat sich von Lukas mit Nudeln füttern lassen, als hätte er seit Tagen nichts gegessen.«

»Hach, wie süß! Und ... äh, Moritz, oder? Moritz ist ein Netter?«

Sie zögert einen Moment, versucht, ein Lächeln zu unterdrücken, das direkt aus ihrem Herzen zu kommen scheint, bevor sie weiterredet.

»Ja, kann man sagen. Bloß als ich mich dann auf den Heimweg eine Treppe höher gemacht habe, habe ich bemerkt, dass es schon fast halb neun war. Und Papa und Constanze längst zurück. Als wir reinkamen, saß Constanze heulend auf der Couch und Papa ist nervös mit dem Telefon in der Hand durchs Wohnzimmer getigert.«

»Oh, Kacke!«

»Das kannst du laut sagen! In dem Moment, in dem ich die Wohnung betreten habe, hat mein Handy massenhaft Benachrichtigungstöne abgesondert. Ich habe überhaupt nicht gemerkt, dass ich in Moritz' Wohnung keinen Empfang hatte. Diese Betonwände sind einfach zu dick.«

»Shit!«

»Du kannst dir vorstellen, was es für ein Donnerwetter gab, oder? Boah, wir haben alle so geschrien, dass Lausi irgendwann natürlich auch angefangen hat, und Constanze ist mit ihm im Schlafzimmer verschwunden. Und dann hat bis heute Morgen keiner mehr irgendwas geredet. Nur Lausi war wieder vergnügt.«

Inzwischen sind wir an Mais Station angekommen und nähern uns ihrem Haus. Kaum hat sie aufgeschlossen, geht im ersten Stock die Tür auf und – er muss es sein, ich erkenne seine roten Haare wieder – Moritz kommt uns entgegen. Als er uns sieht, fängt er an zu grinsen. Und Mai ebenso. Sogar ein wenig rot wird sie.

»Hi«, begrüßt er uns. »Wie war die Prüfung? Sollen wir heute noch mal Physik anschauen? Ich hätte so ab sechs Zeit. Also nur wenn du magst. Sind auch noch Spaghetti übrig. Und, äh ...«

Mai nickt zu allen seinen Worten, ohne selbst einen einzigen Ton herauszubringen, und lächelt dabei wie ein kleines Mädchen angesichts von vier Kugeln Eis. Mit Erdbeersoße. Und Schokostreuseln obendrauf. Wow – so habe ich sie ja noch nie erlebt. Aber Moritz ist echt ein süßer Typ – groß, sportlich und mit freundlichen braunen Augen.

»Bis später dann!« Er federt leichtfüßig an uns vorbei und die Tür fällt hinter ihm ins Schloss.

»Niedlich«, sage ich schmunzelnd.

»Hm?«, macht sie unbeteiligt und öffnet die Wohnungstür. Glücklicherweise hat Constanze Lausi heute mitgenommen – »Wer weiß, was du sonst wieder mit ihm anstellst«, hat sie laut Mai schnippisch gesagt – und wir können in Ruhe lernen.

Eineinhalb Stunden später haben wir beide das Gefühl, schon ganz gut für die allerletzte Prüfung am Mittwoch vorbereitet zu sein. Hier und da gibt es Details, die ich noch mal nachschauen muss, aber insgesamt klappt alles.

Wir setzen uns mit Croissants und Milchkaffee auf den kleinen Balkon vor der Küche und genießen die Ruhe. Bald ist es geschafft!

»Sag mal«, will ich es nun doch wissen. »Dieser Moritz ... der ist echt süß. Und so einer kann dein Herz nicht zum Schnellerschlagen bringen?«

Mai pustet über ihren Kaffee, nimmt einen Schluck und sieht mich ratlos an.

»Das weiß ich nicht so genau. Weißt du, ich komme mir total doof vor, weil ihr alle immer mal wieder verknallt seid und so. Und ich habe das ehrlich gesagt noch nie so richtig gespürt. Wobei jetzt ... ich muss schon sagen, bei Moritz flattert mein Herz ein bisschen. Und es ist das erste Mal in meinem Leben, dass ich mich so richtig darauf freue, ganz viel Physik lernen zu dürfen.«

Ich streiche ihr über den Arm. »Mich würde es wahnsinnig happy machen für dich! Der sieht so nett aus! Apropos nett ...« Vielleicht kann ich ihr mit meiner Henry-Geschichte ein gutes Beispiel geben.

»Rate mal, mit wem ich am Freitagabend unterwegs war?« Ich ziehe die Augenbrauen hoch und schaue sie erwartungsvoll an.

»Mit Henry«, sagt sie sehr nüchtern. »Hat mir Flo erzählt.«

»Wie bitte?« Ich knalle die Kaffeetasse auf den fliesenbeklebten Tisch vor mir und eine Lache ergießt sich darüber. Hat Henry ausgerechnet Flo unseren Abend anvertraut?

»Hm, ich habe Flo heute Morgen in der U-Bahn getroffen und er hat mir davon erzählt. Aber weißt du, wovon er hauptsächlich geredet hat?«

Will ich gar nicht wissen.

Ich will wissen, was er von Henry und mir erzählt hat. Doch Mai redet einfach weiter.

»Dass er am Samstagabend endlich seinen 18. nachgefeiert und dazu Henry, Leon, Nils, Chris und sogar Patrick in den Puff eingeladen hat.«

»Bitte? Nicht dein Ernst!«

Sie nickt bedeutungsschwanger.

»Doch, ich schwöre. Er fand's total toll. Da seien so aufregende Frauen gewesen und sie hätten die Party ihres Lebens gefeiert bis morgens um fünf und die Damen hätten sie gar nicht gehen lassen wollen. Seine Worte!«

Ich muss aufstehen und mich über die Balkonbrüstung lehnen. Falls ich gleich kotze. Henry knutscht Freitagnacht mit mir rum und geht am Samstag in den Puff?

»Und sie sind sogar mit einer Stretchlimo vorgefahren!«

Eine Sekunde lang habe ich das Gefühl, der Balkonboden unter mir tut sich auf und will mich in den Abgrund reißen. Schnell setze ich mich wieder hin.

»Franzi? Alles in Ordnung?« Mai sieht mich besorgt an. Vielleicht, weil mir jetzt Tränen in die Augen schießen. So ein ... da gibt es keinen passenden Ausdruck für! Gestern fröhlich und angeblich sehnsüchtig mit mir chatten, nachdem er eine solche Nacht hinter sich hat. Das ist doch echt ein Blender! Und kein Wunder, dass er keine Zeit hatte – er musste sich vor allem ausschlafen, nehme ich mal an.

»Oh, Scheiße«, Mai sieht mich entsetzt an. »Das hätte ich dir vielleicht nicht erzählen sollen, oder?«

»Oh, doch! Besser, man weiß schnell Bescheid, mit wem man es zu tun hat. Und Mai«, sage ich mit einer

Grabesstimme. »Mai, überleg dir das noch mal mit dem Verlieben – das kann auch eine saudumme Idee sein! Glaub mir!«

Glücklicherweise ist es still, als ich nach Hause komme und mich wie erschlagen auf mein Bett sinken lasse. Alle Familienmitglieder sind irgendwo unterwegs und ich muss niemanden darüber hinwegtäuschen, dass ich mich beschissen fühle.

Einen Beschluss habe ich in der U-Bahn schon gefasst. Ich starte meinen Computer und suche die E-Mail heraus, die mir der begeisterungsfähige Herr Schwarzmann letzte Woche mit einem Vertragsentwurf geschickt hat. Es fällt mir nicht leicht, meine Absage zu formulieren, aber im Moment spüre ich selbst, wie wenig Bock ich zum Beispiel gerade jetzt hätte, ein Video zu produzieren, nur weil die Fans das erwarten. Die Fans. Merkwürdiges Wort. Als ob ich Fans hätte. Follower höchstens. Ich lese die Mail drei Mal durch, bevor ich auf *senden* klicke, und empfinde tatsächlich so etwas wie Erleichterung, als sie fort ist. So große Lust ich nach wie vor habe, mich für die Youtube-Academy zu bewerben – und ab Donnerstag werde ich mich mit voller Konzentration auf die letzte Teilaufgabe der Bewerbung stürzen –, so sicher bin ich mittlerweile, dass das mit eyesee nichts geworden wäre. Ich möchte zunächst eine fundierte Ausbildung machen und dann sehen, was ich damit anfangen kann. Nicht umgekehrt. Und Druck kann ich gerade gar nicht ertragen.

So. Und jetzt zur zweiten Entscheidung. Erst wollte ich Henry einfach eine Nachricht schicken, dass ich sein Verhalten scheiße finde – so habe ich das bei früheren Freunden auch gemacht. Aber irgendwie weiß ich ja noch gar nicht so ganz genau, ob er überhaupt mein Freund ist. Vielleicht war es eben wirklich nur eine kuschelige Knutscherei für ihn und ansonsten hätte er gerne seine Ruhe. Und die Chatnachrichten gestern waren nur eine kleine Zugabe, damit ich nicht allzu enttäuscht bin, dass aus uns nichts wird. Wundern würde es mich nicht – wie viele Jungs um uns herum haben zwar Bock auf Gefummel, aber überhaupt keinen auf feste Beziehung. Obwohl ich Henry nicht so eingeschätzt hätte ...

Ich zücke mein Handy, weil ich ihn jetzt anrufen werde. Er soll einen fairen Prozess bekommen. Mein Finger zittert über seiner Nummer, doch bevor ich die Verbindung herstellen kann, leuchtet im Display plötzlich sein Name auf. Oh Gott – Henry ruft *mich* an. Ich lasse es zwei, drei Mal klingeln, dann gehe ich ran.

»Hi«, sage ich möglichst neutral. Hoffentlich bringen mich schöne Worte von ihm nicht zum Einknicken.

»Vielen Dank auch!«, begrüßt er mich und seine Stimme klingt wenig einschmeichelnd. Eher aggressiv. Hä? Das ist doch mein Part.

»Was ist los?«, stottere ich verblüfft.

»Was los ist? Dass ich total enttäuscht von dir bin, das ist los!«

»Von mir? Wieso das denn?«

»Ach komm, tu nicht so. Ich habe dich extra gebeten, mich nicht als PaperCrafter zu outen – warum postest du dann so einen saudummen Kommentar? Jeder weiß es jetzt! Echt jeder!«

»Da kann ich doch nichts ... bitte, was soll ich gemacht haben?«

»Du weißt genau, was ich meine!«

»Ich habe gar keinen Kommentar geschrieben!«, protestiere ich lautstark.

»Vielleicht warst du betrunken und hast es vergessen?«

»Nee, ganz sicher nicht. Aber vielleicht hast du es ja einer von deinen Puffnutten erzählt und die haben es ausgeplaudert«, schreie ich ihn an. In so einer Situation kann ich dem Thema »Logik in der Argumentation« nicht allzu viel Beachtung schenken! Der spinnt doch! Glaubt er ernsthaft, ich hätte sein kleines Geheimnis verraten, oder was?

»Meiner was?«

»Na, wo du doch so toll mit Flo im Puff einen draufgemacht hast. Da durftest du wahrscheinlich mehr als nur knutschen.«

»Du bist ja völlig durchgeknallt!«

»Nee, du!«

Und dann kappen wir die Verbindung. Beide. Er einen kleinen Tick schneller als ich. Leider!

Boah! Am liebsten würde ich jetzt irgendwas packen und gegen die Wand werfen. Was bildet der sich ein? Ich sein Geheimnis verraten! Wofür hält der mich?

Ich klicke mich schnellstens auf die Youtube-Seite. Ich will sehen, ob da tatsächlich ein Kommentar von mir unter seinem letzten Video steht. Was ja überhaupt nicht sein kann!

Servus, Henry, sach doch ma: Was machste, wenn du das Abi am Paul-Heyse-Gymnasium hinter dir hast? Wirste fett Youtube-Star?

Kommentiert vor zehn Stunden von FotoFranzi. Das kann nicht wahr sein! Scheiße! Wie konnte das passieren? Vor zehn Stunden? Irgendwann heute Morgen ... Ich logge mich sofort ein und finde tatsächlich den Kommentar in meinem Account. Da muss jemand meinen Zugang gehackt haben. Allerdings hat er sich keine Mühe damit gegeben, mich zu imitieren – denn so, wie der Kommentar geschrieben ist, würde ich nie schreiben! *Wirste fett Youtube-Star?* Nee, bestimmt nicht! Ich lösche den Kommentar, aber das passiert natürlich zu spät. Da stehen schon jede Menge anderer Kommentare unter dem Video:

Ey, Henry, Alder, krass, dass du unter dem Müllsack steckst. So fies siehste doch gar nicht aus. Lol!, schreibt Flo. Der sogar!

Nääääää! Ich glaub's nicht – der Flender-Boy steckt unter dem ollen Sack. Da tut er in der Schule immer so auf Anti-Medien-Held und dann das ...

Komm, zeig endlich dein Face! Oder biste so hässlich?

Und so geht das in einem fort weiter. Schnell schließe ich die Seite. Auweia, wie ätzend. Shitstorm ist vielleicht übertrieben, aber das hat er wirklich nicht verdient. Als ob seine Videos schlechter würden, nur weil jetzt klar ist, wer unter der Papiertüte steckt.

Ich starre auf das traurige Tütengesicht des neuesten Films. Er ist nur 14 Sekunden lang. Ich klicke ihn an.

Seit ich weiß, wem die Stimme gehört, erkenne ich sie sofort. Merkwürdig.

»Hey, Leute«, sagt er und es klingt gedämpfter als sonst. »Ich mach hier mal ein bisschen Pause. Muss meine kreative Inbox auffüllen. Meld mich wieder! Bis dahin – lasst es krachen, aber nicht zu laut.«

Jetzt tut er mir tatsächlich leid. Wir beide tun mir leid – welcher Idiot hat ihn da bloß geoutet und mich ins Messer rennen lassen?

15

Der enttäuschendste Versöhnungs-Trick

Ich muss dringend zum Friseur. Da ist jede Menge Spliss an meinen Haarspitzen. Ich fiesle die zwei Haarenden auseinander, bis ein Stück abreißt. Und gleich das nächste. Wenn ich den Blick auf meine kaputten Spitzen fokussiere, muss ich die Welt drumherum nicht wahrnehmen. Etwa mein Biobuch, das direkt vor mir auf dem Tisch liegt. Und in das ich hineinschauen sollte, um endlich diese blöde Fotosynthese in mein Hirn zu hämmern. Ich kann mich einfach nicht erinnern, in welcher Reihenfolge der Abbauprozess stattfindet.

Okay. Ich könnte mich daran erinnern, wenn ich mich konzentrieren könnte. Kann ich aber nicht. Henry, Kommentare, Youtube, Jella, Hacker ... alles wirbelt in meinem Kopf durcheinander – da ist kein Platz für chemische Prozesse in der Natur. Meine eigene Biochemie blockiert mich. Außerdem bin ich hundemüde, weil ich heute Nacht kaum geschlafen habe. Immer wieder bin ich hochgeschreckt aus merkwürdigen Träumen, in denen Henry mein erbarmungsloser Prüfer im Fach Youtube-Kunde war. Ich musste die Klickzahlen irgendwelcher Youtube-Kanäle aufsagen und solchen Schwachsinn. Und ihm hat es sichtlich Freude gemacht, mich zu quälen.

Vielleicht sollte ich ihn anrufen und ihm klarmachen, dass der Kommentar auf seinem Kanal nicht von mir stammt. Aber leider kann ich ihm auch nicht schlüssig erklären, wer ihn sonst in meinem Namen geschrieben haben könnte. Verdammt! Ich habe natürlich sofort mein Konto-Passwort geändert und werde in Zukunft öfter in meinem Account nachschauen, ob wieder jemand sein Unwesen treibt. Nur einen echten Beweis habe ich immer noch nicht.

Gerade als ich es geschafft habe, drei Sätze im Internet zum Thema Fotosynthese gelesen und tatsächlich auch verstanden zu haben, reißt meine Mutter die Tür auf.

»Post für dich!«, ruft sie und kommt mit einem Brief in der Hand auf mich zu. »Na, du scheinst ja Geld übrig zu haben, wenn du dir von deiner Bank die Kontoauszüge zuschicken lässt, anstatt sie selbst abzuholen.« Sie bringt ihn mir tatsächlich nur persönlich, um meckern zu können. Ich verdrehe stumm die Augen und öffne den Brief leicht fahrig. Ich überfliege die Zahlen und mein Blick bleibt an einer Gutschrift in der Mitte der Seite hängen.

»823,75 Euro«, lese ich da. Auftraggeber: Google. Mir entfährt ein Quietschen.

»Was ist?«, fragt meine Mutter.

»Äh«, ich sehe sie verblüfft an. »Äh ... hey, wie cool!« Ich kann nicht anders, ich muss einfach aufspringen und ihr um den Hals fallen. »Wir bekommen Geld für unsere Videos«, erkläre ich. »Über 800 Euro – ist das geil!«

»Was für Videos?«, fragt meine Mutter und sieht mich misstrauisch an.

»Na, die ich mit Jella, Alwa und Mai gemacht habe.«

»Muss ich nicht verstehen, oder?«, sagt sie. »Du bist ja 18. Aber schön, wenn du mit deinem Hobby Geld verdienst. Da kannst du ja gleich die Stoßstange von Xavers Auto bezahlen.« Und dann dreht sie sich um und verlässt mein Zimmer.

Ich starre noch immer ungläubig auf den Kontoauszug. 823 Euro! Das ist ja der Hammer! Zu Buche geschlagen hat mit Sicherheit vor allem das Katzen-Lausi-Video, das inzwischen rund 750.000 Zuschauer hatte. Wenn man von einem Durchschnittswert von etwa einem Euro pro 1.000 Klicks ausgeht, kommt das hin. Ich muss sofort Jella anrufen!

Ich sehe förmlich vor mir, welchen Freudensprung sie macht, als ich ihr die gute Nachricht überbringe.

»Du bekommst natürlich den größten Teil des Geldes«, sage ich. »Schließlich hast du das Katzen-Video gemacht.«

»Ach Quatsch, das teilen wir unter uns vier auf«, widerspricht sie.

»Aber ... du hast doch noch so viele Schulden, oder?«

»Es geht, so langsam sehe ich Licht am Ende des Tunnels. Und weißt du, was – habe ich dir das schon erzählt?« Ihre Stimme hat einen ganz warmen, fröhlichen Klang, wie ich ihn lange nicht an ihr gehört habe. »Heute Morgen bin ich im Café vorbei, um ein paar restliche Sachen von mir zu holen. Marc stand davor, vermutlich wollte er Melanie abholen. Als er mich gesehen hat, hat er kurz gegrüßt und ist dann weitergegangen. Kein Wort mehr von wegen Geschenke zurückgeben.«

»Yes!«, rufe ich begeistert in den Hörer. »Ach, Jella, vielleicht wendet sich doch mal alles zum Guten bei uns, was meinst du?«

»Bestimmt. Ich habe auch schon wieder acht Tortenaufträge – ich komme kaum hinterher mit dem Backen und Verzieren. Bis um zwei war ich heute Nacht beschäftigt. Hey, und ihr habt morgen die letzte Prüfung – und dann hast du endlich Zeit für deinen Henry.«

»Die brauche ich vermutlich nicht«, meine ich und der Wechsel zu einer ernsten Tonlage stellt sich innerhalb eines Sekundenbruchteils ein. Dann berichte ich ihr, was zwischen uns geschehen ist.

»Scheiße«, sagt sie nur immer wieder. »Aber wer kann denn den Kommentar gepostet haben?«

»Keinen Schimmer – du bist der einzige Mensch, dem ich was davon gesagt habe ...«

»Und ich hab's nicht mal Alwa erzählt! Ehrenwort!«, schwört sie.

»Das würde ich nie anzweifeln. Ach, Jella, das nervt so total und morgen noch Bio ... Aber ich erkläre dir, wenn das rum ist, dann werde ich rausfinden, wer mich da reingeritten hat.«

»Gleich nach dem Vorstellungsgespräch, oder?«

Ich zucke zusammen. Mist – das Vorstellungsgespräch! Das hatte ich ja völlig verdrängt.

Mai, Alwa und ich müssen parallel zu unseren Prüfungen antreten – Mai in Physik, Alwa in Chemie und ich in Bio. Ich weiß nicht, ob ich hoffen soll, heute Henry hier zu treffen. Hinterher – okay. Aber vorher? Bitte nicht, bete ich. Und außer meinen beiden Freundinnen ist tatsächlich niemand zu sehen. Wir spucken uns über die Schulter, wünschen uns toi, toi, toi und verschwinden ziemlich synchron in unseren Prüfungsräumen. Wir sind die Ersten an diesem Morgen und die Prüfer entweder noch müde oder schon topfit. Ich hoffe auf Ersteres.

Leider trifft Letzteres zu und die nächsten 20 Minuten sind wirklich quälend. Das Ende meiner Prüfungen muss ich mir hart erkämpfen. Ich kann nicht jede Frage beantworten und einer der Prüfer, der so wirkt, als glaube er noch immer daran, dass Mädchen in naturwissenschaftlichen Fächern einfach nicht so gut sein können wie Jungs, quält mich besonders. Einmal verliere ich den Faden, bringe ein paar chemische Formeln durcheinander, aber dank meiner Biolehrerin fange ich mich wieder. Mit hochrotem Kopf und dem Gefühl, höchstens fünf Punkte erkämpft zu haben, verlasse ich den Raum.

Eigentlich müsste ich jetzt losjubeln. Es ist rum. Aus. Vorbei. Geschafft! Aber irgendwie hat mich die Nervosität noch immer voll im Griff. Was, wenn ich direkt Henry in die Arme laufe? Und spüre, wie gerne ich ihm im wörtlichen Sinne in die Arme laufen würde?

Doch zunächst einmal werde ich von einem Schauspiel abgelenkt, das durchaus humoristische Züge trägt – wäre nicht meine Freundin Alwa die Hauptdarstellerin. Der männliche Gegenpart ist – Yannis.

Der sitzt auf einer Bank vor dem Prüfungsraum und grinst sie breit an. Sie ist wohl auch gerade eben aus ihrer Prüfung gekommen.

»Was machst du hier?«, fragt sie ihn mit zu Fäusten geballten Händen.

»Ich habe Flo zu seiner Prüfung begleitet und warte hier auf ihn«, sagt er in aller Seelenruhe. Alwa geht auf ihn zu, baut sich vor ihm auf, die Hände in die Hüften gestemmt, die Füße breitbeinig.

»Bist du von den Toten wiederauferstanden?«, tobt sie los. »Du Arsch! Das hast du nur gemacht, um mich zu quälen!«

»Was denn?«, fragt er ganz unschuldig, steht nun aber auch auf. Ihr imponiert es kein bisschen, dass er fast zwei Köpfe größer ist als sie.

»Na, auf meine Nachrichten nicht geantwortet, auf meine Anrufe nicht reagiert – du wolltest, dass ich mir Sorgen mache.«

»Das bildest du dir ein.« Mein Gott, was kann er arrogant sein! »Ich dachte, du hast dich getrennt – da bin ich dir keine Rechenschaft schuldig, was ich so tue.«

»Deine Freunde und sogar dein Arbeitgeber haben dich auch gesucht!«

»Die wichtigen wussten, wo ich war, mach dir da keine Sorgen!«

Sie funkelt ihn an und ich sehe, wie sie mit sich kämpft, ob sie die nächste Frage stellen soll. Die, deren Antwort sie nichts angeht.

»Wo warst du?«, platzt es dann doch aus ihr raus.

»Meine Oma ist gestürzt, und weil meine Eltern im Urlaub waren, bin ich eingesprungen, um sie zu pflegen. Das war ein Fulltime-Job, das kannst du mir glauben! Da hatte ich keine Zeit, auf irgendwelche Nachrichten von Ex-Freundinnen zu reagieren.«

»Das erzähl mal deiner Oma«, schreit Alwa so laut, dass hinter ihr gleich zwei Türen aufgehen und Prüfer ihre Köpfe hinausstrecken.

»Habt ihr einen Knall?«, ruft einer der beiden. »Wir halten hier Prüfungen ab, kloppt euch gefälligst draußen!«

»Und das sollen volljährige Erwachsene sein«, setzt der andere nach. »Von wegen Reifezeugnis!«

»Ihr könnt mich mal«, schreit Alwa nun und ich habe den Eindruck, sie meint alle Anwesenden. Dann schnappt sie ihre Tasche und rennt los. Mai und ich sehen uns nur an und sprinten hinterher. Kurz vor der Schultür haben wir sie eingeholt.

»Alwa, beruhige dich«, spreche ich sie an und strecke einen Arm nach ihr aus. »Sei froh, dass du ihn los bist!«

Sie stößt meinen Arm fort und tritt nach einem der Mülleimer.

»Das Schlimmste ist, dass ich auch noch erleichtert bin, dass ihm nichts passiert ist.« Jetzt kommen ihr sogar die Tränen und sie lässt sich endlich von Mai und mir umarmen.

»Oh Shit, Prüfung versiebt?«, höre ich plötzlich eine Männerstimme neben uns, die ich nicht einordnen kann. Mai jedoch löst sich blitzschnell von uns und ein

Strahlen erleuchtet ihr Gesicht, wie ich es noch nie an ihr gesehen habe.

»Moritz«, ruft sie begeistert und fliegt ihm um den Hals. Ups. Was haben wir denn da nicht mitbekommen? Allzu schnell werden wir das nicht erfahren, denn die beiden versinken in einem alles umschließenden Kuss. Beziehungsweise: ausschließendem. Nämlich uns. Na ja, das sagt ja eigentlich schon alles.

Alwa wischt sich die Tränen fort und sieht Mai ungläubig an.

»Hey, was ist da los?«, raunt sie mir schließlich zu.

»Effektive Physiknachhilfe, schätze ich.« Und obwohl ich mich von der Prüfung wie erschlagen fühle, mich Alwas Herzschmerz mitnimmt und mein eigener gleich doppelt und dreifach, muss ich grinsen. Wie wunderbar, Mai so zu sehen!

Endlich lösen sich die beiden voneinander.

»'tschuldigung«, sagt Mai und erstaunt stelle ich fest, dass Miss Coolness tatsächlich rot werden kann. Jetzt legt sie den Arm um Moritz' Hüfte und strahlt zu ihm hoch.

»Das ist Moritz«, verkündet sie und wirkt total stolz.

»Die Physiknachhilfe«, sage ich. Beide nicken.

»Hi«, sagt Moritz und reicht uns jedem die Hand. »Wie waren denn jetzt eure Prüfungen?«

»Super«, strahlt Mai. »Ich habe sogar einen Prüfer korrigiert, der eine total unsinnige Frage gestellt hat. Als er gemerkt hat, dass ich recht habe, war er baff. Weißt du, es ging um die Berechnung ... äh, Mädels, wir hören uns später, ja? Seid mir nicht böse!« Sie winkt uns zu, ohne Moritz loszulassen, und dann gehen die beiden los – direkt hinein in ihr Glück. Kopfschüttelnd sieht Alwa ihnen nach.

»Die erzählt aber auch nie was«, sagt sie leicht empört.

»Schätze, dazu war einfach keine Gelegenheit. Los komm, bis ich zu diesem saublöden Vorstellungsgespräch losmuss, habe ich noch ganz kurz Zeit. Sollen wir uns einen Kaffee holen?« Sie nickt.

Als wir uns umdrehen, steht plötzlich Flo vor uns. Mit fassungslosem Blick.

»War die Prüfung so schlimm?«, frage ich.

Er schüttelt völlig mechanisch den Kopf und sieht knapp an mir vorbei. »Was macht Mai da?«

»Wandert mit ihrem Freund bis zum Horizont«, sagt Alwa mit einer Spur Herablassung in der Stimme.

»Ach, jetzt weinst du, das tut mir aber leid«, zitiere ich im passenden Tonfall aus dem Fanta-Vier-Song *Sie ist weg*. Gemein, okay, aber Flo hat uns auch so genervt – vor allem Mai –, die kleine Spitze hat er verdient. Er hört mich sowieso nicht mehr und dackelt zurück zum Schulhaus. In der Tür wartet Yannis auf ihn und Alwa zieht mich am Ärmel in die entgegengesetzte Richtung. Nichts wie weg!

»Ach, stopp!«, rufe ich aus. »Ich hab meine Jacke an der Garderobe vergessen. Wartest du schnell?«

Eilig laufe ich zurück und spüre endlich einen Hauch von Erleichterung, dass die Prüfungen vorbei sind. Direkt auf dem Bänkchen unter den Garderobenhaken sitzt Vanessa. Vermutlich hat sie gleich ihre Chemieprüfung. Als sie mich sieht, lächelt sie irgendwie fies. Okay, vielleicht bin ich voreingenommen. Und mir fällt wieder ein, wie Henry sie in dem Gewimmel im *MafiosiClub* hat stehen lassen. Das muss sie getroffen haben. Warum grinst sie dann so, als sie mich sieht?

»Alles gut?«, fragt sie und entblößt die weiß strahlende Zahnreihe, auf die sie so stolz ist. Ich nicke nur und fasse dicht an ihrem Kopf vorbei nach meiner Jacke. Als Erstes spüre ich mein Handy in der Tasche. Ich sehe Vanessa an – sie grinst immer noch breit. Wieso ist die so fröhlich?

»Auch deine letzte Prüfung?«, frage ich scheinheilig. Sie nickt.

»Was hattest du als drittes Prüfungsfach?« Als ob mich das interessieren würde.

»Reli, war ja schon am Montag dran.« Richtig. Am Montag. Als sie mit Mai zusammengestoßen ist. Sie war hier. Während ich in meiner Prüfung war. Und meine Jacke hier hing. Mit meinem Handy darin.

»Du warst das!«, stoße ich hervor, ich zische nur, damit nicht wieder einer der Prüfer erscheint.

»Du warst das – du hast in meinem Namen Henry als Youtuber geoutet!«

»Hast du einen Vogel?« Sie springt auf und eine Sekunde lang habe ich den Eindruck, sie will ihre knallrot lackierten, spitzen Fingernägel ausfahren und mir die Augen ausstechen. Ich weiche ein wenig zurück.

»Du hast dir mein Handy geschnappt und diesen saudummen Kommentar geschrieben.«

»Und woher sollte ich wissen, dass Henry dieser PaperCrafter ist? Hm?« Sie zieht eine Schnute, mit der sie vermutlich nicht mal mehr ihren Papi beeindrucken kann.

»Wahrscheinlich hast du unsere Chat-Nachrichten gelesen. Da stand das drin.« Mit einem Mal ist mir alles so klar! Es kann gar nicht anders gewesen ein.

»Ach, das interessiert mich doch einen Scheißdreck«, brüllt sie jetzt und dann geht tatsächlich die Tür eines Prüfungsraumes auf – aber kein Prüfer steckt seinen Kopf raus, sondern Henry tritt in den Flur. Er zieht die Augenbrauen hoch, als er uns sieht.

»Ach, ihr macht hier so einen Lärm«, sagt er verwundert. Er sieht mich nicht an. Und mein Hirn ist mit einem Mal ganz leer. Seine Gegenwart verzaubert mich sofort, obwohl ich so sauer auf ihn bin. Ich will nichts anderes, als ihn berühren und küssen und nie mehr loslassen. Soll er im Puff gewesen sein, soll er mich doch verdächtigen und beschuldigen – mein Herz quillt über vor Wärme und Zuneigung und Sehnsucht, jetzt, da er vor mir steht.

»Die behauptet, ich hätte dich mit ihrem Handy als Youtuber geoutet, so ein Schwachsinn!«, plärrt Vanessa.

»Frau Stolz, kommen Sie bitte, wir warten«, wird Vanessa von einem Prüfer abkommandiert.

»Dumme Kuh«, sagt Henry und macht einen Schritt auf mich zu. »Hoffentlich fällt sie durch.«

Wir grinsen uns an, ohne ein Wort zu sagen. Ich hole das Handy aus der Jacke und lege sie mir über meinen Arm. Dann rufe ich Youtube auf.

»Schau mal«, erkläre ich und halte ihm das Display

vor die Nase. »Sobald ich auf Youtube gehe, bin ich automatisch eingeloggt. Ich kann es natürlich nicht mit hunderprozentiger Sicherheit sagen, aber Vanessa war nach meiner Geschichtsprüfung mit ihrer Reliprüfung dran. Ich bin mir ziemlich sicher, sie saß hier, als ich reingerufen wurde. Ich weiß noch, dass ich ganz kurz vorher den Ton am Handy abgestellt – und dabei vermutlich vergessen habe, das Display zu deaktivieren. Da musste sie nur das Handy aus der Tasche nehmen, unseren Chat durchlesen, anschließend auf Youtube gehen und schon konnte sie in meinem Namen kommentieren.«

»Brillant, Sherlock«, sagt Henry und klingt gar nicht mehr verärgert. Ich strahle ihn an. »Ich muss dir auch was sagen.« Er nimmt meine Hand. Ein Blitzschlag fährt durch meinen Körper. »Also, wegen Flos Einla…«

Doch da fällt mein Blick auf die große Uhr, die hinter ihm an der Wand hängt.

»Scheiße, ich muss los«, rufe ich aus, entreiße ihm meine Hand und renne einfach davon. »Ist so 'n Mutter-Tochter-Ding.«

»Franzi«, ruft er mir hinterher.

»Ich melde mich später«, schreie ich zurück und hoffe, er hört es noch.

»Ihre Noten sind ja recht beeindruckend. Zumindest wenn man das Fach Mathematik außen vor lässt. Wie steht es da mittlerweile um Ihren Kenntnisstand? Konnten Sie Ihr Wissen vertiefen? In Ihrem letzten Zwischenzeugnis hatten sie ja nur vier Punkte.« Der Personalchef der Sparkasse Ebersberg schaut mich über den nicht vorhandenen Rand seiner Lesebrille hinweg neugierig an.

»Ach wissen Sie«, sage ich und treffe ganz plötzlich eine Entscheidung. Vielleicht, weil ich gerade so in Hochstimmung bin. Und weil ich erwachsen bin, volljährig und niemandem mehr Rechenschaft schuldig. Ich habe meiner Mutter gegenüber das Versprechen gehalten und bin hierhergekommen. Keiner hat verlangt, dass ich mich auch anständig benehmen soll.

»Wissen Sie«, wiederhole ich. »Ich konnte Mathematik noch nie leiden. Ich habe einfach kein Verhältnis zu Zahlen. Darf ich etwas vorschlagen? Wir brechen das Gespräch hier ab – Sie finden bestimmt noch jemanden, der im Gegensatz zu mir total scharf darauf ist, sein Leben lang hinter einem Bankschalter zu stehen. Mir geht es nicht so. Ich wollte nur meiner Mutter einen Gefallen tun.«

Der Personalchef sieht mich ungläubig an und presst sich an die Lehne seines eindrucksvollen Bürostuhls hinter der breiten Schreibtischplatte. Er schnappt nach Luft wie ein Fisch auf dem Trockenen.

»Aber vielen Dank für die Einladung.« Ich will ja nicht unhöflich sein. Ich stehe auf, reiche ihm meine Hand, die er nur ganz kurz und irgendwie verschreckt drückt, drehe mich um und gehe stolz erhobenen Hauptes aus dem Raum. For heaven's sake – dies ist das Ende meiner Bankkarriere.

Noch auf dem Weg nach draußen greife ich nach dem Handy und rufe zu Hause an. Ab jetzt wird nichts mehr verheimlicht. Doch als die energische Stimme meiner

Mutter in mein Ohr dringt, zucke ich kurz zurück, berichte erst von der Biologieprüfung und überlege dann, wie ich geschmeidig einen Übergang zu meinem wenig glorreichen Vorstellungsgespräch hinbekommen soll. Meine Mutter ist schneller.

»Wie war's bei der Bank?«, fragt sie.

Ich hole tief Luft. Es muss jetzt raus.

»Das wird nix mit der Bank und mir«, gestehe ich dann und versuche, möglichst lässig zu klingen. »Ich habe das Gespräch abgebrochen, weil mir ganz klar geworden ist, dass dies nicht das Umfeld ist, in dem ich arbeiten will. Tut mir leid.«

Kurzes Schweigen.

»Mama?«

»Ja, verstehe. Na gut. Kann man nichts machen. Danke, dass du hingegangen bist. Ich nehme mal an, du feierst jetzt ein bisschen mit deinen Freundinnen, oder? Habt viel Spaß! Ciao!«

»Ciao«, stottere ich in den Hörer, aber da hat sie schon aufgelegt. Sie klang beunruhigend ernst. Am liebsten würde ich gleich noch mal anrufen. Mir die Absolution holen, dass mein Handeln okay war. Dann wird mir klar: Genau so, wie sie aushalten muss, dass ich nicht mache, was sie sich wünscht, muss ich aushalten, dass sie nicht für alles, was ich tue, Verständnis aufbringt. Na gut. Das nennt man wohl erwachsenes Verhalten.

Als ich aus der Bank hinaustrete, blendet mich eine strahlend helle Junisonne. Verlockend, Freiheit versprechend, Tausende von Möglichkeiten anbietend. Ab jetzt startet der Sommer meines Lebens.

Ich versuche, nicht allzu viel nachzudenken, schicke Alwa eine kurze Frage, die sie glücklicherweise umgehend beantworten kann, und mache mich auf den Weg zurück in die Stadt. Mein Ziel ist klar, denn ich habe nun eine Adresse. Die Chancen sind nicht besonders gut an einem Tag wie diesem, aber ich will es einfach probieren.

40 Minuten später stehe ich vor einem schmucken Altbau an der Grenze zwischen Haidhausen und Giesing und blicke an der hellgrauen Fassade empor. Über den Fenstern sind kleine Stuckbögen angebracht, die mich, ehrlich gesagt, herzlich wenig interessieren. Ich überlege eher, ob er vielleicht tatsächlich gerade hinter irgendeiner dieser Scheiben sitzt. Oder ob er mit seinen Kumpels beim Feiern ist. Ich hoffe sehr, dass er aus einer voll berufstätigen Familie stammt mit Geschwistern (ich weiß nicht mal, ob er welche hat) an Ganztagsschulen, denn ich habe keine Lust, einer skeptischen Mutter oder einem neugierigen Bruder zu erzählen, wer ich bin.

Mein Herz schlägt schneller als vor der Prüfung heute Morgen. Trotzdem drücke ich den Klingelknopf. Er ist nicht da, er ist nicht da, er ist nicht da, hämmert es und dann surrt es und ich kann die Tür aufdrücken. Irgendwer ist auf alle Fälle da.

Im dritten Obergeschoss steht eine Tür einen Spalt breit offen und ich versuche, mein Keuchen in den Griff zu bekommen.

»Es gibt auch einen Aufzug, im Innenhof«, höre ich da Henrys Stimme und sein Kopf erscheint in der Tür.

»Hi, komm rein.« Er wirkt so entspannt, dass ich kein einziges Wort herausbringe. Als sei es selbstverständlich, dass ich ihn besuche.

»Hi!« Ich versuche, genauso lässig zu klingen. Ein »War gerade in der Gegend« wäre völlig dämlich. »Wir müssen noch was klären« ebenso. Vielleicht: »Ich wollte mal sehen, wo du wohnst?«

»Schön, dass du vorbeikommst«, sagt Henry und ich bin froh, dass er die Konversation übernimmt. »Obwohl ich doch so fies zu dir war. Tut mir echt leid!«

War das jetzt ironisch gemeint? Ich traue mich, ihn zaghaft anzulächeln. Eine Antwort bringe ich nicht heraus und ich konzentriere mich erst mal auf das, was ich hier sehe. Wir stehen in einem langen Flur, dessen Wände von deckenhohen, vollgestopften Bücherregalen bedeckt sind. Die ganze Wohnung riecht wie eine Bibliothek und ich mustere erstaunt die vielen Bände.

»Meine Mutter ist Geschichtsprofessorin«, erklärt Henry. »Keine Epoche, die sich in unserem Haushalt nicht findet. Und seit ihrem Ruf nach München ist das Bücherregal noch größer geworden. Magst du was trinken? Oder essen?«

Ich nicke, er nimmt meine Hand und zieht mich in die Küche, die wie ein Schlachtfeld aussieht.

»Bin nicht dazu gekommen, das Zeug von gestern wegzuräumen«, sagt er, greift nach einem Körbchen, in dem ein köstlich aussehendes Brioche liegt, und bietet es mir an. »Milchkaffee?« Ich bejahe und kann immer noch nicht mehr tun als grinsen.

Fünf Minuten später sitzen wir in seinem Zimmer, das

sehr behaglich ist. Hier sind längst nicht so viele Bücher, dafür ein riesiger, alter Schreibtisch (»von meinem Urgroßvater geerbt«), auf dem zwei fernsehgroße Bildschirme thronen. Er hat ein Videoschnittprogramm aufgerufen, das deutlich professioneller als meines aussieht.

»Ist ganz neu rausgekommen. Solltest du unbedingt mal ausprobieren«, erklärt er.

Wir setzen uns auf eine apfelgrün bezogene Chaiselongue. Sein Zimmer ist eine Mischung aus sehr alten und sehr modernen Möbeln – ein cooler Stilmix und passend zur Stuckrosette um die Lampenfassung.

So, und jetzt müssen wir reden.

»Ist der Kaffee okay? Brauchst du noch Zucker?«

Ich schüttle den Kopf. »Nein, vielen Dank, superlecker.« Ich beiße in das luftige Gebäckstück und genieße den buttrigen Geschmack. Henry starrt kurz auf seine Finger und dann mich an. So ganz entspannt ist er wohl auch nicht. Plötzlich grinst er, streckt eine Hand aus und berührt meine Haarspitzen.

»Krümel«, sagt er und lässt etwas Helles zu Boden fallen. Bestimmt von der Brioche. Er streckt die Hand erneut aus und legt sie an meine Wange. Ich schließe die Augen, schmiege mich in die Wärme. Ich spüre, dass er näher an mich heranrutscht und mir die Kaffeetasse abnimmt. Und dann sind da nur noch seine Lippen.

Das Klingeln seines Handys unterbricht uns irgendwann. Henry sieht kurz aufs Display, verdreht die Augen und sagt: »Sorry, ganz schnell.« Mit genervtem Blick hört er zu, was der Anrufer zu sagen hat.

»Nee, heute nicht, Flo«, antwortet er dann. »Mach's gut!«

Ich grinse ihn an.

»Den besten Freund abgewimmelt?«, frage ich. Er schüttelt den Kopf.

»Der ist bestimmt nicht mein bester Freund. Nur mein nervigster. So einen gibt es doch immer, oder?«

Ich nicke. »Und von dem lässt man sich auch mal in den Puff einladen oder wie?« Nachdem wir schon heftig geknutscht haben, ist meine Position sicher nicht die beste – aber ich will es jetzt einfach wissen. Henry wird ein kleines bisschen rot.

»Das war wieder so eine typische Flo-Aktion«, fängt er an zu berichten. »Er hat uns vorher nur gesagt, wir würden eine ›megacoole Sause‹ machen, und hat uns um halb zehn abends an den Orleansplatz bestellt. Plötzlich kam der mit dieser riesigen weißen Stretchlimo vorgefahren. Es gab Champagner und Zigarren, aber nach zwei Zügen war den meisten schon schlecht. Ich hab auch nur einmal dran gezogen, weil ich neugierig war, wie so eine Zigarre schmeckt. Ich kann dir sagen: Es lohnt sich nicht!«

»Bin ich froh, dass du das so siehst«, schmunzle ich und küsse ihn. Einfach so. Weil mir danach ist. Hach!

»Wir sind gar nicht weit gefahren, weißt du, ins Moosfeld, da ist so ein Etablissement im Gewerbegebiet. Ich hab gedacht, ich spinne, als wir direkt davor gehalten haben. Flo hat breit gegrinst und gesagt: ›Also Jungs, jetzt machen wir uns mal einen richtig geilen Abend.‹ Keiner von uns wollte aussteigen, aber Flo hat gedrängelt und war total beleidigt, wir würden ihm den Abend verderben und sollen keine Spießer sein. Nils war dann der Erste, der zugestimmt hat, wir anderen sind halt mitgegangen. Oh Gott, es war furchtbar!«

Ich kann nicht anders und breche in lautes Gelächter aus. Die Vorstellung, wie die Jungs völlig verschreckt in diesen Puff reinmarschiert sind – vermutlich hat sich einer hinter dem anderen versteckt –, großartig! Henry lacht nicht mit.

»Und dann? Drinnen?« Jetzt will ich alles wissen.

»Ach, genau so, wie man es in schlechten Krimis sieht. Halbdunkel, weinroter Samt, Plüsch, dämliche Kaufhaus-Dudelmusik, gähnende Leere und da saß eine Handvoll gelangweilte, megaaufgestylte Mädels rum. Die waren natürlich erst mal ganz erfreut, junge Typen wie uns zu sehen. Aber als sie dann gemerkt haben, dass wir ihnen nicht mal ein Wasser ausgeben, waren sie schnell verschwunden. Flo hat eine Runde Bier spendiert – und damit war sein Budget für den Abend fast schon aufgebraucht. Hey, ich weiß nicht, was der sich dabei gedacht hat.«

»Vermutlich gar nichts.«

»Allerdings! Hauptsache, es klingt lässig. Wir haben schnell unser Bier runtergestürzt und sind dann raus. Na ja, die Stretchlimo war weg, die hatte er nur für eine Stunde gebucht, und da standen wir mitten im Gewerbegebiet. Saudämlich! Und zwar so dämlich, dass wir schon wieder lachen mussten. Ich habe in der Nähe den Schriftzug von so einer Soccerhalle entdeckt. Da sind wir dann hin und konnten tatsächlich eine Runde Fußball spielen. Das war das echte Highlight des Abends! Sogar Flo hat eifrig mitgekickt.«

»Flo ist so ein Idiot«, bringe ich nur heraus und kichere immer noch. »Der würde glatt zu Vanessa passen!« Henry lacht.

»Verzeihst du mir?«, fragt er und sieht mir fest in die Augen. Ohne jegliche Ironie in der Stimme.

Ich zerwuschle seine Locken und statt einer Antwort gebe ich ihm einen Kuss. Oder zwei. Oder drei.

In einer Kusspause fällt mein Blick auf seine riesigen Computerbildschirme.

»Ist PaperCrafter eigentlich wieder im Rennen?«, frage ich und setze mich auf. Er krault meinen Rücken und küsst meinen Nacken. Wie war meine Frage?

»Ach ja, was soll's«, antwortet er. »Ich habe mit PaperCrafter eine ganz gute Marke aufgebaut und es wäre blöd, das alles den Bach runtergehen zu lassen. Es gibt genügend Leute, die zwar ein Pseudonym haben, aber jeder weiß, wer sich dahinter verbirgt. So mache ich das auch.«

Jetzt wäre der richtige Zeitpunkt gekommen, ihn zu fragen, wie er sich eigentlich so seine Zukunftsplanung vorstellt. Und zu hoffen, dass keine Worte wie »Auslandsstudium« oder »Silicon Valley« in der Antwort vorkommen.

»Zumal ich ja endlich meine Bewerbung fertig habe«, redet er von alleine weiter. »Habe ich dir davon schon erzählt?«

Ich schüttle den Kopf.

»Hast du vielleicht gesehen – da gibt es doch ganz neu diese Youtube-Academy. Ich werde mich für ein Stipendium bewerben. Magst du mal meinen Bewerbungsfilm sehen?«

Er springt auf, ohne meine Reaktion abzuwarten, bewegt die Computermaus hin und her und die Bildschirme leuchten auf.

»Komm doch her«, sagt er und zögerlich gehe ich näher. Er zieht mich auf seinen Oberschenkel. »Los geht's.«

Und dann sehe ich seine filmische Selbstdarstellung, wie ich mir meine nur in den perfektesten Träumen vorgestellt habe. Ein unglaublich süßer, animierter Papiersack übernimmt quasi seine Rolle und stellt sein Leben in Realbildern vor – sein Umfeld, seinen Youtube-Kanal, seine Ideen. Er ist witzig, intelligent, spannend und einfach großartig. Ich muss aufpassen, dass mir der Unterkiefer nicht runterklappt.

»Gefällt er dir nicht?«, fragt Henry besorgt.

»Doch«, widerspreche ich und merke, wie brüchig meine Stimme klingt.

»Was ist los?« Er schiebt mich ein Stück von sich und betrachtet mich ernst.

Und dann berichte ich ihm ziemlich umständlich, dass ich mich ebenfalls bewerben will. Aber nicht einmal in Ansätzen eine Idee für meine Selbstdarstellung habe. Geschweige denn genügend Zeit, sie noch umzusetzen. Am kommenden Montag ist Bewerbungsschluss.

»Echt, du willst da auch hin?«, fragt Henry und in diesem Moment wird mir klar, dass wir Konkurrenten sind. Was, wenn einer von uns gewinnt und der andere nicht?

Ich nicke. »Hm.«

»Deswegen euer Youtube-Kanal! Verstehe.«

»Wie findest du das?«, frage ich vorsichtig.

»Toll«, sagt er, aber es klingt wie »bescheuert«.

»Dann sind wir Konkurrenten.«

»Tja, da kann man wohl nichts machen.«

»Nein. Na ja, vielleicht überlege ich es mir noch anders. Mal sehen.«

Sag jetzt bitte: »Nein, du musst mitmachen, du bist gut.«

Stattdessen breitet sich ein beklommenes Schweigen im Raum aus. Ob ich besser gehe?

»Jedenfalls haben wir beide bis dahin noch eine Menge zu tun«, stellt Henry fest. Es soll sicher neutral klingen, aber irgendwie habe ich den Eindruck, es verstecken sich die Worte »Bitte geh jetzt« in diesem Satz.

»Vielleicht sollte ich dich ein bisschen arbeiten lassen«, spreche ich seinen vermeintlichen Gedanken aus.

»Na ja, du musst ja auch zusehen, dass du fertig wirst, oder?«

Er steht auf und zieht mich in seine Arme.

»Möge der oder die Bessere gewinnen.«

Sein Kuss fühlt sich auf einmal schneidend an wie die Klinge eines Schwertes.

16

Das beste Video ever

Hm, ich weiß nicht«, sagt meine Mutter und sieht mich skeptisch an. »Probier doch noch mal dies hier!« Sie hält mir ein silbrig glänzendes, schulterfreies Kleid mit hellgrauen, zarten Spitzenapplikationen hin, das sehr figurbetont geschnitten ist. Dass sie nach so etwas *Verwegenem* greift, hätte ich nie vermutet.

»Das sieht bestimmt albern an mir aus«, meckere ich und ziehe den Vorhang der Umkleidekabine zu. Ich weiß nicht, was in meine Mutter gefahren ist, aber irgendwie hat sie sich in den Kopf gesetzt, mir ein Kleid für den Abiturball zu spendieren, das so glamourös ist, als würde ich mich für ein Date mit dem Bachelor bewerben. Ihr zuliebe streife ich Fummel Nummer acht über, wobei ich mich schon damit schwertue, es an den Schultern in die richtige Position zu zupfen. Ungeduldig reißt meine Mutter den Garderobenvorhang zur Seite.

»Wow«, sagt sie nur und im Glitzern ihrer Augen meine ich, so etwas wie Stolz oder Rührung zu entdecken. Sie nimmt mich an die Hand und zieht mich vor die große Spiegelfront gegenüber der Kabinen. Irritiert betrachte ich mich.

Hm.

Gar nicht schlecht.

Obwohl mir seit Tagen nicht nach Lachen zumute ist, muss ich lächeln.

»Noch hübscher«, lobt meine Mutter und busselt mich neben das Ohr. »Dazu ein paar hohe Sandalen – du wirst *der* Hingucker!«

»Will ich das denn?«, frage ich. Meine Mutter zuckt mit den Schultern.

»Leisten könntest du es dir allemal. Also, überleg es dir – ich finde das Kleid sensationell. Und ich habe nicht mal aufs Preisschild geschaut.«

Das übernehme ich. 349 Euro. Meine Mutter schluckt kurz, hat sich dann aber wieder im Griff.

»Okay. Du hast nur einmal im Leben Abiturball. Und wenn der Xaver irgendwann mal die Maria heiratet, hast gleich was zum An...«

»Echt jetzt?« Sonst hat meine Mutter die Haushaltskasse eisern im Griff.

»Ja, des passt schon.«

Ich gehe ein paar Schritte hin und her und genieße, wie sich der weiche Stoff an meinen Körper schmiegt. Irgendwie sehe ich darin gar nicht mehr wie die kleine Schülerin aus. Ich zwirble meine Haare umeinander und halte sie probeweise als Dutt auf den Kopf. Dazu noch meine Kommunionskette von der Oma und der Ball kann kommen. Und ich hoffe, dass Henry erblindet, wenn er mich sieht. Von meiner Schönheit geblendet. Meine Form der Rache. Hahaha!

»So«, sagt meine Mutter, als wir den Laden verlassen und ich die Tüte mit dem Kleid darin umklammere. »Fehlen nur noch die Schuhe, aber davor essen wir irgendwo eine Kleinigkeit, was meinst du?«

Ist meine Mutter heute Nacht heimlich gegen irgendeinen Klon ausgetauscht worden, der das Prinzip »Sparen« nicht kennt? Zielstrebig steuert sie eine Pizzeria an und ich merke jetzt erst, wie hungrig ich bin.

»Müssen wir nicht langsam nach Hause? Ich muss Xavers Auto waschen«, wende ich zaghaft ein. Meine Mutter winkt ab.

»Der Tag ist noch lang.«

Normalerweise ist sie samstags nicht aus dem Haus zu bringen, weil Großputz ansteht und Kuchen backen für den Sonntag und alles andere, was unter der Woche liegen bleibt. Doch mittlerweile ist es halb drei und sie denkt überhaupt nicht daran, nach Hause gehen zu wollen.

Den Bauch gut gefüllt mit köstlichem Nizza-Salat, die Tüten prall mit Kleid und passenden Schuhen, mit Strumpfhosen und einer kleinen Ausstattung an Schminkmaterial, fallen wir um halb fünf völlig erledigt in das Auto meiner Mutter.

»Zufrieden?«, fragt sie und ich nicke.

»Yep! Und wie!«

»Dann nichts wie heim!«

Auf der Fahrt sind wir beide schweigsam, ein Klavierkonzert auf Klassik-Radio untermalt den Blick in die Landschaft, die immer bäuerlicher wird. Ich lehne müde den Kopf an die Fensterscheibe. Immerhin habe ich beim Einkaufen weder großartig an Henry gedacht noch an meinen Bewerbungsfilm, den ich in den letzten 48 Stunden nicht um einen Schritt weitergebracht habe. Montagmorgen um 10.00 Uhr müssen die Bewerbungsunterlagen im E-Mail-Postfach der Youtube-Academy liegen. Oder ich kann das Ganze vergessen. Doch was mache ich dann? Ich fühle mich wie gelähmt, weil mir nichts einfällt. Dabei sind unsere Klick- und Abozahlen gut, der Aufwärtstrend ist ungebrochen. Natürlich reichen die *PlanlosePleiteFails* noch lange nicht an echte Youtube-Stars ran, nicht mal an PaperCrafter. Aber das scheint für die Academy-Bewerbung auch nicht der entscheidende Punkt zu sein. Schließlich soll man dort ja noch etwas lernen – und nicht meinen, man kann schon alles.

Heute hatte ich eigentlich mit Alwa, Jella und Mai ein letztes Video drehen wollen, bevor ich mich mit Jella auf die Tortenvideos konzentrieren werde, die schon megabeliebt sind und die *PlanlosePleiteFails*-Listicals längst eingeholt haben. Wir wollten etwas zu »Fakes über die Zukunft von Abiturienten« inszenieren, aber auch dazu ist mir noch keine Knalleridee gekommen. Deshalb habe ich den Mädels gestern abgesagt. Vielleicht lasse ich die Bewerbung einfach sein, überlege ich zum tausendsten Mal. Vielleicht bringt das sowieso nichts, ist Quatsch und ich habe mich da in was verrannt. Und vielleicht sieht Henry uns dann nicht mehr als Konkurrenten – und wir können doch ein wenig Zeit miteinander verbringen, ehe er nach Köln geht –, denn er bekommt das Stipendium garantiert!

Falls er noch Interesse daran hat, Zeit mit mir zu verbringen.

Ich habe seit Mittwoch nichts von ihm gehört. Und mich natürlich auch nicht bei ihm gemeldet. Irgendwie wird das nichts mit uns. Wir sind wohl nicht füreinander bestimmt. Der Mann, der einen dauerhaften Platz in meinem Herzen bekommen soll, der läuft noch unentdeckt durch die Gegend. Na ja, versuche ich, mich zu trösten, eines Tages werden wir uns schon begegnen. Ganz sicher. Oder auch nicht.

Schwungvoll fährt meine Mutter auf unseren Hof. Noch ein paar Wochen, dann ist dieser Geschichte. Ich hole tief Luft und bemühe mich, das angenehme Shopping-Gefühl von vorhin zu aktivieren.

»Geh doch mal in die Scheune und schau, ob dein Bruder da mit seinem Auto zugange ist«, bittet mich meine Mutter, nimmt mir die Tüten ab und eilt in Richtung Haus.

»Okay«, rufe ich ihr nach. »Und soll ich ihm was sagen?«

»Dass er sein Auto ab heute gefälligst wieder selbst waschen soll«, empfiehlt sie und verschwindet. Ich muss grinsen.

In der Scheune ist es ganz still. Ein paar Sonnenstrahlen, die durch morsche Holzbretter einfallen, lassen Staubflusen und ein paar Strohpartikel in der Luft tanzen. Es riecht nach einer Mischung aus Motoröl, Heu und Tieren. Am liebsten würde ich mich auf den letzten verbliebenen Heuhaufen fallen lassen, die Augen schließen und sehr lange schlafen.

»Xav?«, rufe ich, obwohl mir klar ist, dass mein Bruder nicht hier ist. Ich gehe einmal um seinen Golf herum und bewundere die neue glänzende Stoßstange, die kein Kratzer verunstaltet. Als sei nie etwas gewesen.

Ich mache mich auf den Weg ins Haus und beschließe, dass ich Henry anrufen werde. Ich werde ihm sagen, dass ich mich nicht bewerben werde. Und ihm meine Hilfe anbieten – vielleicht kann ich ihn noch mit irgendetwas unterstützen. Es gibt viele Ausbildungswege im Bereich Multimedia und bestimmt kann ich da etwas finden, was mir Spaß macht. Eventuell sogar in Köln.

Im Flur unseres Hauses türmen sich bereits die ersten Umzugskisten. Alles Zeug, wie mein Vater erklärt hat, das selten gebraucht wird, aber doch aus irgendeinem mehr oder minder dubiosen Grund nicht weggeschmissen werden kann. Weihnachtliche Holzschnitzereien, Kinderklamotten, die an unsere Babyzeiten erinnern, Küchengeräte, die irgendwer Wichtiges geschenkt hat, oder alte Bilder, die in der neuen Wohnung bestimmt endlich einen schönen Platz finden.

In der Küche nehme ich mir ein Glas Wasser und trinke es in einem Zug aus. Hier ist es genauso still wie in der Scheune. Wo ist meine Mutter geblieben?

»Mama?«

Das Haus antwortet nicht.

Ich schaue ins Esszimmer, dann ins Wohnzimmer. Gähnende Leere. Doch gerade als ich die Tür schließen will, bemerke ich im Augenwinkel eine Bewegung. War da wer im Garten? Die Terrassentür ist angelehnt. Vielleicht sollte ich sie schließen? Fast fange ich an, mich zu gruseln. Wo sind nur alle hin?

»Papa?«, rufe ich, während ich die Tür zudrücke.

Plötzlich springt jemand von der Seite vor das große Glasfenster, etwas Massives, Unhandliches vor dem Gesicht. Ich bleibe stocksteif stehen, meine Knie zittern.

»Und da ist sie!«, schreit es von draußen und mir wird klar, dass es mein kleiner Bruder ist, der meine Kamera bedient. »Unser neuer Youtube-Star«, brüllt er weiter und dann erschallt von allen Seiten Applaus.

Völlig verdattert ziehe ich die Terrassentür wieder auf und trete hinaus. Und plötzlich ist der Garten voller Menschen. Mama und Papa sind da, Tobi, Xaver und Maria, Alma und Jella mit ihrer Ma und Mai mit Lausi und Moritz. Sogar Flo ist gekommen und Patrick und noch einige andere aus unserer Klassenstufe. Ein paar meiner Cousins und Cousinen, darunter mein Lieblingscousin Maxi, sowie diverse Onkel und Tanten geben sich die Ehre. Sie müssen sich alle hinter Büschen und Bäumen, hinterm Gartenhäuschen und in der Hecke versteckt haben.

Was machen die alle hier?

Jetzt entdecke ich die lange Reihe Bierbankgarnituren, die im hinteren Teil des Gartens aufgestellt ist. Es stehen Schüsseln mit Essen darauf, Gläser, Teller, Besteck, Servietten und so viel zu trinken, dass es für eine Abiturientenklasse reicht. Und auf einem Extratisch steht eine dreistöckige knallpinkfarbene Torte, verziert mit Himbeeren und Kirschen. Obendrauf ist ein richtiger Kinosaal aus Fondant geformt mit Sitzreihen voller kleiner, unglaublich lebendig aussehender Menschen mit Popcorntüten und auf der Leinwand prangt fotorealistisch der Youtube-Schriftzug und darunter mein Gesicht, halb verdeckt von meiner Kamera. Wahnsinn! Jellas Meisterwerk – nur für mich! Wehe, diese Torte will irgendwer essen!

Mein Vater kommt mit ausgebreiteten Armen auf mich zu und sieht so glücklich aus, dass mir beinahe die Tränen kommen. Sind die alle meinetwegen da?

»Also, Tochter«, sagt er und zieht mich in den Garten. »Wir dachten uns, offizielle Abifeier hin oder her – wir wollen mit dir feiern, dass du dein Abitur so toll hinbekommen hast!«

»Das weiß ich doch noch gar nicht«, protestiere ich schwach. »Die Noten gibt es erst am Montag.«

»Völlig egal«, meine Mutter lacht ausgelassen. »Bestanden hast du mit Sicherheit, alles andere wird man sehen! Und jetzt komm!«

Ich begrüße zuerst die Verwandtschaft und mische mich dann unter meine Freunde, falle Jella um den Hals und bedanke mich für die Wahnsinns-Torte. Ich freue mich total, dass sie gekommen sind, und doch muss ich mich tierisch zusammenreißen, um nicht in Tränen auszubrechen. Henry fehlt. Das war's dann wohl. Garantiert hat ihm Alwa von dem Fest erzählt, aber dass er fernbleibt, kann ja nur heißen, dass er sich gegen mich entschieden hat. Weil ihm sein Youtuber-Leben wichtiger ist.

Jella und Alwa laufen nun mit Tabletts voller Sekt- und Orangensaftgläsern herum, und als jeder versorgt ist, macht Mai mit dem Kopf merkwürdige Zeichen in Richtung meiner Eltern.

»Sind alle da?«, fragt sie und mein Vater nickt. Sie kommt auf mich zu, während Moritz Lausi auf seinem Arm kitzelt, fasst nach meiner Hand und zieht mich in die Mitte der Menge, direkt vor unser Gartenhaus.

»Tja, Franzi«, fängt sie an und jetzt erst wird mir klar, dass sie die dicke schwarze »Dr. FragmichMai«-Nerdbrille trägt. »Wir waren furchtbar enttäuscht, als du uns gestern gesagt hast, dass du kein weiteres Video mit uns drehen möchtest ...«

»Ohhhhh« und »Nein!« und »Ach je«-Rufe erklingen ringsum.

»Und dann ist auch noch durchgedrungen, dass du nicht mal mehr deine Bewerbung für die Youtube-Academy abschicken willst.«

»Buuuuh«, ruft es von allen Enden. Ich hebe beschwichtigend meine Arme. Mai macht deutlich, dass ich den Mund halten soll.

»Da wurde uns klar, dass endlich die Zeit gekommen ist, an der mal zur Abwechslung du unsere Hilfe brauchst!«

»Aber ihr habt mir doch schon so viel geholfen«, stammle ich.

»Ach, die Videos haben wir nur mit dir gedreht, um als Stars groß rauszukommen. Und weil man so toll verdient!«, behauptet Jella lachend. »Außerdem finde ich mich einfach geil auf Film!«

Pfiffe und lautes Johlen.

»Na ja«, fährt Mai fort. »Wir hatten den Eindruck, wir

können dir am besten helfen, wenn wir etwas zu deinem Selbstdarstellungsvideo beitragen, das dir ja noch fehlt.«

Fast will ich »Vergesst es« sagen, aber Mai ist schneller.

»Wir haben da mal was vorbereitet ... bitte, Flo ...«

Alle blicken konzentriert auf Flo, der nun auf unser Gartenhaus zusteuert. Ich verstehe wirklich nur Bahnhof, doch Alwa legt beruhigend ihren Arm um meine Schulter. Mit großer Geste schließt Flo die Hütte auf und öffnet die Tür.

Die Hütte ist leer. Das Gerümpel darin ist verschwunden.

Na ja, ganz leer ist sie nicht. Denn da steht ein Tisch. Und auf diesem ein Laptop und ein Beamer. Der ein weißes helles Quadrat auf die hintere Wand des Gartenhauses projiziert.

»Und hier sitzt der Typ, der voll verantwortlich ist für das, was jetzt kommt«, ruft Mai. Der Typ hinter dem Laptop grinst schief und die Gäste jubeln.

»Kann's losgehen?«, fragt Henry und bewegt die Maus auf den Startbutton.

Ich nicke nur und meine Knie werden weich.

Die nächste Viertelstunde bin ich wie weggebeamt. Ich starre auf die erleuchtete Leinwand und versuche zu verstehen, was die Menschen in den bewegten Bildern, die ich da sehe, von sich geben.

Mein Onkel macht den Anfang.

»Franzi ist eine so begabte Traktorfahrerin – da

wirst narrisch«, sagt er bierernst und alle Anwesenden schreien vor Lachen. »Einmal ist 's runtergefallen, aber glei' wieder obiklettert.«

»Also, ich steh ja total auf ihren Streuselkuchen«, löst ihn meine Tante ab. »Aber des Rezept, gell – des rückt's ned raus!«

Endlich kann auch ich lachen! Stimmt, als ich zehn war, hatte mir meine Großmutter ihr Streuselkuchen-Rezept sozusagen vererbt und drauf bestanden, dass ich es für mich behalte. Eine Geschichte, die mittlerweile in unserer Familie ein Running Gag ist. Übrigens reden mein Onkel und meine Tante, während sie – natürlich – Streuselkuchen essen.

Dann gesteht ihr Sohn, Lieblingscousin Maxi, gefilmt wie beim Polizeiverhör, wie er mich verführt hat.

»Ja, ich habe ihr Youtube gezeigt. Immer und immer wieder. Bis sie voll auf Droge war. Ich verdiene die höchste Strafe, Euer Ehren! Lebenslänglich Youtube-Entzug.«

Jetzt ist mein kleiner Bruder Tobi an der Reihe und erinnert sich, wie ich ihm immer beim Aufbau der kompliziertesten LEGO-Modelle geholfen habe und er mich als Sechsjähriger dafür total bewundert hat. Anschließend steckt er aus LEGO-Steinen im Zeitraffer ein Muster zusammen, das mit viel Fantasie an mein Gesicht erinnert. Ob ich will oder nicht – nun rollt bei mir die erste Träne. Doch plötzlich erscheint sein Gesicht dicht vor der Kamera, er grinst verschmitzt und sagt: »Übrigens liebe Grüße von FlawlessNerd ... it's a prank, Sis!« Dann taucht er weg.

»Was?«, schreie ich und Henry hält den Film an. Ich packe meinen kleinen Bruder am Kragen. »Du hast diese blöden Kommentare geschrieben?« Leider muss ich furchtbar lachen und komme alles andere als sauer rüber. Tobi hebt abwehrend die Hände.

»Gnade, Euer Ehren – aber irgendwer musste euch ja ein bisserl Feuer unterm Hintern machen. Nur loben ist doch voll langweilig!«

»Laaaangweilig«, ruft es im Chor.

Ich schüttle ihn sanft, reibe mit einer Faust über seinen dicken Haarschopf und bussle ihn ab. Kreischend reißt er sich los und wischt sich meine Küsse von der Wange. Als alle sich beruhigt haben, kann es endlich weitergehen. Der nächste Auskunftgeber kommt ins Bild.

Xaver mosert rum, wie nervig und anstrengend so eine kleine Schwester ist, die bis ins Erwachsenenalter »an Schmarrn« macht und sein Auto zu Schrott fährt. Aber dann guckt er plötzlich ganz ernst in die Kamera und sagt: »Franzi, echt, eine bessere Schwester als dich kann ich mir nicht vorstellen.« Er wedelt sich mit der Hand vor den Augen und schnauzt den Kameramann an – hat er wirklich »Henry« gesagt? –, er solle das Ding jetzt mal abschalten. Anschließend sind meine Eltern an der Reihe und auch ihre Worte voller Stolz und Liebe rühren mich wahnsinnig. Vor allem als meine Mutter am Ende sagt: »Und sogar wenn du Youtube-Star wirst – ich werde immer stolz auf dich sein!« Ringsum rascheln die ersten Taschentücher.

Auftritt Jella. Sie grinst spitzbübisch in die Kamera,

fährt sich durch die Haare, macht einen Schmollmund und reißt ihre großen Augen noch mehr auf.

»Also, die Franzi«, fängt sie an und schaut nach oben, als stünde dort der Text. »Ich erzähl euch mal was, was für die so typisch ist! Hammer, die Frau, echt jetzt. Also, wie ihr ja wisst, hat mich der Altmeier rausgekickt aus meiner Ausbildung. Wegen ... egal, wegen allem Möglichen. Aber die Franzi, die hat ja immer gefilmt, wenn ich Torten backe. Und daraus hat sie megaoberaffengeile Videos gemacht. Und die in dieses Internetz gestellt, ihr versteht schon ...« Sie macht eine theatralische Pause, muss jedoch selbst furchtbar lachen. Als sie sich gefangen hat, geht es weiter. »Na ja, und jetzt – jetzt hat sogar der olle Altmeier die Videos entdeckt, so populär ist dieses Internetz! Und wisst ihr, was: Er stellt mich wieder ein. Er hat gemeint, mein Talent überwiege alle meine Schandtaten. Originalzitat! Und er zahlt mir mehr Lohn. Und ich darf Sachen machen, die mir gefallen. Nicht nur die Backstube fegen. Und das nur, weil die Franzi so geile Videos gemacht hat! Ist das nicht ...« Sie macht mit den Händen schnelle Boxbewegungen, kneift die Augen zusammen, reißt den Mund auf und stößt einen unterdrückten Schrei heraus.

Ich springe auf und falle meiner Freundin um den Hals.

»Ist nicht wahr!«, bringe ich hervor, aber sie nickt und knutscht mich ab und wir bleiben Händchen haltend beieinanderstehen.

Henry, der die Filmvorführung kurz gestoppt hat, lässt das Video weiterlaufen.

Es ist unglaublich: Wirklich alle, alle Anwesenden haben etwas über mich gesagt. Wahnsinnig nette Dinge, teils nur knappe Sätze, teils Erinnerungen an Situationen, in denen ich ihnen wohl geholfen und die ich selbst längst vergessen habe. Den größten Lacher erntet Patrick, der es schafft, keine Sekunde in die Kamera zu schauen und dabei ein wahnsinnig gequält klingendes »Okay, ich sag's ungern – sie hat echt Ahnung von Technik« herausquetscht. Ganz am Ende gluckst Lausi in die Kamera und man hört im Off jemanden »Franzi« flüstern, bis er etwas von sich gibt, das zwar mehr nach »a-i« klingt, aber womit er garantiert mich meint.

So viel Herzlichkeit und Zuneigung sind kaum zu ertragen und ich schnappe aufgeregt nach Luft. Jella drückt mich auf den Stuhl, der neben Henry steht. An der Zeitleiste auf dem Laptop erkenne ich, dass doch noch etwas fehlt. Eine letzte Minute etwa. Mein Herzschlag verdoppelt sich. Von Henry war bisher kein Statement dabei.

Das kommt jetzt.

Ich halte die Luft an.

Henry liegt in seinem Zimmer auf der apfelgrünen Chaiselongue und blickt mit seinen goldgrünen Augen direkt in die Kamera, die er offensichtlich selbst hält. Er seufzt. Öffnet den Mund. Schließt ihn wieder. Seufzt noch mal.

Alle Zuschauer brechen in drei Mal so lautes Seufzen aus.

»Pscht«, mache ich. Denn endlich fängt er an zu sprechen.

»Franzi«, sagt er mit seiner weichen, tiefen Stimme. »Franzi. Egal, was ich gerade tue, wo ich liege, gehe, sitze, ob ich esse oder schlafe – völlig egal –, ich habe momentan immer nur diese sechs Buchstaben im Kopf. F. R. A. N. Z. I. Ich habe keinen Schimmer, wie sie das angestellt hat, aber sie hat mich verzaubert. Vielleicht, weil sie so wunderschön aussieht. Ich glaube, vor allem weil sie so ein großes, wunderschönes Herz hat, mit dem sie für ihre Freunde kämpft. Und weil sie so ein scheiße-genial kreatives Brain ist mit den verrücktesten und besten Ideen. Und na ja, auch, weil sie zumindest vor ein paar Tagen noch den Eindruck gemacht hat, als ob sie mich ganz nett finden könnte. Franzi, ich hoffe, ich habe noch nicht völlig verkackt bei dir …«

Der Schluss ist vor lauter Johlen und Kreischen nicht mehr zu verstehen. Aber das ist vollkommen egal. Denn er sitzt ja direkt neben mir. Und als er endlich seinen Kopf hebt und mich ansieht, da falle ich einfach mitten hinein in diesen goldgrünen Blick voller Wärme und Liebe und ich weiß, dass ich nie wieder daraus auftauchen möchte.

Die fünf bescheuertsten Fakes über die Zukunft

Drehbuch von Franziska Huber und Henry Flender

1. Szene Tag/innen

Insert: *Fake Nummer 1: Verschwende keine Zeit!*

Mai *sitzt mit dicker schwarzer Brille über einen Terminkalender gebeugt und kritzelt wild darin herum. Trägt Termine ein, streicht sie, trägt um, streicht sie wieder durch …*:

Hm, wenn ich im März 2018 die erste Prüfung mache und dann gleich anschließend das Praktikum in einer Kanzlei, kann ich dann im Juni 2019 vielleicht schon … nein, aber davor muss ich ja noch den Schein für … oh Gott, aber wann soll ich mich dann fürs Ausland bewerben … Shit!

Sie wirft den Stift quer über den Tisch und rauft sich theatralisch die Haare. Schreit nach hinten:

Mama, ich will zurück in die Schule!

2. Szene Tag/außen

Insert: *Fake Nummer 2: Du musst was von der Welt sehen!*

Alwa *in einem tarnfarbenen Safarianzug, ein Fernglas um den Hals, stapft durch einen dschungelartig aussehenden Busch, reißt das Fernglas vor die Augen*:

Mist, wo ist denn jetzt das Brunnenbauprojekt von Terre de Gutmensch? Hach, wäre ich mal zum Töpferprojekt vom Bund der Besserwisser in Xichenicha gegangen. Oder in das Sari-Nähprojekt von Aktion Wichtigtun in Koalalalala.

Sie marschiert weiter, rutscht aus, verschwindet nach unten aus dem Bild. Aus dem OFF:

Hilfe! Warum hilft mir keiner?

Jella *mit Sonnenbrille, Safarihut und einer Weste mit unendlich vielen Taschen beugt sich über die Grube*:

Ich werf dir einen Strick runter – damit kannst du dir Hilfe zur Selbsthilfe leisten!

Alwa *sitzt am Boden einer tiefen Grube, der gesamte Strick fliegt zu ihr runter. Sie dreht und wendet ihn, schreit genervt nach oben*:

Na, super, vielen Dank auch!

3. Szene Tag/innen

Insert: *Fake Nummer 3: Du wirst doch wohl wissen, was du machen willst!*

Jella *starrt in einen Computerbildschirm vor sich. Hinter ihr stehen eng nebeneinander Menschen, deren Köpfe nicht zu sehen sind. Jella versucht, sich auf den Computer zu konzentrieren. Sie zuckt jedes Mal zusammen, wenn sie eine der Stimmen hört*.

Stimme 1:

Geh doch nach der Lehre erst mal ins Ausland.

Stimme 2:

Du musst als Erstes dein Abitur nachmachen.

Stimme 3:

Wie, du hast dich noch nicht entschieden? Jetzt sind deine wichtigsten Jahre! Verplempere die bloß nicht!

Stimme 1:

Eigentlich ist die Lehre Quatsch – da verdienst du doch nichts.

Stimme 2:

Es fallen ja so viele durch an der Abendschule.

Stimme 3:

Ach, ihr jungen Menschen habt so viele Möglichkeiten, ich beneide euch!

Jella *(schreit)*:

Hört doch mal auf, da wird man ja wahnsinnig!

Sie stützt den Kopf zwischen den Händen ab, blickt dann direkt in die Kamera.

Einen Scheiß muss ich!

4. Szene Tag/außen

Insert: *Fake Nummer 4: Werde reich und berühmt!*

Franzi *in lässiger Jeans, Sneakers, coolem Youtuber-T-Shirt und dickem Goldschmuck, geht eine Straße ent-*

lang, rechts und links kauern Menschen, die jedes Mal jubeln und die Arme hochrecken, wenn sie vorbeigeht.

Henry *versucht, mit ihr Schritt zu halten, und streckt ihr dabei ein Mikrofon unter die Nase, ein Aufnahmegerät klemmt unter seinem Arm.*

Henry *(aufgeregt)*:

Erzähl uns mal, wie bist du so geil berühmt geworden?

Franzi *(herablassend)*:

Alder, isch bin so geil geboren, weißt du. Kannst du meine Mudda fragen.

Henry *(aufgeregt)*:

Und wie viel Abonnenten hast du gerade?

Franzi *(herablassend)*:

Alder, nerv nisch, keine Ahnung. Neun oder zehn Milliarden.

Henry *(aufgeregt)*:

Aber gibt es nicht nur sieben Milliarden Menschen?

Franzi *(herablassend)*:

Is' mir egal, Alder. Misch schauen …

Henry *sieht plötzlich an ihr vorbei, die Menschen auf der Straße wenden sich von ihr ab, Henry schubst Franzi zur Seite, die ihm empört hinterherschaut.*

Franzi:

Ey, Alder, bist du krank? Was soll das?

Henry *läuft* **Jella** *entgegen, die pompös aufgetakelt wie auf dem Laufsteg anmarschiert kommt, alle jubeln ihr zu,* **Franzi** *sieht kopfschüttelnd hinter der Meute her.*

Franzi *(schreit)*:

Ey, und ich? Voll krass, alles Idioten!

5. Szene Nacht/innen

Insert: *Fake Nummer 5: Es hat sowieso alles keinen Sinn!*

Henry *liegt in seinem dunklen Zimmer im Bett, hat die Bettdecke bis unter die Nase gezogen, seine Augen wandern panisch von rechts nach links und zurück. Seine Stimme wird immer leiser, das Licht, während er spricht, immer dunkler.*

Henry:

Lasst mich doch einfach in Ruhe. Geht weg. Ich will nur hier liegen, ist doch alles Quatsch, morgen geht die Welt unter oder das Universum oder …

Fade ins Schwarze.

So fühlt sich also Freiheit an. Keine Schule. Kein Büffeln. Kein Prüfungsstress. Einfach ausschlafen, chillen, faulenzen, feiern, sich treiben lassen. Okay, am Dienstag habe ich das mal hinbekommen. Für circa einen halben Tag. Bis etwa elf Uhr morgens. So lange habe ich nämlich geschlafen, nachdem ich in den Tagen zuvor die Nächte durchgemacht habe. Nein, nicht mit Feiern oder Rumknutschen. Sondern natürlich mit meinen Bewerbungsunterlagen. Was die alles wissen wollten, ein Wahnsinn! Außerdem musste ich eine genaue Statistik abgeben, wann ich welche Videos hochgeladen habe, wie viele Klicks, Likes und Dislikes sie hatten, wie viele Kommentare und wie sich die Abonnentenzahlen entwickelt haben. Allein diese Beschäftigung mit den Statistiken hat mich darin bestätigt, dass es eine sehr gute Idee ist, keine Banklehre zu machen. Aber immerhin habe ich festgestellt, dass dank des letzten Videos über die Zukunfts-Fakes noch mehr Leute die *Planlose-PleiteFails* abonniert haben. Das letzte Video hatte höhere Klickzahlen als der Abitur-Fake-Film.

Na ja, und dann die Selbstdarstellung. Genügend Material war ja da – die Statements von Freunden und Familie. Die Liebeserklärung Henrys. Ich habe allein einen halben Tag gegrübelt, ob ich so etwas Intimes überhaupt in dem Video drinhaben will. Und zudem die Herausforderung, dass die Szenen nicht wie eine schlichte Beweihräucherung der Heldin – also mir – wirken. Glücklicherweise habe ich ja nun tatsächlich Henry an meiner Seite. Der genauso verrückt nach Bildern und Geschichten ist wie ich. Kurzerhand haben wir am Sonntag noch einen Haufen Miniszenen gedreht, in denen das, was meine »Zeugen« über mich aussagen, konterkariert wird. Am meisten Spaß hat es gemacht, mit dem Traktor meines Onkels in grotesken Schlangenlinien über holprige Feldwege zu fahren. Im Zeitraffer sieht das saukomisch aus. Außerdem haben wir eine Streuselkuchen-Küchenschlacht gefilmt, nach der Henrys Haare mit Teigstreuseln völlig verklebt waren, und ich habe mich anschließend kaum verstellen musste, um so zu wirken, als habe ich doch keine Ahnung davon, wie die Feinmechanik meiner Kamera funktioniert.

Und dann haben wir geschnitten. Und ich war schwer beeindruckt, wie viel ich von Henry lernen konnte. Auf welche Details er so achtet, ist grandios! Und wir haben sogar eine kleine Papiertüte in das Video geschmuggelt – die aber nur Eingeweihte erkennen. Es wurde schon hell, als wir fertig waren, und ganz so hatte ich mir meine erste Nacht mit Henry nicht vorgestellt. Obwohl wir zwischendurch immer mal ein bisschen geknutscht haben – zur Aufmunterung! –, so haben wir uns doch fast ausschließlich auf das Video konzentriert. Wenn ich dafür kein Stipendium bekomme, dann weiß ich auch nicht. Um fünf Minuten vor zehn habe ich die Bewerbungsunterlagen samt Downloadlink zum Video an die Youtube-Academy gemailt – in der Sorge, dass deren Server so überlastet ist, dass nichts durchgeht. Wer ahnt denn schon, wie viele Leute sich da auf den letzten Drücker beworben haben? Aber es hat alles geklappt. Eine Eingangsbestätigung kam umgehend.

Danach sind wir zur Schule gefahren, weil ab elf Uhr die Abiturergebnisse bekannt gegeben wurden. Wieder Herzflattern. Doch mit Henrys warmer, großer Hand in meiner war auch das zu überleben.

642 Punkte. Einen Punkt mehr und ich hätte einen glatten 2,0-Schnitt gehabt. Aber 2,1 sind mehr, als ich mir je erhofft habe. Puh! Henry hat mit 700 Punkten einen 1,7-Schnitt erreicht. Der Streber! Aber insgeheim bewundere ich ihn ja, wie er eine so gute Note hinbekommen konnte – trotz all der Videos, die er nebenbei noch gedreht und veröffentlicht hat.

Alwa ist mit einem 1,8-Schnitt sehr zufrieden. Damit kann sie bestimmt die Prüfungskommission für ihr Israel-Jahr beeindrucken. Mai dagegen kam mit einem muffeligen Gesicht an, das nicht einmal von Moritz aufgehellt werden konnte. Ihr Mund hatte fast die Nierentischform, die Lausis immer hat, kurz bevor er in lautes Geschrei ausbricht.

»Und?«, fragten wir alle neugierig. Mai – die Oberstreberin – konnte doch keine schlechte Note haben.

»Vergesst es«, sagte sie und lief an uns vorbei. Alwa und ich packten sie am Oberarm und zwangen sie, stehen zu bleiben.

»Wie viel?«, riefen wir wie aus einem Mund.

»820«, schrie sie und jetzt sprang tatsächlich eine Träne todesmutig von ihrem Augenlid ab und kroch über ihre Wange abwärts.

»Hammer«, fiel mir nur ein. »820? Das ist doch eine ... eine ...«

»... 1,1, genau!«, fauchte Mai. »Drei Punkte mehr – lächerliche drei Punkte mehr – und ich hätte 1,0 gehabt. So eine Scheiße!«

Alwa und ich sahen uns kurz an und brachen in schallendes Gelächter aus.

»Was?«, Mai sah aus, als ob sie gleich explodieren würde. »Was ist daran so lustig?«

»Komm, wir gehen ins Altmeier und lassen uns von Jella Kaffee und Sekt auftischen«, schlug Alwa vor. Wir packten Mai an der Hand, Henry und Moritz folgten uns und stürmten in Richtung Café. Und nach dem dritten Glas Sekt wirkte auch Mai mit ihrem Luxusproblem endlich etwas entspannter.

Obwohl ja jetzt nichts wirklich Aufregendes mehr passiert, bin ich nervös. Ich zupfe am Ausschnitt meines ebenso wunderschönen wie teuren Kleides herum, überprüfe zum 17. Mal, ob ich keine Laufmasche habe, lege zum 18. Mal Mascara auf, wackle zum 19. Mal mit dem Kopf, um zu schauen, ob der kunstvolle Dutt hält, und kontrolliere zum 20. Mal, ob auch alle lebenswichtigen Utensilien in meiner kleinen silbernen Clutch bereitliegen: Lippenstift, Puderdose, Deo. Ich ignoriere die blauen Flecken an meinen Unterarmen, die vom Kistenschleppen stammen. Seit Dienstagnachmittag haben mich meine Eltern aktiv in das Projekt »Wir räumen unser Haus in Kisten ein und schmeißen alles Überflüssige raus« einbezogen und eine Ablehnung meinerseits war leider nicht möglich.

Doch jetzt kann es endlich losgehen. Selbst mein Vater trägt heute Anzug und meine Mutter hat ihr schönstes Sommerkleid mit bunten Blumen darauf angezogen. Xaver ist natürlich nicht mitgekommen, aber Tobi turnt nun durch die Stuhlreihen der Aula, jagt Pokémons auf seinem Handy und macht zwischendurch ständig neue Vorschläge, wo wir sitzen könnten. Dabei ist das sonnenklar, schließlich haben uns Alwa, Jella und Mai samt Anhang Plätze freigehalten. Meine Freundinnen sehen hinreißend aus, doch sie überschütten mich ihrerseits mit Komplimenten für mein Outfit. Endlich komme ich dazu, nach Henry Ausschau zu halten, der gerade durch die Flügeltüren hereinstürmt. Wow – auch er schaut fantastisch aus! Zur schwarzen Chino trägt er ein weißes Hemd mit weiten Ärmeln und unter der Knopfleiste schimmert sein durchtrainierter Oberkörper hervor. Ich möchte ihn jetzt sofort umarmen, riechen, schmecken. Aber er bleibt stehen und sieht mich irritiert an. Schnell gehe ich auf ihn zu, traue mich kaum, ihn anzulachen.

»Was ist?«, frage ich ihn. Er räuspert sich und endlich leuchten seine Augen wieder. Es fühlt sich an, als tauche er mich in goldgrünes Glimmen.

»Du bist es tatsächlich!«, sagt er erstaunt und legt seine Arme um mich.

»Äh, klar …« Was will er mir damit sagen?

»Ich war nur so … keine Ahnung … du siehst umwerfend aus, ich habe dich echt kaum erkannt.«

»Bin ich sonst so … unscheinbar?«

Er lacht, legt den Kopf in den Nacken, küsst mich dann auf die Stirn, die Wangen und hauchzart auf die Lippen.

»Nein, das kann man wirklich nicht sagen. Vielleicht siehst du einfach erwachsen aus. Reifegeprüft. Oder so was.«

»Alt?«

»Spinnerin! Komm, es geht los.« Er deutet auf die Direktorin, die nun das Rednerpult auf der Bühne ansteuert. »Lass uns unseren Fahrschein in die Freiheit abholen.«

Wir setzen uns zu Jella, Alwa und Mai, verschränken unsere Hände ineinander und sehen gespannt auf den Stapel Zeugnisse, der neben der Direktorin liegt.

Okay, Zukunft – kannst kommen.

Ende